JN251337

七尾与史

Yoshi Nanao

幻冬舎

ドS刑事

さわらぬ神に祟りなし殺人事件

カバー&本文デザイン　bookwall
カバーイラスト　ワカマツカオリ

1

テーブルを挟んで代官山脩介（だいかんやましゅうすけ）は一組の男女と向き合っていた。

ガマガエルはともかく、その隣に着席している女性の気品と美しさに言葉を失った。といっても年齢は五十を超えているだろうから、代官山よりずっと年上である。整った目鼻立ちや白磁を思わせる白い肌、そして漆（うるし）のように艶（つや）やかな黒髪は彼女の娘に受け継がれている。娘には間違いなく母親の遺伝子が強く影響している。むしろガマガエル顔の父親は血がつながっていないのでは、とさえ思える。

しかし……母親の美しさは、娘すら凌駕（りょうが）しているのではないか。

娘も男たちの視線を集めるレベルの美形であるのは間違いないが、年の差を差し引かなくても、母親には女性としての魅力にまるでビハインドを感じない。女優でも充分通用する美貌の持ち主だ。いや、むしろそれすら上回る。世の中には、これほどまでに美しい女性がいるのだ。若いときはどうだったのか、想像するのも怖くなるほどである。

「代官様くん、家内の顔になにかついているのかね」

ガマガエル……黒井篤郎（くろいあつろう）に呼びかけられて代官山は我に返った。

「い、いえ……代官山です」

首を横に振りながらも名字の間違いを訂正する。それにしても気の毒になるほどに醜い顔だ。でっぷりとした腹にテーブルの縁がめり込んでいる。

「緊張なさらないでね。代官様さん」

女性の優美な声が代官山の耳朶をそっと撫でる。

「あ、ありがとうございます……代官山です」

彼女は黒井羊子、篤郎の配偶者である。こんなに不似合いな夫婦も珍しい。

「代官様、しっかりするのよ」

代官山の隣に着席している黒井マヤが、耳打ちしながら背中を小さく叩いた。

「代官山です……」

「ちょっと、緊張しすぎよ」

たしかに緊張している。こんなシチュエーションは想定外だったのだ。テーブルの上にある紅茶の入ったカップとソーサーが、カチャカチャと音を立てている。代官山は震える膝を押さえる手に体重をかけた。

「お噂は主人と娘から聞いています。ハンサムだしとても誠実そうな方ね。娘にはもったいないわ」

「ママ、その表現はおかしいわよ。私が代官様にはもったいないでしょ」

マヤが紅茶をスプーンでかき混ぜながら唇を尖らせた。

「あら、マヤ。冗談でも失礼よ」

羊子がほんのりと微笑む。心を根こそぎ持っていかれそうな笑みだ。先ほどから変に緊張しているが、どうやらそれは彼女のせいらしい。鼓動が激しく胸を叩いている。

これってもしかして一目惚れか？

「代官様くん、大丈夫か。顔が赤いぞ」

「ええ……大丈夫です」

代官山はお手ふきを火照(ほて)った頬に当てた。ひんやりとした感触が気持ちよい。

それにしてもどうしてこんなガマガエルの化身としか思えない醜い顔の男に、これほど美貌の女性がつくのか。そんな現状が理不尽にすら思える。

そもそもどうして自分はこんな席にいるのだろう。

それもこれも、すべてはマヤが仕組んだ罠(わな)だった。

＊

あまりに猟奇的すぎて説明するのも憚(はばか)られるが『西日暮里・特盛り人肉丼殺人事件』が終わって、マヤは上機嫌だった。機嫌がいいのは、千里眼を思わせる彼女の卓越した洞察力による推理で事件が解決したからというわけではない。事件現場となった丼物専門フランチャイズ「焼肉ドンパチ・西日暮里店」の調理場から発見された「食材」の数々が、彼女の琴線に触れたのだ。

「すっばらしいわっ！　まるでトビー・フーパー監督の『悪魔のいけにえ』のよう！」

『悪魔のいけにえ』はマヤの自宅マンションで無理やり何度も観せられた。それも画像くっきりのデジタルリマスター版だ。人様の体でお面や椅子を作ってしまう殺人鬼一家が拉致してきた女の子を理不尽に痛めつける話なのだが、こんな映画のマスターフィルムがニューヨーク近代美術館に永久保存されているというのだから「芸術ってなんなの」と小一時間ほど問い詰めたくなる。それを観たマヤは「人骨で家具を作るなんて地球に優しいわ」と妙なところで感心していた。

たしかにエコロジー……なわけない！

もっと優しくするべきものがあるだろう。人間とか人間とか人間とか。

代官山は天井を見上げてため息をついた。

それら「食材」はさまざまな形状に切断加工されて鉤に引っかけられて吊されている。ある者は手が一本だけだし、ある者は内臓を抜かれているし、ある者は首と下半身がなかった。

颯爽と現場に一番乗りした交番の若い警察官はショックのため病院送り、気の毒なことに今も再起の目処が立っていないという。

店長は売り上げ不振で本部から強いプレッシャーをかけられていた。かといって接客も値段も全国一律であり、営業努力の余地がない。そこで店長は食材費を削ることで利益を上げようと考えた。

彼は人気のない路地を歩く通行人を拉致しては、食肉として加工した。食材費の大半を占める肉が基本無料ということもあり、売り上げ不振だった西日暮里店は全国一番の利益を上げる店となった。

「どいつもこいつも八十点は軽く超えるわ」

マヤは切れ長の瞳をキラキラと輝かせながら声を弾ませた。

「八十点なんて高得点ですね」

代官山は「食材」を見上げた。全部で八体。まだ新しいようで鮮血が糸を引きながら滴っている。

「少し意識が残ってるくらいが最高なんだけどなあ」

「ちょ、ちょっと！　おぞましいこと言わないでくださいよ」

マヤとコンビを組むようになってから、この手の猟奇事件に出くわすことが多くなった。どうやら彼女には猟奇を呼び込む力があるらしい。おかげさまでこのようなファンタジーともいえる惨殺死体にも耐性がついた。

そして彼女は相変わらず殺害死体を見ると点数をつける。

死体のポーズ、血糊（ちのり）のデザイン、手口の残虐性や独創性などさまざまな基準があるが、八十点を超えることはなかなかない。合格点の六十点を下回ると彼女は勝手に死体の手足を動かしたり、閉じた瞼（まぶた）を開いたりなど自分の好みにポーズを変えてしまう。そんなことをされたら鑑識の仕事に支障が出てしまうわけで、そこは代官山が彼女の行動に目を光らせて不祥事を未然に防ぐのである。

代官山はマヤとずっとコンビを組まされているが、お目付役でもあるのだ。

それもそのはず、彼女は警察組織ナンバー２の警察庁次長・黒井篤郎の愛娘である。下手にマヤを怒らせれば父親の強権が発動されて、絶海の孤島の駐在所に飛ばされてしまう。それはもはや都市伝説と化しているのだが、保身意識の強い幹部たちの中にはいまだに信じている者もいる。

「欠損ってアートよねぇ」

「そ、そうですかね」

マヤはうっとりとした顔で、四肢の一部や首の足りないボディを見つめている。「ほら、トルソってどことなくアートじゃない？」

「言われてみれば……そうかなあ」

トルソを現実の人間でやってはいけないと思う、絶対に！

「それはともかく丼を食べられた人はラッキーね。期間限定だからなかなか巡り合えないわよ」

「ラッキー……かなぁ」

限定品にもほどがあるが。

「まあ、私は食べたいとは思わないけど」

「ですよね」

マヤに人肉嗜好はなかったようで安堵する。あったらさすがについていけない。とはいえ今もついていけているわけではないが……。

「それにしても一課長の記者会見はまずかったですよね」

「そうかな」

マヤが小首を傾(かし)げる。その仕草が少し可愛らしい。

「そうですよ」

この店で何人の客が「丼」を口にしたか不明だが、今のところ健康被害が出ていないことは不幸中の幸いであると一課長がコメントしたことから、市民からの批判が殺到してちょっとした騒動になった。

警察組織のメンツなどマヤにとってどうでもいいことであり、彼女の興味は殺害死体である。もはやいうまでもないことだが、彼女は筋金入りの猟奇マニアであり、刑事になったのも父親が警察官僚だからとか、日本の治安を守りたいとか、凶悪な犯罪者を許せないなどといったことではなく、ただただ単純に殺害死体に触れたいからである。

そんな彼女にとって、警視庁捜査一課の現場はまさに宝物庫といえる。

現場からガイシャの折れた歯やちぎれた耳、血の付着したアクセサリーなどが紛失してちょっとした騒ぎになることがある。それらは間違いなくマヤが失敬しているのだ。彼女はそれらを自宅に持ち帰ってコレクションしている。驚くべきことだが、アングラマーケットではそのような「アイテム」がネットオークションで高値で取引されているという。彼女も父親のクレジットカードで夜な夜な大人買いしているに違いない。

実に虫酸が走る、唾棄すべき話であるが、黒井マヤは八歳年下の上司であり相棒だ。彼女は巡査部長、代官山は巡査である。警察組織において階級は絶対であり、いくら年下とはいえ上司を呼び捨てにすることは許されない。そして命令は絶対だ。

そんなマヤに映画鑑賞に誘われた。事件が解決しての久しぶりの休暇である。刑事たちは次に起こる凶悪犯罪に備えて英気を養うのだ。

「映画ってどうせダリオ・アルジェント監督の最新作とか言うんでしょう」

――ダリオ・アルジェント。

『サスペリア』『フェノミナ』などが代表作のイタリアのホラー映画監督だ。女の子の瞼に針を刺して、目を閉じると眼球に刺さるようにしたり、腹を切り裂いた挙げ句に小腸を引き出してそれで首を絞めるなど、悪趣味の限りを尽くしたエログロシーンの連続に脳みそが溶けそうになってしまう。どういうわけかマヤはダリオ監督の熱狂的ファンであり、もはやカルト教団の教祖のように崇めている。はっきりいって、そんな映画なんて一秒だって目にしたくない。なのにラインナップのすべてをコンプリートする羽目になってしまった。そんなわけで今の代官山はフリークと呼ばれても遜色がないほどにダリオ作品に詳しい。実に不本意だ。

「ううん、今回はちょっと違うわ。『スターダスト・ウォーズ』の最新作よ」

「新作の公開が始まるんですか！」

「スターダスト・ウォーズ」シリーズは誰もが知っているＳＦ映画であり、代官山も第一作から劇場鑑賞しているほどのファンである。それにしても仕事に忙殺されてそんな情報にも疎くなっている。映画は好きなのに映画館から遠ざかって久しい。なので思わず食いついてしまった。

「ダーク・ベイダーの正体が明かされるらしいわよ」

「ついにあの仮面の素顔が暴かれるんですね。ドキドキするなあ」

「行きましょうよ」

「ええ、それならぜひ」

渋谷で待ち合わせをして昼の回の上映を二人で鑑賞した。最新ＣＧを駆使した迫力ある映像を心ゆくまで楽しむことができた。ダリオ作品とはえらい違いだ。実に充実した二時間だった。そんな映画をこれほどの美女と楽しめたのだから、幸せ者なのかもしれない。これを知ったら浜田はきっと嫉妬するだろう。

「まだ時間あるでしょう」

映画館から出るとマヤが腕を組んできた。フワリといい香りがする。二人の姿がガラスに映った。我ながら絵になるカップルだと思う。

「ええ、今日は大丈夫です」

「喉が渇いたからお茶でもしない？」

「いいですね。どこに行きますか」

「レンブラントホテルに行きたいわ」

「最近リニューアルオープンしたと聞きましたよ」

「スカイラウンジもきれいになったのよ。行ってみましょう」

代官山は腕を引っぱられてタクシーに乗り込んだ。レンブラントホテルへは渋谷から車で十五分ほどだ。高級ホテルだけあって豪奢なエントランスに気後れしそうになる。

マヤのあとについてエレベーターに乗り込む。彼女は以前来たことがあるのか、迷うことなく代官山を先導している。目的地はヨーロッパの宮殿を思わせる重厚な内装のラウンジだった。そしてなにより窓からの風景だ。大都市の景色を一望できる。窓に近づくと風景に吸い込まれそうになる。路上の車や人が豆粒のようだ。遠くの方にスカイツリーが見える。

「うわあ、すごいですね」

「雰囲気がいいでしょう」

代官山は店内を見回した。見るからにセレブで洗練された装いの客たちが、アフタヌーンティーを楽しんでいる。紅茶一杯でそこらのレストランのランチくらいしそうだ。

「いらっしゃいませ」

ダークスーツを纏（まと）った外国人の男性が礼儀正しくマヤに声をかけてきた。

「黒井です」

「黒井様ですね。お待ちしておりました。個室の用意ができております」

男性が応えるとマヤは満足そうに微笑んだ。

「個室？」

「ええ。個室は人気があるからなかなか取れないのよ」

「予約してくれていたんですか」

「個室なら周囲を気にせずゆっくりとお話ができるでしょう」

マヤは髪を掻き上げながらフワリと微笑んだ。心が持っていかれそうになる笑みだ。それだけに猟奇趣味が惜しすぎる。

スタッフに誘導されて店の奥にある個室に入る。六人がゆったりと座ることができる、重厚なテーブルセットが設えられている。大きな窓の外には東京の風景が広がっていた。こんな空間を二人だけで独占できるとは、なんて贅沢なのだろう。

それから間もなく紅茶が運ばれてきた。代官山はマヤと先ほど観た映画『スターダスト・ウォーズ』の話題に花を咲かせた。

「今日は特別ゲストを呼んであるわ」

「はぁ？」

特別ゲスト……以前もこれと似たようなシチュエーションがあった。

「な、なんだか嫌な予感がするんですけど……」

「気のせいよ」

そのとき個室の扉が開いた。そこには一組の男女が立っていた。男性の方はよく知るどころか一生忘れられない人物だ。なんといってもリアルに実弾入りの拳銃を向けてきたのだ。あのときの目は本気だった。

「黒井警察庁次長……」

警察庁ナンバー2にしてマヤの父親。

「うん、景色のいい部屋だな」

篤郎は遠慮なく入ってくると代官山に向かい合う形で着席した。その隣には女優レベルに麗しい女性、黒井羊子が腰を下ろした。

「さて、この前の話の続きをしようか」

篤郎は手を組み合わせてその上にガマガエル顔を載せた。

代官山の頭の中ではダーク・ベイダーのテーマが流れた。

＊

「ちょっと代官様。さっきからママばかり見てるじゃん」

マヤが代官山の膝をつねった。

ハッと我に返る。

羊子がほんのりと口角を上げた。

「そ、そんなことありませんよ」

慌てて視線を逸らす。母親のあまりの美貌に思わず見惚れてしまった。

「ところで代官様くん」

篤郎が口をつけていたカップをソーサーの上に置くとあらたまった様子で名前を呼んだ。

「はい……」

「もうプロポーズは済ませたんだよな」

「プロポーズですか⁉」

「まさか、まだなんて言うんじゃないだろうね」

篤郎の額がピクリと動いた。胸ポケットに手を差し込む。前みたいに拳銃でも突きつけるつもりか。代官山は背中をのけぞらせた。

「パパ、代官様はね、両親の見ている前でプロポーズするつもりなのよ」

マヤが機転を利かせ……じゃない！

「黒井さん！」

代官山はマヤの耳元で声を尖らせた。

「ほぉ、そういうことか。それはなかなか男気を感じるな」

「ですわよね、あなた。やはり殿方はこうでないと」

夫婦は感心した様子で顔を向き合わせた。

くそ……またもマヤのトラップに引っかかってしまった。まさに絶体絶命だ。たしかにマヤのルックスは満点に近いが、それを帳消しにしてもあり余るほどに人格に問題がある。あれでは夫婦生活がとても成立するとは思えない。父親の威圧に屈してプロポーズなんてしようものなら、なし崩しに結婚に持ち込まれてしまう。拒めば撃ち殺されるだろう。警察庁の幹部なら、死体のひとつや二つ、なんとでもなりそうだ。

……ていうかこんな男が義父だなんて辛すぎる！

いつもだったらここでマヤのスマートフォンが鳴って事件の一報が入る。それによって急場を凌いできたのだ。

鳴れ！　鳴れ！　鳴れ！

代官山は目を閉じて強く念じた。

「どうした、代官様くん」

「あなた分かってさしあげて。代官様さんは一世一代の告白に気持ちを鎮めているのよ」

羊子の優しい声が聞こえるが、相変わらず名前を間違えている。

「そ、そうか……それはすまなかった」

そのときだった。

ダリオ・アルジェント監督の代表作『サスペリア』のテーマ曲が流れた。オルゴールに不協和音や人の息づかいが被さってくる不気味なメロディだ。これは間違いなくマヤのスマートフォンの着信メロディである。

来たっ！

「はい、黒井です」

彼女の声が聞こえる。代官山は薄目を開けた。マヤがスマートフォンを耳に当てながら相手の言葉に相づちを打っている。

「代官様、殺しよ」

マヤはスマートフォンを耳から離すと露骨に舌打ちをした。母親が「みっともないから止めなさい」とたしなめる。

思ったとおり、通話相手は渋谷係長だ。

代官山は勢いよく立ち上がる。

「俺たち、これから現場に行かねばならなくなりました」

殺人犯よ、グッジョブ！

マヤのトラップに引っかかるたびに、まだ見ぬ殺人犯に感謝している。今回も絶妙のタイミングだ。

「うむ、今は仕事が優先だ。警視庁の名に恥じぬよう速やかな事件解決を期待する」

「はっ！」

代官山は背筋を伸ばして敬礼をする。篤郎も羊子も頼もしそうにうなずいた。

「代官様、いつまでかっこつけてるの。行くわよ」

マヤはジャケットを羽織りながら個室を出ていった。

「失礼します」

「ちょっと待ちなさい」

マヤを追いかけようとしたところで篤郎に呼び止められた。

「なんでしょうか」

「三枝(さえぐさ)事件……分かるな」

「はい……」

代官山が答えると篤郎の表情が一気に曇った。

三枝事件は先月、ニュースで大きく取り上げられたいわゆる冤罪(えんざい)である。

二十七年前、女児殺害の容疑で三枝崇(たかし)という当時四十歳の家電量販店の販売員が逮捕された。被害者の遺体からは犯人のものと思われる体液が検出されており、警察はわいせつ目的の誘拐殺人と判断して容疑者を追及した。犯行を認める自供をした三枝は第一審の途中から否認に転じたが懲役二十九年の判決を受けた。その後、東京高裁が控訴を棄却、続いて最高裁で上告が棄却、有罪が確定した。

三枝は二年後に再審を請求、地裁は請求を棄却するも、即時抗告による東京高裁での審理でＤＮＡの再鑑定が認められ、その結果、遺体から検出された体液と三枝のＤＮＡが一致しないと判明した。当時の鑑定に誤りがあった可能性も高いとされ、この結果を受けて東京高検は三枝を刑務所から釈放したというわけである。

「あんなことは二度と起こしてはならんぞ。慎重な捜査を求める」

三枝事件については杜撰（ずさん）な鑑定方法だけでなく、捜査員による乱暴な取り調べについても取り沙汰されている。警察の幹部や検察官たちが三枝本人の前で頭を下げるという場面が新聞やニュースで大きく報道された。

三枝は自身の経験から、他の冤罪被害者たちとともに取り調べの全面的な可視化を求める運動を起こしている。これらの事件は、警察の歴史に残る失態といえる。誤った捜査や判決によって冤罪被害者たちは人生の多くを棒に振ってしまったわけだ。金銭で解決できるような失態ではない。

「はい！」

代官山は背筋を伸ばして歯切れよく答えた。篤郎は閉じた唇に皺を寄せながらうなずく。

「代官様、健康には気をつけてね」

羊子が優しく微笑んだ。その笑みに胸が高鳴る。

「それでは行って参ります」

代官山は個室を飛び出して、マヤを追いかける。彼女はすでにエレベーターの前に立っていた。

「黒井さん」

声をかけるとマヤはクルリと振り返った。

「いいところでいつもこのザマよ。代官様がモタモタしているからこんなことになっちゃうのよ」

マヤが人差し指を突きつけながら言ってくるので、

「すいません」

と棒読みで謝った。

「つまんない死体だったらそいつの顔を踏みつけてやるわ」

「それだけは止めてくださいね」

あながち冗談ではないから怖い。

2

「もう十年ですか。月日がたつのはあっという間ですね」

座布団の上に着座した鶴田浩二郎がお茶を口に含みながら言った。その隣では福岡雅之が神妙な顔でうなずいている。

この部屋は家屋にある唯一の和室で客間として使っている。鶴田のすぐそばを小さなゴキブリが走り抜けていったが彼は気づかなかったようだ。

十畳の客間の天井にある和風のペンダントライトが明かりを灯している。しかし二本ある蛍光管のうちの一本が切れていた。部屋の明かりが充分に届かないため、特に南側の壁に翳りが落ちていて陰気に思える。もともと部屋に対して電灯の光量が少ないので、家族が部屋になじむ電気式の行灯（あんどん）を見つけてきて置いてある。しかし今はスイッチがオフのままだ。暗がりになにかの気配を感じたのか福岡がチラリと見た。

「私たち家族にとって十年前の今日のことはまるで昨日の出来事のように思えます」

蓬田久美子（よもぎだくみこ）が弱々しく微笑んだ。今年五十歳になるが整った顔立ちのわりに皺が多く、白髪交じりの髪は潤いがないせいか老け込んで見える。子供のころは友人に自慢できる美しい母親だったが、今はその面影も薄い。

「それは無理もないです。十年前の事件が蓬田家の運命を大きく変えてしまったわけですから」

鶴田はいつだって優しい口調だ。その十年の艱難辛苦（かんなんしんく）が久美子の顔に多くの皺を刻みつけて若さと美しさを奪っていった。

鶴田も頭頂部がすっかりはげ上がっていることもあってこちらも実年齢より年配に見える。十年前はたしかに額の生えぎわが後退していたが地肌は見えていなかったはずだ。

そんな二人を見て蓬田聡（さとし）はため息をついた。

聡は今年二十三歳。十年前は中学一年生。無知で無力な子供だった。当時の自分がもう少し大人だったら家族を守ってこられたはずだ。それを思うと、今でも唇を噛みしめてしまう。聡にとって自身の無力さを思い知るに過ぎない十年だった。

鶴田は仏壇の前に移動すると、線香に火をつけて遺影に向かって手を合わせた。福岡もそれに倣（なら）っている。

聡はそそくさと南側の壁に移動して、行灯のスイッチを入れた。行灯の電源ケーブルが押し入れ近くにあるコンセントに届かないので、延長コードが壁沿いに伝っている。暗がりがオレンジ色の柔らかい明かりで照らされる。陰鬱とした雰囲気が少しだけ和らいだ。久美子が「ありがとう」と目で合図を送ってきた。彼女も気になっていたようだ。

新しい蛍光管を買ってこなければ。

しかしこういうことはいつも忘れてしまう。家族の誰かがやってくれるだろうと思ってしまうのだ。そんなわけで洗面所の電球も、もう二週間も切れたままだった。

「栄一郎（えいいちろう）くんと私は同じ年齢なのに彼は四十二歳で止まったままだ。私の方はすっかり年を取ってしまった」

鶴田は頭を撫でながら笑った。彼は栄一郎の高校時代の同級生だ。テニス部でダブルスを組んでいたという。久美子は栄一郎たちと同じ高校で二つ学年が下だ。彼女も同じテニス部で、それが縁で栄一郎と結ばれたというわけである。

「私なんてもっとひどいですよ」

久美子が自嘲気味に言った。

「そんなことはない。久美子さんは今でもきれいですよ」

遺影では聡の父親である蓬田栄一郎が微笑んでいる。ダンディさで妙齢女性に人気の俳優高木英樹（たかぎひでき）に似ているとよく言われていたが、あらためて見るとたしかに似ていると思う。当時は本人もまんざらではなかったようで、その話になると気恥ずかしそうに笑っていた。

遺影は家族で大阪にあるテーマパークに行ったときの写真を本人の部分だけ切り抜いたものだ。このときの栄一郎もまさか一ヶ月後に自分がこの世からいなくなるとは思ってもいなかっただろう。

「本当に大変でしたね。なにか困っていることはないですか」

鶴田は久美子に向き直った。彼の体にまとわりついた線香の芳香がフワリと漂う。

「支援の方たちのおかげでなんとかやってこられました。皆さんには本当によくしていただきましたよ。特に鶴田先生にはいくら感謝しても足りないくらいですわ」

久美子が頭を下げると鶴田は嬉しそうに笑みを浮かべた。

「頭を上げてください。これも我々弁護士の仕事のうちなんですから」

「でも本当に困ったときに真っ先に手を差し伸べてくださったのは鶴田先輩……先生ですわ」

先輩と言われて鶴田はさらに目尻を下げた。

前々から思っていたのだが、彼は久美子に好意を抱いているのではないか。そして母もそのことに気づいているに違いない。しかし彼女は彼女で、鶴田のことは眼中にない。そもそもこの十年間、久美子には恋愛など楽しむ余裕がなかった。一家の大黒柱を失って汲々とした生活を強いられてきたのだ。さらに生死に関わる病魔にも襲われ、闘病生活を余儀なくされた。

「聡くんも麻紀ちゃんも大変だったろうね」

聡は首を横に振った。泣きたいほどに大変だったのは事実だが、他人に同情されたくなんかない。

「そんなことないですよ」

隣に座っているひとつ上の姉・麻紀も同じようにしている。麻紀は母親譲りの美貌の持ち主で、同年代の男性たちからよく声をかけられているようだ。しかしクールな性格の彼女は相手にしない。

聡は父親似だと言われる。たしかに太い眉毛と彫りの深い濃い顔立ちは父親譲りだ。

「いやいや、君たちはお母さんを立派に支えてきたと思う。聡くんはそのために大学進学を断念したんだろう」

「ええ……まあ」

聡は中学、高校と成績優秀だった。

担任教師からは「君なら東大合格も夢ではない」と評されていたほどだ。たしかに勉強は好きだったし、学業優秀であれば収入に恵まれた仕事に就けると思い、さらに勉学に励んだ。

しかし現実は甘くない。その時期に区の癌検診で久美子の肝細胞癌が発覚し、入院生活が始まった。母親の治療費を工面しなければならないこともあって、聡は大学進学を断念した。教師からは奨学金制度の活用を勧められたが、数年後の将来よりも目先の現在を切り抜けなければならないほどに家庭は逼迫（ひっぱく）していたのだ。

それは麻紀にとっても同様で、彼女は高校を出るとホステスやコンパニオンなどの仕事で世帯収入に貢献した。本人は口にしないがどうにも性格に合わない仕事で辛いことも多かったに違いない。トイレの中で啜（すす）り泣く声を何度も耳にしたことがある。

しかし久美子の治療が思った以上に長引いて、その分治療費もかさんでしまった。子供二人が社会人になっても、生活ぶりが上向くことはなかったのだ。

日本の社会では一度、下流に転落してしまうとそこから抜け出すことができないばかりか、次の世代に継承されてしまう。人生の歯車が狂ってしまう理由はいろいろあるが、蓬田家においてははっきりしていた。

大黒柱が殺されたことだ。

父親である栄一郎が殺されたのは十年前の今日である。

それがなければ父が微笑むのは遺影の中ではなかっただろうし、聡も大学に進学できていただろう。そうすれば今のように収入の不安定なバイトや派遣ではなくそれなりの職業を選べたはずだ。その気になれば鶴田のように弁護士にだってなれたかもしれない。そもそも高校生のときには弁護士になりたいと思っていたのだ。

姉も男性に奉仕する仕事に就かなくてもよかったはずだ。読書好きの彼女は中学の卒業文集に編集者や図書館の司書になる夢を綴っていた。

今度は、今まで静かにしていた福岡が声をかけてきた。

「宇根元要のことは今でも憎んでいるのかい？」

「一瞬でもその名前を忘れたことはありません」

聡に対する質問だったのに答えたのは久美子だった。聡も麻紀も同時にうなずいた。

宇根元は十年前の栄一郎殺しの犯人である。

そして宇根元を逮捕したのが福岡だ。十年前、彼は栄一郎の事件の担当刑事で当時から聡たちを気にかけてくれていた。その後も頻繁に訪れては家族の悩みや相談に乗ってくれたりして、今では鶴田同様、家族ぐるみのつき合いになっている。十年前はヒラのいち刑事に過ぎなかった彼が、今では出世して捜査員たちを統率する立場にあるという。もともと小太りの体型だったが、今ではさらに一回り大きくなって貫禄を増している。

彼は聡にとって頼れる兄貴のような存在だった。悩み事があれば鶴田よりも先に福岡に相談した。

「卑劣な男でしたね」

福岡は悪に対する刑事としての憎しみの色を瞳に浮かべていた。今も昔も熱血漢の警察官だ。彼の隣では鶴田が深くうなずいた。

聡の脳裏に宇根元要の貧相な顔が浮かんだ。想像の中で、何度その顔に拳を叩きつけただろう。鼻がつぶれても唇が切れても頬が腫れてもすぐに元どおりになってしまう。十年の歳月が彼の容貌をどのように変えたのか、聡は見たことがないので知らない。見たいとも思わないが。

取り調べでは当初、関与を否定していたが、すべての証拠は宇根元が犯人であることを示していた。一時は犯行を認めたが、裁判になると警察から自白を強要されたと無実を訴えた。そんな被告の主張は認められず、一審に次いで二審でも有罪判決が出たことで、宇根元側の弁護士は直ちに上告したが棄却されて刑が確定したという流れである。

懲役二十二年。

父親が殺された日のことは今でもはっきりと思い出すことができる。

*

十年前の九月三日。

聡は中学一年生だった。

夏休みが終わり二学期が始まっていた。

「蓬田くん、ちょっと」

クラスメートたちと集まって行動するのが苦手な聡が、昼休みに図書室で読書をしていると、担任の石井(いしい)真千子(まちこ)が声をかけてきた。その顔は妙に青ざめていて、そして強ばっていた。

「どうしたんですか」

聡はざわつく胸を押さえて石井に近づいた。聡は現在は平均的な身長であるが、当時はクラスメートたちと比べて幾分小柄だった。女性としては長身の石井を見上げた。

「ごめん。ここでは話せないことなんだ。場所を変えて話そう」

当時の彼女は三十歳。独身だったので生徒たちには「オツボネ」とからかわれていた。快活な性格の彼女はそんな呼び名を笑い飛ばしていた。いつだって威勢のよいハキハキとした話し方をする彼女が、妙に優しい声で話しかけてくる。

きっとただ事ではない、と直感した。

聡は石井に促されて一階職員室のすぐ隣にある会議室に入った。この部屋に入るのは初めてのことだ。おそらく在籍している三年間で一度も入ることなく終わる生徒の方が圧倒的に多いだろう。

扉を開けてみると、校長と教頭が硬い表情でテーブルについていた。校長は聡を見ると、喉仏を上下に大きく動かした。

「さあ、そこに座りなさい」

来年定年退職を迎えるという教頭の相沢元子（あいざわもとこ）が、入り口すぐ近くの席へと促した。聡と石井が隣り合って腰を下ろすと、ほぼ同時に扉が開いた。

「姉ちゃん……」

麻紀が担任に付き添われて会議室に入ってきた。彼女は中学二年生で、聡よりも頭ひとつ分身長が高い。麻紀の担任も沈痛な顔をしている。聡の胸騒ぎがさらに激しくなった。

「なんで俺たちが呼ばれるんだよ」

「知らないよ、そんなこと」

麻紀は通りすがりに眉を八の字にして声を潜める。そのまま聡の隣に着席した。校長と相沢が咳払いをする。重苦しい空気の中、大人たちが互いに目配せをしている。誰が話を切り出すかと探り合っているようだ。

「聡くん、麻紀さん。落ち着いて聞いてくださいね」

しばらくの沈黙ののちに、声をかけてきたのは相沢だった。

聡は深呼吸をすると彼女の顔を見た。いつもより顔の皺が深く細かく刻まれているように思えた。隣に腰掛けている麻紀の呼吸が荒くなっているのが伝わってくる。おそらく自分もそうだろう。

聡は制服の第一ボタンを外して再び深呼吸をした。普段は身なりに厳しい教頭だが黙認してくれた。

「実はね……あなたたちのお父さんに不幸が起こりました」

フコウ?

いきなりだったし中学一年生には遠回しな言い方だったので、意味を理解するのに少しの時間を要した。

「父は死んじゃったんですか」

最初に口を開いたのは姉だった。顔を見なかったが、声はいつもよりずっと大人びて聞こえた。

相沢は唇をぎゅっと嚙みしめると小さくうなずいた。二人の子供を心から哀れむような眼差しだった。

「父さんが……死んだ?」

栄一郎の顔は今朝見たばかりだ。いつもと同じで元気な姿だった。

「二人ともすぐに帰る支度をしなさい」

聡と麻紀は教頭の相沢に付き添われて学校を早退した。

とはいえ自宅に戻ることはできなかった。父親に「フコウ」があったのは自宅だったというのだ。姉弟はそのまま伏見(ふしみ)署に連れていかれた。すでに母親の久美子も待機しているという。母は近くのスーパーでレジ打ちのパートをしている。今日も午前から午後にかけてパートだったはずである。

「どうして警察署なんかに行くんですか」

麻紀が不審げに相沢に尋ねた。

「そ、それは人が亡くなったからよ」

相沢の表情が少しだけ強ばった。

「もしかして父は殺されたんじゃないですか」

麻紀の問いかけに、聡は驚いた。亡くなったと聞いててっきり事故かなにかだと思っていた。

「それは……」

相沢が言い淀んでいる。

「教頭先生、はっきり言ってください。私たち大丈夫ですから」

麻紀が毅然(きぜん)とした様子で言った。「聡、あんた大丈夫よね」

「う、うん……」

聡も慌ててうなずいた。

「本当に大丈夫なのね」

相沢は腰を屈めて聡に目線を合わせた。聡は再び首肯した。

「私も詳しいことは聞かされてないわ。今日の午前中、あなたたちのお母さんがリビングで倒れているお父さんを見つけたそうよ。状況はよく知らないけど、事故とか病気じゃないって……」

相沢は語尾を濁した。

「父さんが殺された……」

聡の脳裏に、栄一郎が殺される場面のイメージが浮かんだ。それは刃物で刺されたり、首を絞められたり拳銃で撃たれたりとさまざまだ。どのくらい痛いのだろうか。想像もつかなかったし、父が殺されること自体、現実感がなかった。むしろもう父がこの世に存在しないことすら実感ができていない。そのことを考えようとすると頭の中が痺れてしまう。嘆こうにも涙が出てこないし、どうリアクションをしていいのか迷ってしまう。

親が死んでいるのにこんなことで悩むなんて、自分は冷酷な人間なのだろうか。

「殺されたって、誰にですか」

聡が質問しようと思っていたことを、麻紀が尋ねた。

「さあ……私もよく分からないわ。聡くん、あなたは男なんだしお母さんとお姉さんをしっかりと支えてあげるのよ」

教頭は聡の肩にポンと手を置いた。

母親はともかく、自分より麻紀の方がずっとしっかりしている。

三人はそれから警察署に入った。

すぐに一目で刑事と分かる男性二人がやって来た。一人は長身で一人は小太りの短軀という凸凹コンビだ。しかし二人とも目つきは鋭い。特に長身の方は睨（にら）まれたら身がすくんでしまいそうな迫力がある。

「蓬田麻紀さんと聡くんだね」

声をかけてきたのは背の低い方だった。姉弟を不安にさせないよう気を遣っているのだろう。柔和な笑みを取り繕おうとしているが上手くいかないようだ。頬が引きつっていて、そもそも目が笑っていない。

「そうです」

教頭が答えると三人は奥の部屋に通された。大きめのテーブルに事務用の椅子が十個ほど置いてある。どうやら小さめの会議室のようだ。

一番奥の席に女性がうなだれた状態で腰掛けていた。

「母さん！」

「ママ！」

聡と麻紀の声が重なると、女性は顔を上げた。

久美子だった。

彼女の顔はつい数時間前に見たばかりなのに別人のようにやつれて見えた。顔も血の気が引いているし、目は真っ赤に充血していた。いつもセットに気を遣っている髪も今はあちらこちらが跳ね上がって乱れている。まるで山から救助された遭難者のようだ。

「麻紀、聡」

子供の顔を見て強ばっていた表情がフワリと緩んだ。それから両方の目から涙がボロボロとこぼれ落ちた。

「蓬田さん、このたびは大変なことに……」

相沢がどう声をかけたものかと戸惑った様子でぎこちなく頭を下げる。

「先生……私、どうすれば」

「蓬田さん、気をしっかり持ってください。あなたはこの子たちの母親なんですよ」

相沢が崩れそうな久美子に力強い声をかける。久美子はどちらかといえば精神的に脆い人間である。蓬田家はなににつけても栄一郎がリードしてきた。

二人のやりとりを見てやっと自分たちの置かれた状況の切実さを実感できた。まず思ったのは自分は今の学校に通い続けることができるだろうかということ。栄一郎が亡くなったということは蓬田家は大黒柱を失ったということだ。久美子のパート収入だけではとてもやっていけないことくらい中学生でも想像がつく。姉弟とも私立中学なので学費がかかる。公立に転校ということになるのだろうか。

そんなことを考えていたら、麻紀が久美子に近づいた。

「ママ、警察の人たちとお話ししたの？」

この状況の中、彼女は妙に落ち着いている。もともとクールな性格の姉だが今も狼狽したり動揺している様子は窺えない。久美子は「これから」と首を横に振った。

それから間もなく先ほどの長身の刑事が入ってきて久美子を部屋から連れ出した。今から事情聴取が始まるらしい。家族を失った直後だというのに容赦がないなと思ったが、死体の第一発見者は久美子らしいので、警察は彼女を疑っているのかもしれない。ミステリ小説でそんなことが書いてあったのを読んだことがある。

　聡と麻紀は別棟にある遺体安置所に連れていかれた。二人を誘導してくれるのは、先ほどの小太りの方の刑事だ。彼は福岡と名乗った。相棒である、久美子を連れていった長身の方は勝俣（かつまた）というらしい。相変わらず二人とも鋭利な目つきを向けてくる。この相手の裏側を読んでいるような表情は、もはや職業病なのだろう。勝俣は五十代、福岡は四十代で所轄所属の刑事らしい。

　別棟といっても倉庫や物置を思わせる簡素な造りの建物に少し驚きを感じた。建物の中に入ると、福岡が奥の扉を開けた。どうやらそこが遺体を安置する部屋になっているらしい。

　部屋の中は九月だというのに、ひんやりとした空気が漂っている。麻紀は両腕をさすりながら、中央にある金属製のストレッチャーに注目していた。そこにはなにかが横たわっていて白い布が被せられていた。枕元には簡素な仏式の枕飾りが設えられてあり、線香の匂いが鼻腔（びくう）をついた。

「顔を見るかい？」

　福岡が声をかけてきたので、うなずいてストレッチャーに近づいた。彼は手を合わせるとそっと布を持ち上げた。

　そこには紛れもなく父親の顔があった。血の気が引いたような顔色だが、それでも死んでいるようには見えなかった。体を揺すればいつものように不機嫌そうな顔をして瞼を開くのではないかと思うほどに、生命の気配を残している。

　聡はそっと指先で栄一郎の頬に触れてみた。ヒヤリとする。

「どうやって殺されたんですか」

　麻紀が尋ねると警官は「ここところを刺されていた」と白布の上から腹部と胸部を指さした。

「あとで君たちにもいろいろと話を聞かせてもらうことになると思うけど、お父さんのことでなにか気になることはなかったかい」

福岡は布を顔の上に戻しながら鋭利な視線を聡に向けた。

「家の中で誰かと言い争っていたとか」

「さあ……心当たりはありません」

答えたのは麻紀の方だった。しかし福岡は聡から視線を外さなかった。聡の目の色の変化を窺うように、じっと見つめている。鬱陶（うっとう）しいので視線を逸らした。

家の中での言い争いということは、この刑事もやはり久美子のことを疑っているのだろうか。夫を殺されたばかりの妻を真っ先に疑うなんて刑事とは因果な商売だと思うし、先日観た刑事ドラマでも主人公が同じような台詞（せりふ）を言っていた。

「父を殺した犯人は捕まるんですか」

「もちろんさ。我々警察は決して犯人を逃さない。君たちのお父さんをこんな目に遭わせたやつを必ず刑務所に入れてやるよ。辛いと思うけどその日を待っててくれ」

聡が尋ねると、福岡は握りしめた拳を前に突き出して答えた。

彼の瞳には強い信念めいた光がこもっていた。

聡の脳裏に今朝の風景が浮かんできた。

*

「聡、学校の勉強は難しいか」

朝食のテーブルについたとき栄一郎が声をかけてきた。父親はラフな服装だ。

「ううん、全然。物足りないくらいだよ」

成績がクラスで一番の聡にとって学校の授業は歯ごたえがなくて退屈だった。もう少し難しい問題に取り組みたいと思うのだが、クラスメートたちがついてこられない。その点、学習塾は聡の実力に合った授業なので楽しい。

「お前は誰に似たのかな。俺も母さんも落第だったぞ」

そう言って聡の頭をそっと撫でた。

栄一郎は中堅の大学の経済学部を卒業して、伏見商事というこれまた中堅の商事会社に就職した。今は経理を担当している。

「ちょっとあなた、私は落第なんてしてないわよ」

「そうだったっけ」

「そうよ、あなただけよ」

久美子は愉快そうに微笑んだ。

「俺たちの子供が成績優秀だなんて不思議だよな。本当に俺たちの子供なのか」

「子供の前でバカなこと言わないで」

母親が父親を叩く仕草をする。麻紀も呆れたように両親を見つめていた。

聡は話題を変えるように聞いた。

「父さん、今日は仕事休みなの」

「ああ、久しぶりに……と言いたいところだが、夕方から会社に行くことになった」

「えっ！　じゃあ、夕ご飯はいらないの」

久美子がエプロンの皺を直しながら、栄一郎に向き直った。

「ああ、畔道のやつがトラブっちゃってな。そちらのフォローをしなくてはいけなくなった」

「畔道さん、相変わらずトラブルメーカーね。この前もあなたが尻ぬぐいさせられたじゃないの」

「そう言うな。あれでも大学の同期なんだ」

栄一郎は苦笑いを浮かべた。大学の同窓生で同期だが、個人的なつき合いはさほど深くなかったという。久美子も名前だけしか知らないようだ。

「アゼミチなんて変わった名前だね」

「なんでも全国でもその名字は百人もいないらしい」

「どちらのご出身なの」

と、久美子が聞いた。

「たしか石川県って言ってたな」

「ふうん、北陸の人かあ」

北陸地方にはまだ一度も行ったことがない。とはいえさほど行きたいというわけでもないが。

「そういえばあなた、宝くじはどうだったの？」

「宝くじ？　そんなの買った覚えはないぞ」

栄一郎はパンにバターを塗りながら久美子を見た。

「なに言ってるの。この前、買ったようなこと言ってたわ」

「いつそんなことを言った？」

「一ヶ月くらい前だったかな。あのときは鈴木さんと飲んで、随分酔っていたみたいだけど」

「ああ、あんときか。二日酔いがひどくてなにを言ったか覚えてない。俺が宝くじを買ったなんて言ったのか」

栄一郎は口をモグモグと動かしながら言った。

「一等が当たったら家族を東京ディズニーランドに連れていってやるって言ったわよ。一等当てといて東京ディズニーランドなんてちょっとケチすぎない？　普通はヨーロッパとかハワイでしょう」

聡も麻紀も、一度も海外旅行をしたことがなかった。

「でも買ったと言ったわけじゃないだろう。財布にもそんなものは入ってないし。そもそも買った記憶すらないからな」

宝くじのことは聡も聞いていない。しかし父親が酔っぱらって帰ってきたとき、しばらく両親とリビングで過ごしたはずだ。聡が寝たあとに会話が交わされたのだろう。

「聡、もし一等に当せんしたらなにが欲しい？」

「一等っていくらなの」

「一億か二億か……前後賞まで含めれば三億くらいにはなるかもしれないな」

「さ、三億円！」

そんな金額、想像もつかない。ざっと計算して一万円札が三万枚だ。欲しいテレビゲームを全部買っても使いきれない。そもそもゲームは一日一時間と決められているから、たくさん買ってもらったところで遊びきれない。

「でもこういう話は内緒にするもんだぞ」

栄一郎は唇に人差し指を当てた。

「みんなに嫉妬されるから？」

お金の話はむやみに他人にするべきではない。中学生になってなんとなく分かってきたことだ。

「もちろんそれもあるが、場合によっては命に関わることだ。この話は鶴田から聞いたんだが、先月、アメリカで一家全員が惨殺された事件が起こった。逮捕された犯人たちはこの一家が宝くじに当せんしたという噂を耳にして強盗に入ったそうだ。やつらは幼い子供まで散弾銃で撃ち抜いた。宝くじに当せんさえしなければ、この一家は今も生きていただろうさ」

父親は銃を撃つジェスチャーを交えながら愉快そうに話した。被害者たちの頭が吹っ飛ぶイメージが脳裏に浮かんで背筋が寒くなった。

「大金が入ったことで不幸になることってあるんだね」

「まあ、そんなことは滅多にないけどな。宝くじが当たれば大抵はハッピーだ」

栄一郎は陽気に笑って麻紀に向いた。彼女は話に耳を傾けていたが、醒めた表情でニコリともしない。最近、家族に対してこういう態度が増えている気がする。昔は父親に甘えていたのにどうしたのだろう。

「麻紀、お前はなにが欲しい」

「なにもいらない」

姉は素っ気なく答えると、席を立ってダイニングを出ていった。

「思春期というやつか。女って生き物は難しいな」

父親は苦笑いしながらも、淋しそうに麻紀の背中を見送った。

玄関の扉が開く音がする。姉は家を出たようだ。小学生のころは一緒に登校したものだが、今はさすがに恥ずかしいので別々に出ていく。

「ねえ、あなた」

久美子は向き合って座っている栄一郎に顔を近づけた。

「なんだよ」

「私になにか隠し事してないよね」

母はまじまじと父を見つめる。

「隠し事ってなんだよ」

「隠し事は隠し事よ」

「浮気とかか。もしそうだとしたら隠すけどな」

父は愉快そうに笑った。

「ふぅん」

久美子はゆっくりとうなずきながら顔を離した。

「なんだよぉ、気になる言い方だな」

「隠し事がないならいいですけど」

「あるわけないだろ、そんなもの」

「そっか……」

久美子はパンを口に含んだ。

――父さんは隠し事をしてないよ。

聡は心の中で言った。

栄一郎は嘘をつくのが下手である。

なによりまず、顔と態度に出てしまう。頬が引きつって変な皺が入るし、声が裏返る。そして無意識のうちに鼻先を指で触るのだ。しかし今はいずれにも当てはまらない。

それにしても母の言う隠し事とはなんだろう。父の推察どおり、浮気を疑っていたのだろうか。どちらにしても父の反応を窺う限り、それもないようだ。

「隠し事ってなにさ?」

「聡、遅刻しちゃうわよ」

聡が尋ねると同時に母は時計を指さした。

「やべ、遅刻だ!」

椅子から飛び上がると、パンを口にくわえたまま家を飛び出した。

3

現場は倉田(くらた)署管内にある雑居ビルの二階だった。

以前はオフィスだったのだろう、さほど広くないフロアには、デスクや事務用の椅子が無造作に置かれている。代官山たちが到着したころには、すでに所轄の刑事や鑑識課員たちが仕事を始めていた。

「あ、代官山さん。ご苦労さまです」

浜田学（まなぶ）が、新調したばかりだというバーバリーのコートをなびかせながら近づいてきた。といっても身長百六十センチにも満たない彼にはブカブカすぎるし、中学生でも通りそうな童顔ということもあって、子供が刑事ごっこをやっているように、微笑ましく見えてしまう。それでも警部補である彼は、代官山やマヤの上司である。今日も、もはやトレードマークとなっている包帯を頭に巻いていた。

「お疲れさまです」

代官山は浜田に敬礼した。彼も嬉しそうに敬礼を返す。

「僕もたった今、到着したところです」

彼は、代官山たちより数分遅れで玄関から入ってきた。

「頭の傷は大丈夫ですか」

代官山は浜田に声をかけた。

「はい、おかげさまで！　すっかりよくなりました」

彼はニッコリと微笑むと、元気いっぱいに答えた。クルリとした巻き毛と可愛らしい顔立ち。背中に羽が生えていれば、イタリアの美術館の宗教絵画に出てきそうな天使にも思える。その顔立ちどおり、彼はピュアな性格の持ち主だ。もっともピュアも度を超えれば病気だが。

「全然よくなっているようには見えませんけどね」

代官山は、彼の額を指さした。包帯からうっすらと血が滲（にじ）み出ている。

「刑事の血が騒いでいるって証拠ですよ」

「いやいや、そういうことじゃないです。もう、本当に黒井さんには気をつけてくださいよ」

「大げさだなあ。『僕は死にましぇーん！』」

浜田はテレビドラマの主人公のものまねをした。

「その傷、黒井さんからデコピンされたんでしょう」

「あれは僕が悪かったんですよ。昼休みに焼きそばパンを頼まれたのに、調達できなかったんですから」

「浜田さんは我々の上司なんですから、そんなことをする必要はないですよ。使いっ走りで焼きそばパンって、いじめられっ子の中学生ですか！」

「それでもね……姫様はその日のランチに、焼きそばパンを食べられなかったわけですから」

「代わりに帝国キッチンの『日替わりルートヴィヒ弁当』を奢（おご）らされたんでしょう」

帝国キッチンは超高級で知られるデリバリー専門店で、その中でも日替わりルートヴィヒ弁当は一万円を軽く超えるという。

あの日マヤは、フォアグラとキャビアとフグとフカヒレと松茸をミックスしてパンに挟んだサンドウィッチを頬張っていた。一口食べてみたいと思ったが、引き替えになにをされるか分からないので、我慢した。そのサンドウィッチの提供者が、浜田だったのである。

「まあ、しょうがないですよね。あれで姫様の怒りを鎮めることができるのなら安いものです」

浜田はいつもの調子でヘラヘラと笑っている。

「鎮めるって、デコピンを食らってるじゃないですか」

「あ、たしかにそうですね」

彼は天使の笑顔を向けたまま包帯を撫でた。

事あるごとに、マヤはドSな言葉で浜田のピュアな心を蹂躙して責め上げた挙げ句、デコピンをする。そのデコピンはまさに凶器であり、指にカミソリの刃を仕込んでいるのではないかと思うほどに凶悪だ。デコピンを食らうたびに浜田の額はぱっくりと口を開けて鮮血が飛び出す。

今回も五針縫ったと聞いたが、そんなのは軽い方だ。浜田はこれまでにも、マヤのいたぶりで生死の境をさまよったことが何度もある。

この前は、橋の上から車両が行き交う高速道路に突き落とされていた。落ちたのがたまたま通りかかったトラックの荷台だったからよかったものの、普通だったら今ごろ鬼籍に入っているはずだ。

浜田は、自分をそんな目に遭わせるマヤのことを、姫様と呼んでまとわりつき、ファンタジー映画に出てくる女王を護る兵士のように、命がけで忠誠を誓っている。退屈しのぎに目をつぶされても、面白半分で腕をへし折られても、離れることはない。

浜田の思いが一部分でもマヤに届けばいいのだが、彼女にとって浜田は、暇つぶしのオモチャに過ぎない。

「とにかく、黒井さんには気をつけてくださいよ」

「姫様のために死ねるなら本望です」

死ぬんじゃなくて、殺されるんです！

代官山は額を押さえた。

やっぱりこの男、筋金入りのドMだ。

救いがあるとすれば、ファンタジーともいえるレベルの打たれ強さだろう。あれだけの仕打ちを受けながら、今まで生き長らえてきた。以前には、マンションの上層階から転落したこともあるのだ。

そのときは全身複雑骨折と内臓破裂で生死の境をさまよったはずだが、数週間後には晴れ晴れとした天使の笑顔で職場復帰してきた。あれには捜査一課第三係一同、度肝を抜かされたものだが……。

「ところで浜田さん、気分は大丈夫ですか。胃腸の調子が悪いとかありませんよね」

「全然大丈夫ですよ。昨夜はたっぷりと睡眠を取ったし、朝食もきちんと食べてきましたからね。母の作るカレーライスは絶品なんですよ」

「朝っぱらからカレーライスですか……ちょっと危険ですね」

浜田は死体を見ると吐いてしまうことがある。

ご遺体の顔にカレーぶっかけは、さすがにシャレにならない。前回はラーメンでその前はニラレバ定食だった。その後始末を手伝わされたので、その後一週間は浜田と口を利く気にもなれなかった。

もっとも彼は陽気に声をかけ、綿毛のようにフワフワとまとわりついてくるので、無視するわけにはいかなかったが。こういう致命的に空気が読めないところは、彼の強みでもある。そのうち憎めなくなるから不思議だ。

そんな浜田は、東大卒のキャリアである。将来は警察組織を動かす人物になるはずなのだが、現状では捜査一課のお荷物である。

使いっ走りをさせられたのは、マヤにだけではない。取り調べ中の容疑者に凄まれて、タバコを買いに走ったこともある。

彼の失敗談は捜査一課ではもはや伝説と化している。浜田を見ていると、日本の将来の治安が不安になってしまう。

代官山の仕事は、そんな出来損ないのキャリアをマヤから守ることだ。三係からキャリアの殉職者なんて出たら、シャレにならない。

代官山はもともと静岡県警浜松中部署勤務の刑事だったのだが、妙にマヤに気に入られて、父親の強権によって、異例ともいえる人事で警視庁に引っぱられてきた。

代官山と浜田は、奥の部屋に入った。社長か幹部の部屋だったのか、大きめのデスクが窓際に設置されている。壁際には重厚なチェストと書庫、部屋の中ほどには接客用のソファとテーブルが鎮座していた。いずれも埃(ほこり)を被っていて、色褪(いろあ)せている。

十畳ほどの部屋には、饐(す)えた臭いが、むあんと漂っている。なんとも絶望的な気分になってしまう、死の臭いである。室内には所轄の鑑識課員と刑事が立っていた。その中にマヤもいた。彼女は現場について、真っ先にここに向かったのだ。

「姫様、相変わらず仕事熱心ですね。さすがは三係のリーサルウェポンと呼ばれるだけのことはあります」

「誰がそんな風に呼んでるんですか。聞いたことないですけど」

「今のところ僕だけです」

浜田が緊張感のない笑い声を立てる。所轄の強面の刑事たちが、彼をギロリと睨んだ。しかし浜田が身分を名乗ると、表情を緩めた。彼らも浜田より年齢はずっと上だが、階級的には格下なのだ。警察組織は上下関係に厳しい。

マヤは、身を屈めて真剣な表情で床に転がっている死体を観察していた。床の汚れも厭わず、死体に顔を近づけている。

代官山はそのマヤを注意深く観察する。観察というより監視だ。彼女が「アイテム」を持ち帰ってしまわないように、である。

「四十点ってところね」

マヤは立ち上がると、仕立てのよさそうなスーツに付着した砂埃を払った。

先日の人肉丼殺人事件の半分の点数である。さすがにこれだけ低い点になると、マヤの表情も不機嫌な色を帯びる。

「ダメですよ。ガイシャを勝手に動かしては」

すかさず釘を刺すと、彼女は舌打ちをして艶やかな長い黒髪を掻き上げた。甘い香りが饐えた空気を一瞬だけ打ち消した。

「ポージングも血糊のデザインも、それなりに形にはなっているのよ。なのに、まるで美的センスを感じないわ。ダリオ・アルジェント監督の作品をもっと研究するべきよ」

出た、出た、ダリオ・アルジェントの倒錯の美学が！

緑と白のストライプのポロシャツには、点々と血痕が認められる。首には青紫の線が走っていた。

「別に死にたくて死んだんじゃないと思いますよ」

首の線は、明らかに索条痕だ。喉頭部より下を水平位に走り、満遍なく首を囲繞しているように見える。

顔面鬱血も結膜溢血点も顕著であることから、この被害者はロープのようなもので絞殺された可能性が高い。死体の状況からして死後二日ないしは三日といったところか。

代官山も、捜査一課の刑事として、そのくらいの知識は持ち合わせている。

「死ぬにしても殺されるにしても美学って大事じゃない？　人間にとって死は一度きりなんだし、人生の総決算よ。終わりよければすべてよしっていうでしょ。こんな死に方ではどんなに素晴らしい人生を送ってきたとしても台無しよ。少なくとも女にはモテないわね」

「死んだらモテないでしょうね」

我ながら身も蓋もない返答だと、代官山は心の中で苦笑する。

「生前はモテたでしょうにね」

被害者は三十代後半から四十代と思われる男性だった。多少の死後変化は認められるが、マヤの言うとおり顔立ちは端整だったと思われる。

「頭部に挫創が見られますね」

浜田が被害者の右側頭部の少し上を指さした。髪の毛には凝血した塊がこびりついている。彼はもう片方の手で口元を押さえている。このタイミングでマヤからボディブローを食らったら、嘔吐するのは確実だろう。すかさず彼を死体から遠ざける。

「なにかで殴られて無力になったところで、首を絞められたというわけね」

マヤも今は浜田には関心がないようだ。その鋭い視線は、死体に固定されたままである。

「それにしても凶器らしいものが見当たりませんね」

代官山は周囲を見回した。他の刑事たちも首を傾げている。

「どちらにしてもこの犯人は美的センスに欠ける人物よ。それだけは間違いない」

マヤは腕を組みながら死体を見下ろした。レンブラントホテルを出る前につまらない死体だったら顔を踏んづけるようなことを言っていたが、さすがにそれはしないようだ。

こんなことに胸を撫で下ろさなきゃいけない人物が相棒である。思わずため息が出てしまう。

「黒井さん、何度も何度もくどいくらいに言ってますけど、犯人の隠しっこはナシですからね」

代官山はここでも念押しした。

「あなたね、この現場を見ただけで犯人が分かるとでも言いたいの」

「そうじゃないですけど……」

マヤは人並み外れた洞察力を持っている。それが彼女の刑事としての大いなる武器であり唯一のアドバンテージなのだが、その推理を告げることはない。そんなことをすれば犯人が逮捕されてしまい、事件が解決してしまうからだ。

つまりそれ以上、殺人が起こらないということだ。彼女の興味の対象は殺された死体だけである。事故などの偶発死や自殺には、まるで関心を示さない。そういう死に方は彼女の美学に反するらしい。

「ところで第一発見者はどこにいるんですか」

浜田が所轄の刑事に尋ねた。

「一度署で聞き取りをしましたが、現場状況の確認と詳細な話を聞くために、ここに戻ってきてます。話を聞きますか」

「もちろんです」

代官山たちは廊下に出た。そこでは白髪交じりの年配の男性が、他の刑事に状況の説明をしていた。名前を聞くと水野(みずの)と名乗った。このビルの管理を任されているという。

「長時間拘束して申し訳ないです。ところで古いビルですね。ずっと使われてないようですが」

今度は浜田が質問をした。

「このビルは三年ほど前から売りに出されているのですが、ご覧のとおり、建物や設備が古くて。そのうえ、ここでは事業が失敗するという縁起の悪い噂も立ってしまっていて、買い手が見つからないんですよ」

ここに入居する会社は、いずれも数年で倒産の憂き目に遭ったという。そんなこともあって今では廃墟同然となっており、エントランスも閉鎖されているそうだ。

水野は週に一度ほどのペースで、このビルに確認に訪れるという。放置しておくと物件が傷んでしまうし、ホームレスが住み着いてしまうかもしれない。しかしこれまでのところホームレスの侵入はなかったそうだ。

「では亡くなった男性は、どうやって入り込んできたのですか」

と浜田がメモを取り出した。

「裏通りの路地に通ずる裏口の扉があるんですが、どうもその鍵が壊されていたようです。先週はちゃんと鍵がかかっていたから、こじ開けられたのは最近でしょう。おそらくそこから出入りしたんだと思います」

裏通りは大人一人が通れるほどの幅しかなく、昼でも薄暗いためほとんど人通りがないという。

一応、これから周辺の聞き込みをするが、目撃証言を得るのは難しいかもしれない。

浜田は礼を言って、聞き取りを終わらせた。

「ガイシャはどうしてこんな廃ビルに来たんだろう」

彼はほっぺに指をつけると、小首をクイッと傾げた。無駄に可愛らしくて苦笑が漏れてしまう。

「誰かにおびき出されたのかもしれませんね」

代官山が見解を告げると、マヤは「そうかしら」と言った。

「違うんですか」

「あなた本当に刑事なの。そんなんじゃパパの御眼鏡にかなわないわよ」

マヤは小馬鹿にするように言った。

「だったらガイシャはどうしたというんですか」

「床の状況はどうだったのよ」

彼女に言われて、ガイシャが倒れていた床を思い浮かべる。

「あっ！」

そこで代官山は指を鳴らした。「死体の周囲の砂埃が乱れてなかった」

「そんなの真っ先に気づくことでしょ」

代官山は頭の後ろを掻いた。いやはや返す言葉がない。

「床に血痕も認められなかった。つまり争った形跡がないということですね」

頭部を殴打されて首を絞められた。通常なら抵抗するし、もがこうとするだろう。そうなれば周囲の砂埃は乱れて、体をねじったり引きずったたような痕が残るはずだ。いくつかの下足痕はあったものの、そのような形跡は一切認められなかった。つまり犯人はすでに動かなくなったガイシャを床の上に放置したと思われる。

どうしてそんなことに気づかなかったのだろう。俺も刑事としてまだまだな……。

代官山はこめかみに拳骨を当てた。

「ということは、殺害現場はここではなかった？」

浜田が言うと、マヤは「そういうことになるわね」と素っ気なく答えた。

犯人は他の場所で被害者を殺害して、わざわざここに運んだ……いや、遺棄したということだろうか。ということは、管理人が週一で訪れてくることも把握していて、その曜日を外してきたと。

「このビルの所有者は？」

今度は代官山が水野に尋ねた。

「大和田（おおわだ）産業という会社ですね。なんでも道路標識なんかを製造販売していたと聞きました。以前はここを営業所のひとつとして使っていたそうです」

「道路標識ですか……」

ということはなんらかの形で警察が絡んでいる可能性もある。お偉方の天下り先だったかもしれない。

「ただ、このビルは奥まった路地という立地ですからね。家賃を下げてもテナントが集まらず、売るに売れずで何年も放置されてます。今では廃墟同然ですよ。まあ、大和田産業さんは業績が好調みたいだから、あまり気にしてないみたいですけどね」

水野は小さく肩をすぼめた。

「でも今回の犯人は案外簡単に見つかると思いますけどね」

死体が転がっている現場に戻ると、浜田が愉快そうに言った。

「あら？　どうしてそう思うの。この現場では目撃者なんて期待できないわよ」

「だって、床には足跡が残っているでしょうし、目撃者が出ないとしても不審者や不審車両は周囲の防犯カメラやNシステムに引っかかりますよ」

マヤが人差し指を立てて、チッチッと左右に振った。

「甘いわね。もし犯人がプロフェッショナルだったらそう簡単にはいかないわ」

「プロフェッショナルってなんですか」

代官山が尋ねると、彼女は不敵な笑みを浮かべる。

「いわゆる死体処理のプロよ」

「そいつがガイシャを殺した？」

代官山は死体を指さした。

「頭を殴りつけてから首絞めなんて殺し方がスマートじゃないから違うと思うわ。プロなら一撃で仕留めるわよ」

「つまり殺人の実行犯は素人だけど、ここに死体を運んできた人間はプロということですか」

「あくまでも私の見立てよ。死体の置き方や場所に迷いというか無駄がないのよね」

マヤは室内を大きく見回しながら言った。

「そうなんですか」

「この死体の面白味のなさは犯行にそつがないからよ。先ほどは美的センスがないと言ったけど、それは少し違うわね。ここに死体を運んだ人間はセンスがないのではなくて、徹底的に合理的かつ効率的なの。得てして実利と芸術は相容れないものよ。プロフェッショナルの鮮やかな仕事なんて面白くないわ。殺人者はアーティストであるべきよ」

マヤが死体に人差し指を突きつけて熱っぽく語る。

所轄の刑事たちが目を丸くしながら、彼女を見つめていた。

そして次の日の午後に、管轄である倉田署に特別捜査本部が立ち上げられた。

4

十一月二日。

倉田署三階会議室の扉には「倉田町雑居ビル殺人事件特別捜査本部」と達者な毛筆でしたためられた、いわゆる戒名が掲げられ、会議室はカメラを手にしたマスコミ連中に囲まれていた。

倉田署の中で一番広いという会議室には、本庁の捜査員はもちろん、倉田署とその周辺の所轄の署員ら百人近くが集まっている。会場は早くも熱気で包まれていた。

代官山はマヤと浜田に挟まれる形で着席している。本庁の捜査員たちは前の席、後ろの席は所轄の署員たちで占められている。彼らは代官山たち本庁組を、大切なお客様として丁重に扱う。最近は少なくなってきたと聞くが、まだまだ旧態依然としたしきたりが根強く残る所轄も多いようだ。

「倉田署は刑事課だけでなく、生活安全課や交通課の署員まで参加しているみたいですね」

代官山が周囲を見回しながら言うと、右隣に着席している浜田がうんうんとうなずいた。捜査本部が立ち上げられると、多くの人員や物資が投入される。所轄署の署長にとってはメンツに関わる案件であり、早期解決に躍起になるところだ。世界一優秀とされる日本の警察の捜査方法は、基本的に人海戦術なのである。

「それにしても倉田署は可愛い子が多いですねぇ」

浜田はいつになく嬉しそうだ。中学生のような顔をしているくせに存外に女好きのようだ。そして面食いである。

たしかに他の署に比べると女性陣が若くて華やかな気がする。

「あら、浜田くん。あなた趣味がよろしくないみたいね。目が悪いんじゃないの。治してあげましょうか」

マヤが代官山を挟んで、ギラリと浜田を睨みつける。気がつけば、鑢（やすり）を取り出して爪を研いでいた。

「い、いや……それはもう姫様の足下にも及びませんよ。うわぁ、倉田署ってブスばっかり！」

彼は尻込みしたように、声のトーンを落とした。

本来なら目つぶしの刑だろうが、代官山が壁になっているのでそうはならなかった。こんなところで流血&失明騒動なんて起こされたらたまらない。

「姫様に嫉妬されてますよ」

浜田が代官山の耳元でクスリと笑った。このハイパーなポジティブさは、彼の強みかもしれない。見習いたくはないが。

「ほら、幹部連中の入場ですよ」

代官山が前方を指すと、ざわついていた会場が一気に静まった。

雛壇には横長のテーブルが設置されており、最近就任したばかりの築田信照（ちくたのぶてる）一課長を筆頭に理事官、管理官や広報官、三係の渋谷浩介（こうすけ）係長、末席には平田光義（ひらたみつよし）署長が着席した。

それぞれの挨拶と訓示が始まる。築田一課長は鑑識畑の出身で現場経験がほとんどないという、異例の経歴の持ち主だ。続いて久保田真人（くぼたまさと）理事官が挨拶を終えると、隣に座る管理官が立ち上がった。会場が小さくざわつき始めた。

「皆さん、ごきげんよう。白金不二子（しろがねふじこ）警視です」

白金はキリッとした眼差しで刑事たちを見渡した。

「へえ、今回の管理官は女性なんですね。珍しいな」

管理官は一課長・理事官に次ぐナンバー３のポストである。

警視庁の捜査一課の場合、課長と二名の理事官の他に管理官が十三名置かれている。大きな強行事件が起こると現場に臨場して、所轄署に設置された捜査本部において実質的に陣頭指揮を執る。管理官一人で複数の係を統括しているため、同時に複数の事件を担当することもある。移動用の公用車も与えられる立場である。

実際の指揮を執る役割だけに極めて優秀な人間でないと務まらないのはいうまでもない。ギリギリの判断が求められる局面も少なくなく、一課長以上にストレスの大きな役職であるともいえる。

「皆さんもご存じのとおり、先日の三枝事件は、冤罪という警察にとってあってはならない、最悪の大失態でした。だからといって捜査における萎縮は禁物です。どのようなことがあっても犯人を取り逃がすことだけは、避けなければなりません。犯人逮捕のその瞬間まで、一同気を引き締めてかかるように」

白金はハキハキとした口調で檄を飛ばした。スカートのスーツは地味ながら、彼女のどちらかといえば小柄な体型にきれいにフィットしている。少しきつめの凜とした顔立ちで、肩にわずかにかかる真っ直ぐに伸びた黒い髪を真ん中で分けていた。クールな美形ではあるが怒らせたら怖そうな女性だ。

「うわぁ、なんであのオバサンが出てくるかな」

隣でマヤが鬱陶しそうに顔を歪めて首を振っている。本当に嫌そうだ。

「黒井さん、管理官を知っているんですか」

「黒百合のOGよ」

黒百合とはマヤの出身校である黒百合女子学園のことだ。中高一貫のいわゆるお嬢様学校である。マヤが猟奇と倒錯に目覚めるきっかけとなった母校なのだが、それはまた別の話だ。

「白金さんもお嬢様だったんですね」

「全然。下町の卑しい庶民の出よ。あいつ、なにかと私のことを目の敵にしてくるのよね。この前の同窓会でも、三次会までつき合わされた挙げ句にオール説教よ。独身四十女のストレスのはけ口にされてはたまらないわ」

「四十歳で独身なんですか」

若く見えるというほどでもないが、年齢を重ねたなりの美しさを感じる。またしゃきっと背筋を伸ばした立ち姿が凜々しい。もしかしたら自分は年上もいけるのかもしれない。見るからにキャリア志向なので、独身というのは納得できるが。

「いたたたた……」

代官山の心中を見透かしたのか、マヤが頬をつねってくる。しかし彼女は舌打ちとともにすぐに手を離した。白金が突き刺すような目つきでこちらを睨んでいる。

「……ったく、年中生理みたいな顔しちゃって」

マヤは目を伏せながら毒づいた。天下無敵だと思っていた、警察庁次長黒井篤郎の令嬢でも、苦手な存在がいるようだ。

「白金警視は慶應義塾大学経済学部出身の準キャリアですよ」

浜田がそっと耳打ちしてきた。

「優秀じゃないですか」

「ええ、そうですね。僕は東大法学部出身のキャリアですけど」

彼はにっこりと微笑んで小さな胸を張った。とりあえずそれしか取り柄がないので嫌味になっていない。

旧国家公務員採用Ⅱ種試験に合格して本庁に採用された警察官のことを準キャリアと呼ぶ。Ⅰ種試験合格者の浜田たちキャリア組と同じく、入庁時から幹部登用に向けて育成されていく。

とはいえ最高階級は警視長までで、警察庁長官や警視総監といった最高幹部に上りつめることは、実質的に不可能とされる。

そういう意味で準キャリアは優秀であればあるほど、もどかしい立ち位置と感じるかもしれない。黒井篤郎のように警察組織に君臨するためには、やはりキャリアでなければならないのだ。警察組織での出世は入庁・入署のときから決まっていて、それを覆すことは難しい。浜田みたいな出来損ないのポンコツでも、将来は警察庁長官になる可能性があるのである。

ちなみにノンキャリアとなると、ほとんどの人間が巡査や巡査部長で警察官人生を終えるという。

つまり代官山たちにとって、警視という階級は手の届かない存在である。

「仕事に厳しそうな人ですね」

いかにもできるといったオーラを全身から醸し出している。入庁してから今日まで、脇目も振らずに仕事に邁進(まいしん)してきたのだろう。

「融通がまるで利かない堅物女よ。強情の負けず嫌いだから男の職場で必死になってのし上がってきたのね。まあ、生まれつき持っていない人間というのは、歯を食いしばって頑張るしかないものね。滑稽だわ」

マヤは小馬鹿にするように鼻を鳴らした。

はいはい、いつもの選民意識。

「あんな年齢で恋人の一人もいないんだから、女子力低すぎるのよ。趣味も一人カラオケってんだから、笑っちゃうわ。クリスマスイブには辛島美登里(からしまみどり)の『サイレント・イヴ』を涙ぐみながら歌ってんのよ、きっと」

マヤが毒づいている間にひととおり幹部連中の挨拶が終わる。今度は渋谷係長が立ち上がって壇上のテーブルの前に出た。

「それではさっそくだが会議に入らせてもらう」

いつものように、司会進行は彼が担当する。

きっちり七三に分けた髪をさらに整えながら、黒縁の眼鏡を指で持ち上げて会場に顔を向ける姿は、まるで警察庁の官僚を思わせる。渋谷はどちらかといえば、現場よりも書類業務や幹部のご機嫌伺いを得意とするタイプだ。それでも何気なく、部下思いの一面を見せることがある。そんな彼も定年間近である。

　場数を踏んでいるだけあって、渋谷の仕切り方は見どころがある。本人もその役回りを天職だと思っているようだ。定年になったら、司会業でも充分にやっていけると思う。

　彼がマイクに向かって咳払いをすると、刑事たちはそれぞれ居住まいを正した。

「被害者は絹川康成（きぬがわやすなり）、三十七歳。七年前からモリムラ飲料に勤務。八年前に妻とは死別していて現在独身。子供はなし」

　渋谷は資料を読み上げる。

「モリムラ飲料って、黒井さんが大好きなカフェショコラのメーカーじゃないですか」

「あなただってよく飲んでいるじゃないの」

　マヤの言うとおり、代官山もモリムラのカフェショコラを愛飲している。

「黒井さんがいつも買い占めちゃうから飲めませんよ！」

　モリムラのカフェショコラを扱っている店舗は存外に少ないので、滅多に目にすることがない。なので、売っていたらすぐに買うようにしている。

　どういうわけか、倉田署一階にある自販機でも扱っていたのだが、売り切れの表示ランプが点灯していた。いつの間にかマヤが、持参したエコバッグをカフェショコラの缶でいっぱいにしていたのだ。

「しょうがないでしょう。あれを飲まないと頭が回らないんだから」

彼女の推理の原動力は、あの飲料にあるのかもしれない。思えば警察署の自販機でよく売られている気がする。モリムラ飲料は、警察と癒着があるのかもしれない。

「だからって二、三本くらい譲ってくれたっていいでしょう！」

白金が厳しい顔つきでこちらを見て咳払いをしたので、代官山とマヤはそっと顔を俯けた。

「住所は東京都世田谷区上馬一丁目四十八の二十二日親パレス一〇二号室。これは賃貸物件の軽量鉄骨二階建てのアパート。そして現場は倉田町三丁目十五の三にある、倉田ビルヂングの二階だ。建物は現在、閉鎖中で以前は大和田産業という会社が入居していた」

それから現場の状況説明が続く。それらは代官山たちがすでに見聞きしたことばかりだった。

「監察医の見解では死体の状況から殺害されたのは十月三十日の午後七時から十時の間。頭部を鈍器のようなもので殴打されているが、直接の死因は窒息だ。索条痕から、硬いビニール製のヒモが使われていることがわかった。鑑識によれば、太さや形状から家電製品のコードかなにかではないかということだ。現在、その特定も急いでいる。また犯人は右利きであることも分かっている。その右手の人指し指と中指の爪が剝離。傷痕は比較的新しいが、爪は現場からは見つかっていない。犯人のものと思われる毛髪と足跡が多数認められた。ちなみに凶器は出ていない」

「渋谷係長」

白金が手を挙げる。

「なんでしょうか、管理官」

「殺害現場は、倉田ビルヂングですか」

一言一言歯切れがよくて、聞いていて心地よいほどだ。

「ああやって人の話に割り込んで、自分が主役にならないと気が済まないのよ、あの年中生理のオツボネさんは」

マヤが吐き捨てるようにつぶやいた。

「いいえ。倉田ビルヂングは殺害現場ではないと思われます」

築田一課長も「ほぉ」と声を上げると、興味深そうに身を乗り出した。

渋谷は死斑や皮下出血の状態、頭部の出血や失禁の痕が床に認められなかったことを説明した。現場に争った形跡がないことは、代官山たちも確認している。やはり絹川は、別の場所で殺されたようだ。

「犯人か、また別の人物があそこに運んできたというわけですね」

浜田が渋谷を見つめながら言った。殺害の実行犯と別人物だったとしても、死体遺棄は立派な犯罪である。

「あと、被害者の所持品の中に自宅アパートの鍵が見当たりませんでした。世田谷区上馬一丁目にある自宅アパートの部屋は施錠されてました」

「犯人が奪ったのかしらね」

「自宅アパートの部屋は荒らされたり物色された形跡がないそうです」

「それならどこかで落としたのかもしれないわ。そちらの捜索もお願いします」

指示を与える白金に向かってマヤは舌打ちをした。

「黒井さん、聞こえたらまずいですよ」

「アパートの鍵探しなんて、刑事は便利屋じゃないっつうの」

毒づく彼女を白金が睨んでいる。代官山はそっと俯いて顔を隠した。

「それでは現場周辺の聞き込みの報告をしてくれ」

渋谷が促すと所轄の刑事が立ち上がった。昨日も現場にいた刑事だ。

「十月三十一日の夜十一時ころ、たまたま現場の近くを通りかかったという男性から話を聞くことができました。ホームレス風の男が裏口の扉をいじっているところを見かけたそうです。そのときは廃ビルに入って、雨風を凌ぐつもりなのだろうと思って声はかけなかったと証言しております」

「そのとき死体を目撃していないのか」

「街灯もほとんどなく、暗くてよく見えなかったと言ってます」

無理もないだろう。

あのビルのエントランスはそれなりの大通りに面しているが、裏口は入り組んだ路地にある。またさらにビルを取り囲む石塀のため裏口は路地の通行人から死角になっている。目撃者は石塀の向こう側から音がしたので回り込んで覗(のぞ)いてみたと証言している。

周囲に並んでいる民家も古いうえに空き屋が多かった。あの一帯は人も建物も〝老朽化〟していた。犯人はそれをよく知っていたから、あのビルを遺棄場所に選んだのか。そうなると界隈の土地勘があるということだ。むしろあのビルのことを、よく知っていたのかもしれない。

「むしろあんな場所でよく目撃情報が出たと思えるわ。我々にとっては僥倖(ぎょうこう)ですよ」

白金が口を挟む。彼女も事前に臨場して現場とその周辺を確認したらしい。

マヤは、そのやりとりを不機嫌そうに眺めている。よほど白金のことが気に入らないらしい。

「扉を開けて中に入るところは目撃したの？」

今度は白金が質問した。

「通り過ぎただけなので、そこまでは見てないと証言してます」

あんな人通りの乏しい路地のそれも夜間に目撃者が出ただけでも御の字だ。

「不審車両は？」

白金が続けて尋ねると、他の刑事が手を挙げた。

「近隣の住民が、現場付近に駐車した黒いワンボックスカーを目撃しています。運転席には、サングラスをした三十代から四十代の男が乗っていたと証言しています。こちらも通りすがりだったので、細かいところまではよく覚えてないそうです」

ホームレス風の男とサングラスの男との関連性は分からないが、調べる必要がありそうだ。

「それにしても殺害場所はどこなんでしょうね」

浜田が疑問を口にした。

「わざわざあんなところに運ぶくらいだから、殺害実行犯の自宅とか職場じゃないの？」

マヤがテーブルに頬杖をつきながら言った。代官山も同感だ。

何者かに背後から鈍器で殴られ、倒れたところで首にコードを巻かれる絹川の姿が浮かんできた。殴る時点では殺すつもりはなかったものの、急激に殺意が起こったのか。それとも最初から殺すつもりだったのか。犯意のプロセスも気になるところだ。

「でも黒井さんの言っていた、プロの犯行の線はなくなりましたね」

昨日マヤは、現場に死体を運んで遺棄したのは、プロの手口と直感したと言っていた。

「そんなこと言ったかしら」

彼女は白々しくとぼけた。

「言いましたよ。犯人は現場に毛髪や足跡を残してますからね。プロだったらそんなヘマをしないでしょう」

「たしかにね……。でもあの死体は、どうにもつまらないのよね」

マヤは右肩を小さくすくめた。

「今回は点数が低かったですもんね」

彼女の採点は四十点だった。今までの平均を下回る。

「もちろんそうなんだけど、あのつまらなさは美的センスがないというのとは、ちょっと違うわ。それなりに形になっているのに今ひとつ面白味に欠ける、たとえるならファミレスのメニューみたいな感じ」

死体をそんなものにたとえられても、今ひとつピンとこないが。

「無駄がないというのかしら。そこが大きな減点なのよね。マーダーシップに欠けているわ」

代官山が首を傾げていると、つけ加えた。

「マーダーシップってスポーツマンシップの殺人版みたいな？」

そもそもマヤが評価する殺人現場は無駄が多すぎるのだ。そして彼女はそんな殺人現場を呼び込んでしまう運（？）を持っている。だからこういう「普通」の現場を見ると不謹慎ながらホッとしてしまう。実に不謹慎ながら。

それから捜査会議が終了するまで、マヤは尖った顎をさすりながら、なにかをじっと考え込んでいた。

＊

「黒井巡査部長」

会議室を出ようとすると、雛壇からマヤを呼ぶ声がした。

「はい」

マヤが足を止めたので、代官山も浜田も立ち止まって声の主を見た。歯切れのいい口調だった。

白金不二子がキリリとした目つきで、マヤを見ている。

「こちらに来なさい」

「なんでしょうか」

マヤは心のこもっていない返事をすると、白金に近づいた。代官山と浜田は多少の距離を置いて二人を眺める。渋谷も近くの席で心配そうに見ている。一課長や理事官たちはすでに退出していて、雛壇には白金と渋谷しか残っていなかった。

「犯罪捜査で一番重要なのはなんだと思いますか？」

突然、白金がマヤに質問をした。

「チームワークです」

代官山は、思わず噴き出しそうになった。

どの口が言うんだ、おい。

「そのとおりです。ところで黒井巡査部長は三係で特別扱いされているそうですね」

白金は鋭い目つきを三係の係長、渋谷に向けた。

「い、いえ……ごく普通だと思いますが」

彼はしどろもどろに答える。特別どころか、警視庁における人事の実権を握っているといっても過言ではないと思う。

また幹部たちはマヤの類いまれなる洞察力と推理力を当てにしている。今までにも何度か迷宮入りしそうだった事件を、解決に導いているのだ。

だからこそ、代官山はいつもマヤとコンビ……浜田の子守もあるから、トリオを組まされている。マヤは真犯人を推理しても決して口にしない。そうやって殺害死体の山が築かれるのを待っている。その彼女から推理を引き出すのが代官山の仕事だ。

「黒井篤郎警察庁次長の娘だからといって、私は一切特別扱いはしませんからね」

白金は立ち上がると、マヤと目線を合わせた。

「別にそんなこと望んでいませんけど」

「捜査はチームワークです。今後は逐一、私の指示に従ってもらいますからね」

白金はマヤに人差し指を向けた。

「それで迷宮入りしなければいいんですけどね」

「なんですって！」

「ちょ、ちょっと姫……」

渋谷が止めようと腰を浮かす。

「その姫って呼び方が特別扱いだと言っているんです」

白金が睨みつけると、渋谷は背筋をのけぞらせるように伸ばした。

「ただちにあらためます！　そんなわけで黒井くん、管理官の指示に百パー従うように」

長いものには巻かれるのが信条の渋谷は、さっさと軍門に降った。

こういう輩が組織では昇進する。捜査に参加するメンバーの中には、渋谷と同年代でありながら、ヒラの刑事は少なからずいる。現場主義の彼らは、捜査に没頭するため昇進試験やそのための根回しなど眼中にない。どの世界でもそうだが、本当に汗水垂らして働いている人間が報われないようになっている。

代官山も、熱血の現場主義とまではいえないが、仕事にやり甲斐を感じており、昇進にはさほど興味がない。定年までに、警部補にでもたどり着ければ御の字かと思っている。ちなみに警部補の階級はキャリアなら入庁と同時に与えられる。そこから警視や警視正あたりまでは、あっという間である。

「現場に関する私の見解をお伝えしましょうか」

マヤが不敵に微笑みながら言った。

「あなたの見解など興味がありません。あなたは私の指示に従っていればよいのです」

「そうですか。それならお話しする必要はないですね」

マヤが素っ気ない様子で言った。

「姫……じゃなくて黒井くん。管理官もご参考までに聞かれてはいかがかと。彼女はときどき鋭い意見を言うんですよ」

「そのことは聞いたことがあります。何度か真犯人を言い当てているそうですね」

これまでは、なぜか白金とマヤがかち合った事件がなかった。今回が初めてである。

「単なる当てずっぽうに過ぎませんよ」

マヤは口角を大きくつり上げて、太々しい笑顔を向けながらも謙遜した。

「分かりました。参考までに聞きましょう。その当てずっぽうとやらを」

白金は着席するとスーツの襟をピンと伸ばした。胸元にはブラウスのフリルが控え目に覗いている。

「ささ、ひ……じゃなくて黒井くん。管理官にお伝えしなさい」

すかさず渋谷が促す。マヤは咳払いをした。

「実行犯かはともかく、死体を倉田ビルヂングに運んだのはプロフェッショナルです」

「プロフェッショナル？　根拠はなんですか」

「根拠なんてありませんよ。当てずっぽうですから」

白金の眉が一気につり上がる。

「あなたは私をバカにしているのですか！」

「私、上下関係に無駄に厳しい黒百合の先輩をバカにする勇気は持ち合わせておりませんわ。それと白金管理官」

「な、なんですか」

マヤは底意地悪そうに口元を歪めた。

「四十歳のお誕生日おめでとうございます。たしか今日でしたわね。今夜、彼氏さんが祝ってくれるんじゃないですか。早めに帰らなければなりませんね」

「私にそんな男性など必要ありません。だから早く帰る必要もありません」

「さすがは我らが黒百合の希望の星・白金管理官。警視になっただけのことはありますね。今日も仕事一筋ですか。私も偉大な先輩を見習わなくては」

マヤは歌うように言った。端で聞いていてもイラッとする。

「心にもないことを言わなくてもよろしい」

白金も怒りを表に出さないよう努めているようだ。

「なんなら私たち三係でお誕生日会を開きましょうか。せっかくの四十路なのに誰からも祝福されない誕生日なんて淋しいですわ」

「あなたに祝福される謂われなんてありません！」

「それでは今からバースデーケーキ買いに行ってきます」

マヤは一礼すると、背を向けて会議室を後にした。白金は腰に手を当て息を吐きながら、マヤの背中を見つめている。

「代官様！　ちょっと」

渋谷が手招きをしたので近づいた。

「なんですか」

「君は分かっているだろ。姫がプロフェッショナルの犯行だと言った根拠を」

彼は代官山の耳元で声を潜めた。

「それが……よく分かりません。死体に無駄がなくてつまらないとか、マーダーシップに欠けるとか言ってましたけど」

「なんだ、そりゃ。君は自分の仕事を分かっているんだろうな」

「一応分かっているつもりですよ」

マヤから推理を引き出すことだ。そして浜田をマヤの魔の手から守ること。……そんなことをするために警視庁に来たんじゃない！

「一応じゃ困るんだ。きっちりとやってもらわないとな。とにかく姫のご機嫌を取って推理を引き出せ。彼女のことをボンドガールだと思って扱え」

「特別扱いにもほどがありますよ」

「管理官は姫の実力をまだよく分かってない。君だって、彼女の洞察力のすごさは分かっているだろう。それに姫から話を聞き出せるのは君しかいないんだ。――近々結婚するって聞いたぞ」

渋谷は代官山の腕を肘で突いた。

「そ、そんなのデマですよ、都市伝説ですよ！」

「隠さなくたっていいだろ。どうせいずれは分かることなんだから」

「隠してなんてないですよ。誰がそんなこと言っているんですか」

「公安だよ、公安」

渋谷はしれっと答えた。

「公安ってそんなことを調べる部署なんですか」

思想犯やテロリストの取り締まりなど、公安の仕事は秘匿性が高く、警察組織に身を置く代官山も誰がどこでなにをしているのか内情はよく知らない。

もっとも公安は警察内でも孤立した部署である。年配刑事の中には彼らをスパイと揶揄する者たちもいる。実際、情報が共有されずトラブルになることもままあるらしい。

「さあな。とにかくそう聞いた。代官様、姫を泣かせるようなことがあれば次の日には冷たい東京湾に浮かぶことになるぞ」

渋谷は至って真面目な表情で言う。本当にあり得ることなので笑えない。そもそも相手の父親に本物の拳銃を向けられた経験がある日本人って、どれほどいるのだろう。ヤクザでもそうそういないと思う。そういう意味では、実に貴重な経験……なわけない。ましてや相手は警察官僚である。

「とにかく結婚なんてありませんから」

そうなりそうな事態を救ってくれたのは他ならぬ渋谷からの電話だった。今までにも彼からのコールで何度か助けられている。お礼を言ったことは一度もないが。

「あなたたち、さっきから男同士でなにをひそひそ話しているのですか。捜査に関することなら、きちんと報告なさい」

「黒井巡査部長がチームワークを乱さないように、しっかりと管理してくれと彼に指示していたところです」

卑屈な笑みを振りまきながら、渋谷は代官山の肩を頼もしそうに叩いた。

「彼女は父親の権勢を笠に着て好き放題やりたい放題、傍若無人に振る舞っていると聞いています。もしそんなことを許せば、日本の警察は一部の特権階級の食いものにされてしまいます。それは罪もない人を、冤罪に陥れることにもつながりかねません。罪の前では何人(なんぴと)も平等であるべきです。三枝事件は二度と起こしてはなりません」

白金は演説さながら拳を突き出して熱っぽく語った。その強い正義感と実直さが彼女の評価につながっているのだろうと思った。それに彼女の演説には強く同意できた。

年上の女性だけど、ますますいいな。

そんなことを悟られたら、マヤよりも父親に殺されそうだ。

「とにかく仕事に入ってください。何度も言いますが、黒井巡査部長の暴走は許しませんから」

彼女は渋谷と代官山に向かって念を押した。

「いやあ、今回は早々に解決すると思いますけどね」

「あら、浜田警部補。どうしてそう思うのですか」

白金は、浜田の名前と階級を把握しているようだ。彼も少し嬉しそうだった。

もっとも、無駄な不死身体質は一課でも語りぐさとなっている。それで知っているのかもしれない。

「遺留品が多く出てますからね。その中でも毛髪と足跡は大きいですよ。近いうちに容疑者が絞り込まれるんじゃないですか」

浜田は、相変わらず緊張感ゼロの口調だ。どんな緊迫した空気でも、彼の一言で一気に脱力してしまう。これもある種の才能だと思う。

「そういうときこそ気を引き締めて捜査に当たってください。思い込みや先入観にミスリードされてしまうことがあります。三枝事件もそうだったように」

雛壇でのスピーチでも気になったのだが、三枝事件の名前を出すとき、白金の表情が一瞬だけ曇って見えた。

代官山と浜田は管理官に一礼をすると、会議室を出た。

廊下に出ると、自販機前のソファにマヤが腰掛けていた。モリムラのカフェショコラを美味しそうに飲んでいる。この自販機もカフェショコラは売り切れになっている。彼女が買い占めたのだ。代官山はマヤの隣に腰掛けた。

「黒井さん、管理官にあの態度はマズいですよ」

「あら。代官様は年上の女性が好みなのね」

「そんなんじゃないですよ」

「代官山と白金。どちらもセレブな地名でお似合いじゃないの」

彼女は小馬鹿にするように鼻で笑った。

「単なる偶然ですよ。管理官となにかあったんですか」

「とにかく先輩風吹かせてうるさいの。そして他人が自分の思いどおりに動いてくれないと気に入らない。昔からそう」

マヤはうんざりといった口ぶりだった。

「でも仕事には真剣な人だと思いますよ」

「父親のことがあったからよ」

「父親？　管理官のお父さんになにかあったんですか」

「彼女の父親も警察官よ。例の三枝事件を担当していたの。今の彼女と同じように管理官としてね」

「そうだったんですか！」

誤った捜査は、容疑者の人生を狂わせてしまう。刑務所を出られても社会復帰できるまでには、相当な時間を要するという。

「三枝事件が冤罪だと確定したのはつい最近で、彼女のお父さんはすでに退職したあとだったけど、そりゃショックだったでしょうね。だから神経過敏になっているのよ。父親と同じ轍（てつ）を踏まないかと」

マヤはカフェショコラを飲み干すと、空き缶をゴミ箱にナイスシュートして立ち上がった。

5

砕石の山を載せた一輪車は、その重さで左右のバランスを崩しそうになっていた。聡は両腕に力を入れて、ヨロヨロと押し進める。一輪車を倒したら、班長の怒号を浴びることになる。

ここは臨海エリアにある、高層マンション建設予定地だ。この工事現場に配属されて二週間。力仕事はいつまでたっても慣れることがない。

高校時代、勉強は得意だったが、体力の方は自信がなかった。それでも手っ取り早く稼ぐには、時給のいい肉体労働しかない。

聡は高校を卒業してすぐにＩＴ企業に就職したが、その会社はすぐに倒産してしまった。母親が癌になってしまい、治療のためにお金が必要だったので、それからは、いわゆるガテン系の仕事を求人情報誌で探しながら、工事現場を転々としてきた。

「おい。あっちの石も運んどけ」

現場監督の前野が指示を出す。筋骨隆々とした体つきが作業服の上からでも分かる。

「俺が全部やるんですか」

そちらには、先ほどの数倍の砕石が山積みとなっている。とても一人でこなせる量ではない。午前中からずっと運んでいるので、体力はもうすでに限界に近い。

「しょうがないだろ。無断欠勤が三人も出たから人手が足りてないんだ」

「三人もって補充はされないいんですか」

「一時間後に二人ばかり送られてくる。それまではこの人数でやってもらうしかないな。文句あんのかよ」

前野はヘルメットの上から、聡の頭に拳骨をぶつけた。

「べ、別にないですけど……」

そそくさと一輪車を押してその場を離れた。あの手の男は怒らせるとやっかいだ。

どうしてこうなってしまったのだろう……。

理不尽な思いをするたびに、そのことが頭の中をよぎる。あの事件が蓬田家の運命を大きく変えてしまった。だからといって、いくら悔やんでも過去は変えられない。残された者たちは今という現実を生きるしかないのだ。

そしてこれまで、一度転落した者に社会の風がいかに冷たいかを思い知らされてきた。炎暑や極寒といった悪条件の中で肉体労働をしている人間よりも、洒脱なスーツを纏って空調の利いた部屋でパソコンを眺めているホワイトカラーの方がずっと高給である。

そんなことを考えながら、砕石を運ぶ。

すべてを諦めて感情を捨てろ。そうやって時間が経過するのを待つのだ。これから先の人生は消化試合に過ぎないのだから、どう頑張っても報われることはない。希望を持つな。夢を持つな。そんなものを持てば傷つくだけだ。

「おい、蓬田！　こっち来い」

砕石を積んで何度か往復していると、前野に呼ばれた。聡は疲労困憊気味の体で一輪車を押して彼に近づいた。

「喜べ。補充人員の到着だ。こいつに手順を説明して二人でやってくれ」

前野は隣に立っている男性を、聡の前に乱暴に突き出した。

「あ……」

鼓動が跳ね上がった。同時に腹の中で熱い黒煙が広がっていくのを感じた。

男性は聡と同じヘルメットを被り、同じ作業服を着ていた。身長は男性としては平均的な聡とほぼ同じで、中肉中背の体型だった。

しかし男は、聡の顔を見て切れ長の目を細めた。

「じゃあ、頼んだぞ。ここの責任者はお前だ。今日中に全部終わらせろよ」

前野は幼児にするようにグリグリと聡のヘルメットを撫でると、二人から離れていった。

「あんた、宇根元……宇根元隆典くんだよね」

聡が声をかけると男性はヘルメットを取った。短髪は抹茶色に染められていた。細く剃られた眉毛はつり上がっている。顔立ちは整っている方だが険を漂わせている。しかし眼光の鋭い瞳に、さほど攻撃性は窺えない。むしろ聡と同じように、失望と諦めをくり返してきたような荒んだ色すら感じられる。

「久しぶり……蓬田くん」

隆典は小さく頭を下げたが、笑顔はなかった。

「最後に顔を見たのは十年前か。あんたがうちに来た日だ」

聡は努めて冷静な口調で言った。

「あの日のことは忘れようがない」

「だろうな」

聡は吐き捨てるように言った。

隆典の父親は、聡の父親を殺害した犯人である。

十年前、聡より三歳年上の高校一年生だった隆典は、学生服を着て、たった一人で蓬田家にやって来た。そして玄関前で家族に向かって土下座をしたのだ。

彼は母親を早くに亡くしていたので、当時、父親と二人暮らしだった。

「あのときは、母がひどいことをしたな」

土下座をした隆典に、久美子は水の入ったコップを投げつけた。それは彼の額に命中して流血した。彼は目を真っ赤にしながら一礼をすると、なにも言わずに立ち去った。その後ろ姿は、今でも鮮明に思い出すことができる。

「当然のことだ。別に恨んじゃいないよ」

「当たり前だ。恨まれるような筋合いじゃない」

隆典はなにか言いたげな様子で、唇をキュッと噛んだ。

聡は一輪車のグリップを握って持ち上げながら、「あれからどうしてた」と尋ねた。あのあと隆典は、通っていた高校を中退したと風の便りに聞いた。

「しばらくは住み込みで新聞配達だよ。それからいろんな仕事を転々としてる。父親のことがあったから、まともな会社には就職できなかった」

隆典が通っていた高校は有名な公立の進学校だった。彼も聡と同じく大学進学の夢を諦めたのだ。

「そんなあんたと俺は同じ立場にいる。こちらにはなんの落ち度もなかったのにだ」

隆典は複雑そうな顔でうなずいた。

「とりあえず仕事の手順を教えてくれ」

聡は隆典に仕事内容を指示した。といっても山積みになった砕石を一輪車で移動させるだけの単純な作業だ。それでも体を酷使する仕事なので他の誰もやりたがらない。こういう仕事を押しつけられるのは、いつだって聡だった。それが分かっていても受け入れてきた。他人と争うよりも、諦めてしまった方が気が楽だ。社会に出て一番最初に覚えたことだった。

仕事を終えて缶コーヒーを飲んでからロッカー室に入ると、一足先に隆典が帰り支度をしていた。

「お疲れさん」

聡が声をかけると、隆典はビックリしたような表情を向けた。

「俺にもそんな言葉をかけてくれるのか」

「勘違いしないでくれ。単なる社交辞令だ。俺はあんたの父親がしたことを許しちゃいない」

聡の言葉に隆典の表情が暗くなった。

宇根元要の顔は一瞬たりとも忘れたことがない。

聡の家族と人生を破壊した張本人。

苦しくて哀しくて心が折れそうなとき、いつだってその男の顔を思い浮かべてきた。この男さえいなければ父親を失うことがなかったし、聡も今とは違った希望に満ちた人生を送っていたに違いない。それは母親にも姉にもいえることだ。

蓬田家はマスコミのインタビューでも宇根元への憎しみや怒りをぶつけてきた。

特に久美子は呪詛（じゅそ）を唱えるように相手を罵（ののし）った。それは息子でもある隆典にも向けられていた。それが激しかったこともあり、逆に「被害者意識が強すぎる」「寛恕（かんじょ）の気持ちを持つべき」などの声が届くようになった。家の壁に落書きされたり、窓に石を投げつけられたこともある。

それでも蓬田家は加害者への怒りの声を抑えなかった。そうでもしなければ暗澹（あんたん）たる日常を乗り越えていけなかったのだ。

しかしそれがきっかけで、聡たち一家は世間での孤立を深めていった。友人や知人たちだけでなく親戚ですら離れていった。もっとも聡たちはそんなことを気にしていられる余裕もなかった。宇根元には資産も大した貯金もなく、家族は隆典だけ。ない袖は振れない、つまり、支払い能力がない彼らに、賠償金を期待することはできなかった。

なによりまずかったのは、栄一郎が生命保険に加入していなかったことである。自宅を売りに出してみたが、町内でも有名な殺人現場となってしまった建物や土地が売れるはずもなく、聡たち家族は今でもそこに住んでいる。犯罪被害者等給付金の支給もあったが、それだけでは到底賄（まかな）えるものではなかった。

「あんた、今でも父親の無実を信じているのか」

「どうしてそんなことを言う」

彼は驚いたように、頭をグッと後ろに反らした。

「弁護士から聞いたんだ。あんたが事件のことをいろいろと調べているってな」

弁護士とは、栄一郎の高校時代の同級生だった鶴田浩二郎である。

「それは俺自身の問題で蓬田くんには関係ない」

「関係ないわけないだろう。俺はあんたの家族に父親を殺されたんだ。そもそも犯行を自供しているじゃないか」

聡は隆典を睨みつけて拳を握りしめた。隆典はなにか言いたげな様子だが、黙っている。

「これから時間あるか」

「あ、ああ……」

聡の言葉に、隆典が意外そうな顔で首肯した。

「飲みに行かないか」

「本気で言ってるのか。俺は加害者家族だぞ」

「別にわだかまりを解こうというわけじゃない。俺はあんたのことを知りたいんだ」

「俺のことを?」

それは本心からの言葉だった。父親を殺した男の息子が、どんな人生を送ってきたのか興味があった。

「もちろん割り勘でな」

聡が顎で促すと隆典は喜んでいるのか困っているのか分からない複雑な笑みを見せた。

＊

二人は「串珍品」という職場から近い居酒屋にいた。格安ということもあって、店内は若者や現場労働者の姿が多かった。聡がビールを注文すると、間もなくしてジョッキが二つ運ばれてきた。

二人は乾杯することなくジョッキに口をつけた。

「まさかあんたと酒を飲む日が来るとは思わなかった」

「誘ったのは蓬田くんの方じゃないか」

隆典は聡のことを意識的に「蓬田くん」と呼んでいるようだ。

鶴田から聞いた話では、成績優秀者ながら高校を中退した隆典は悪い仲間にそそのかされて一時期は不良グループに属していたという。その面影が今でも色濃く残っているが、聡の前ではそんな過去を出さないようにしているようだ。

とりあえず二人は近況報告を交わした。

隆典も聡と似たような境遇だ。将来に夢も希望も見えてこない、鬱屈とした毎日だ。

「あんたは父親の無実を信じてるんだな」

聡は残り少なくなったジョッキを一気に飲み干しながら言った。お代わりを注文する。これで互いに四杯目だ。少しだけ酔いが回ってきているが、意識や気持ちが乱れるほどでもない。しかし互いに口数が増えているのも事実だ。

隆典も顔を紅潮させていた。

「その話はもういいだろう」

「ちっともよくない。信じているならそれなりの根拠があるというわけだろう。俺はそれを聞きたいんだ」

「だったら言わせてもらう」

隆典はジョッキを叩きつけるようにしてテーブルに置いた。

「聞いてやるよ」

聡もジョッキを置いた。

「栄一郎さんの死因はなんだった？」

「刃物による失血死だ」

聡は「なにを今さら」と言いたいのを呑み込んだ。

犯人は栄一郎の腹部と胸部に刃物を突き立てた。その直前に首を絞めて意識を失わせたという報告も上がっていた。現場には、栄一郎の血液が付着した凶器が落ちていた。

「おかしいと思わないか」

「なにがおかしい？」

聡が聞き返す。

「犯人の指紋は蓬田くんの自宅の裏口から廊下、そして君の親父さんの皮膚にも残っていた。なのに、凶器となった刃物からは指紋が一切検出されていない」

「それは侵入時にはめてなかった手袋を、殺害時に着用したということだろう。たしかにそれは不自然だと勝俣さんも言ってたが」

勝俣さんとは勝俣茂雄（しげお）という当時捜査を担当していた古参の刑事のことだ。定年退職後は警備会社に勤務していると聞いた。

「それに刃物の柄にパウダーが付着していた」

「それも聞いた。医療現場で使用されるゴム手袋らしい」

それも大量に出回っているので入手ルートを特定することはできなかった。

「俺の親父はゴムアレルギーだ。その症状で何度か治療を受けている」

「裁判でもそう主張していたな。逆に言えば、それを計算していたとも考えられる。実に狡猾（こうかつ）だ」

「それだけじゃない。親父は刃物を扱えないんだ」

「どういうことだ」

聡は目を細めた。

「親父は刃物恐怖症だったんだ」

「初めて聞いたぞ」

「長い拘禁（こうきん）生活と尋問で気力を失っていたんだと思う。裁判ではそのことを主張しなかった。俺もそのことに気づいたのは、有罪が確定してからだ」

隆典も過去の父親の生活習慣を思い起こしてみて、刃物の使用を避けていたことに気づいたという。

自宅では目に触れる位置にカッターナイフや包丁などの刃物を置かなかった。またそれをすると厳しく叱責されたという。母親のいない隆典は料理全般を担当していたが、今思えば、父親が料理ができなかったのは刃物を扱えなかったことが原因だったのではないかと考えたらしい。

「今さらそんなとってつけたような解釈が通用するとでも思っているのか」

「もちろんそんなことは思ってない。ただやはりしっくりこないんだ」

「あんたの父親はなんて言っているんだ」

「当時の記憶がほとんどないそうだ。今では自分が本当に栄一郎さんを殺したのか、そうでないのかすら分からないと言ってる」

隆典は人差し指をこめかみに押し当てながら言った。

「なにが分からないだ！　宇根元要は警察の取り調べで犯行を認めているぞ」

「三枝事件を見ろ。密室での取り調べなんて、拷問に等しい。長時間、拘禁された被疑者は、極度の不安や睡眠障害で正常とはほど遠い精神状態で執拗に尋問されるんだ。刑事たちはそんな被疑者を自分たちの都合のいいストーリーに誘導して、自白を取る。そうやって手柄を挙げていくシステムなんだよ。あんとき親父を尋問したのは、勝俣と福岡という刑事だ。特に福岡というやつは被疑者の人権を無視した取り調べをする刑事だったと、複数の警察ＯＢから聞いたことがある」

小太りな体型だった福岡を思い出す。彼は聡たちに対して気さくで優しい刑事だった。

「ふん、バカバカしい。福岡さんがそういう刑事でいてくれないと、父親の冤罪が主張できないからな。あんたこそ都合のいいストーリーを捏造しているじゃないか」

「そうじゃない」

隆典は顔色を変えてテーブルを叩きつけた。ジョッキの中でビールの水面が波を打った。

「あんたの父親は今はどうなってる？」

「すっかり廃人だよ。閉ざされた刑務所生活で神経がすっかりやられてしまった。今ではなにかの妄想に取りつかれたようにおかしなことを言ってたりする」

医官に、頭の中に小さな金属を埋め込まれたと主張しているらしい。

「そんなこと知ったことか。そもそも数々の状況証拠は完璧に有罪を示しているだろう。そんな些末な疑問で覆る（くつがえ）わけがない」

「覆そうとは思ってない。ただ、息子としてはどうしても納得できないんだ。そもそも親父が栄一郎さんを殺害するところを目撃した人間がいるのか」

「だから目撃もなにもないと言っているんだ」

再び、聡の脳裏に十年前の出来事が浮かんだ。

＊

十年前。

「奥さん、もう一度聞きますがご主人のことを恨んでいる人間に心当たりはありませんか」

玄関先でスーツ姿の男性が久美子に質問をしていた。古木を思わせる枯れた顔の皺に合わせたようにスーツにも皺が寄っている。短髪には白いものが交じっていた。長身でがっしりした体軀。多くの悲劇や惨劇を目の当たりにしてきたのだろう。目つきはカミソリのように鋭いが、ときどき哀しげな瞳を覗かせることがあった。

三日前に初めて対面したとき男性は勝俣茂雄と名乗った。警視庁捜査一課の刑事だ。見た目も雰囲気も刑事ドラマに出てくる老練の刑事そのものだ。今日も所轄刑事の福岡雅之とコンビを組んでいる。小太りの福岡は聡と麻紀を遺体安置所まで案内してくれた刑事で、相変わらず人なつこそうな顔を向けている。彼は勝俣が警視庁で「野良犬」と呼ばれる名刑事であることを教えてくれた。福岡はその名刑事を立てているようでメモ帳を片手に記録役に徹していた。

「心当たりなどありませんって何度も言ってます。同じ質問をくり返すということは犯人の目星がついてないのですか」

久美子はうんざりした口調だった。父の蓬田栄一郎が殺害されたのが三日前。

聡は久美子と麻紀とともに、昨日まで近所のビジネスホテルに宿泊していた。今日の午前中に自宅に戻ってきたのだ。

玄関の前には数人のマスコミ関係者が立っていた。家に入るときも彼らは、しつこく声をかけてきた。ホテルに宿泊したのも、怒濤（どとう）ともいえるメディアによる過熱報道から身を隠すためだった。彼らは家の前に張り込み、家族を見かければ一目散にやって来てはマイクを向けてくる。

「家族関係が良好ではなかったのではないか」とズケズケと言う記者もいた。まるで犯人は家族の中にいると言わんばかりだ。

久美子の職場や聡たちの学校にも、報道陣や野次馬が殺到していたという。彼らは犯罪が憎いのではない。事件が面白ければそれでいいのだ。

ホテルの手配や役所などへの各種手続きは、すべて栄一郎の高校時代の同級生で弁護士でもある鶴田浩二郎がやってくれた。

とにかく当時は、彼の存在が本当に心強かった。急変した日常に久美子もパニックに陥ってしまい、手続きどころではなかったのだ。もちろん子供である聡たちはなにをどうしていいのかさっぱり分からなかった。

　三日ぶりの自宅は、九月だというのに妙に冷え冷えとしていて、まるで他人の家のようだった。殺人現場は、この家のリビングだ。それを思い出すと、冷感がさらに強まったような気がした。犯人の仕業か警察の捜査の結果かは分からなかったが、リビングは荒らされたままの状態だった。

　三人で手分けをして以前の状態に戻した。それが終わって間もなく、勝俣と福岡が訪れてきたというわけである。この二人とは数時間前に警察署で話したばかりだし、事件以来一日数回は顔を合わせて事情聴取を受けている。

「捜査内容について詳しくお話しすることはできませんが、ここだけの話、目星がついてないということはありません。ただ我々としてはあらゆる可能性に当たっていかなければならない。同じ質問をするのはその日によって思い出したことがあったり、記憶が補完・修正されることがあるからです。そうなると証言の精度を検証する必要があります。どうかご理解いただきたい」

　勝俣は厳しい表情のままニコリともしない。その代わり隣に立つ福岡が愛想笑いを振りまいていた。

「どうしてそんな風にニヤニヤできるんですか。私たち家族は大黒柱を失ってこれからどうやって生きていけばいいのか、途方に暮れているんです。家のローンだってたくさん残っているし、子供たちもまだ中学生でこれからお金がかかるし、私だけの収入ではどうにもならないんです。捜査のために家にも住めない、主人は司法解剖に回されるし連日にわたる事情聴取でお葬式の準備もままならない、どうして私たちばかりがこんな目に遭わなければならないの！」

　久美子がヒステリックに喚(わめ)くと、福岡が申し訳なさそうに頭を下げた。勝俣はそんな久美子のことを観察するように見つめていた。

聡は吹き抜けになっている階段の上から、姉の麻紀と一緒にそのやりとりを眺めていた。久美子が夫の死よりもお金の心配をしていることに幻滅を覚えたが、現実的に考えればたしかにそうなのかもしれない。この世の中、お金がなければどうにもならないことは中学一年生になった聡にも理解できる。

お金といえば……。

聡は両親が宝くじの話をしていたことを思い出した。栄一郎が殺される日の朝の会話だ。父は宝くじなんて買った覚えがないと言っていたが、結局どうだったのだろう。

「大切な方を亡くしたお気持ちはよく分かります」

福岡が宥めるように言った。

「あなたは結婚しているのですか」

唐突に久美子が彼に尋ねた。

「ええ。妻と子供がいます」

「実際に犯罪で配偶者を亡くしていないあなたに、どうして私の気持ちが分かるんですか。とってつけたような気休めの同情なんていらないわ」

久美子は声を尖らせる。その気持ちは、聡にも分かる。

聡も警察の人間から「いつまでもクヨクヨするな」「君がしっかりしないと天国のお父さんも悲しむぞ」といった類いの言葉を、幾たびもかけられた。励まそうとしているのはよく分かるのだが、そのたびに沈鬱な気分になった。

こんな絶望的な状況でなにをどう頑張ればいいというのか。二人の子供を抱える母親にとってそのプレッシャーはなおさらだろう。それを思うと、犯人に対する憎しみが沸々と湧いてくる。

「犯人の指紋が残っているんですよね」

気を取り直したのか、久美子は冷静な口調で聞いた。

「ええ。家の中にもご主人の体にもばっちり残されてます」

福岡が力強くうなずいた。犯人は手袋もせずに家の中に侵入してきたらしい。

「だけど前科がないと照合できないんでしょう」

「それはそうですが……それでも決定的な証拠であることには間違いありません。容疑者が挙がれば指紋で一発ですから」

「そうね……」

久美子は釈然としない様子で言った。

それから刑事たちは久美子にいくつかの質問をして帰っていった。

「母さん、大丈夫？」

「ママ」

聡と麻紀は一緒に階段を降りながら心配そうに言った。久美子は潤いの乏しいぱさついた髪を辛そうに掻き上げた。肌つやも顔色もすぐれず、この三日間ですっかり老け込んだように見える。級友たちには「きれいなお母さんだね」と羨ましがられていたが、今の姿を見たら、どう思うだろう。

栄一郎の死は母親の美しさまで蝕んでいるのだ。

「私が誰かに依頼した可能性を疑っているのよ。パート先にも警察やマスコミの人たちが話を聞きにやって来ているらしいわ。あそこの人たちにも迷惑をかけちゃったし、仕事も辞めなければいけないかもしれない」

久美子は大きくため息をついた。

「こんな騒ぎの中で仕事なんて見つかるの？　外にはマスコミの人たちがいるわ」

麻紀がお茶を淹れながら不安そうに言った。マスコミだけではない。近所の住民たちも好奇に満ちた目を蓬田家に向けてくる。

どうして不幸な被害者がここまで赤の他人に苦しめられなければならないのか。聡は理不尽に思った。

「そんなことは言ってられない。電気や水道。こうしている一分一秒にもお金がかかっているの。生活は待ってくれないわ」

お金といえば……。

「そういえば父さんの宝くじってどうだったの」

聡が尋ねると、久美子は手に持った湯飲みをテーブルの上に置いた。

「結局よく分からなかったわ。あのあと、こっそりお父さん名義の預金通帳を覗いてみたけど、大した金額は入ってなかった。お父さんの部屋の掃除ついでに、引き出しの中も確認したけど、くじの券なんて見当たらなかったわ。やっぱり買ってなかったんじゃないかな」

あの日、久美子が言った「隠し事」は宝くじのことだった。栄一郎は買っていないと言ったが、彼女は信じていなかったのだ。

「あんときの顔を見れば分かるでしょ。父さんの嘘は、一発で分かるもん」

栄一郎は嘘をつくと、頬が引きつって妙な皺ができるし、声が裏返る。

「そうよねえ」

久美子はほんのりと笑みを浮かべた。疲れたような感じだったが、それでも母親の笑みを見るのは久しぶりに思えた。自宅に戻ってこられた安堵からだろう。

「ママはパパの宝くじのこと、どうして知ったの？」

横から麻紀が聞いてきた。

「杉田さんから、お父さんが宝くじを当てたって話を聞いたのよ」

杉田さんは久美子のパート先の従業員で聡も麻紀も何度か会ったことがあるので知っている。小太りで声が大きくおしゃべりで、いかにも噂好きそうなオバサンだ。

「なんで杉田さんが知っているんだよ」

「さあ。どこからそんな噂を聞いたやら。火のないところに煙は立たぬっていうけど、この手の話は火がなくても煙が立っちゃったりするものよ。今だから言うけど、数年前にはお父さんが不倫してるって噂もあったんだから。その話の出所も杉田さんだけど」

「そ、そんなことがあったの？」

「まあ、お父さんもそれなりにイケメンだったからね。女性にはモテたと思うわ」

久美子が少しだけ遠い目をした。

「それで不倫していたの」

「噂になってた女性は、実はお父さんの直属の上司とつき合ってたの。その上司が、自分の浮気をカムフラージュするために、お父さんの名前でデマを流していたようね。それが発覚したらすぐに飛ばされて、お父さんが後釜についたってわけ」

「つまり昇格ね」

呆れたように麻紀が肩をすくめた。

「災い転じて福となすよ」

「むしろ棚からぼた餅じゃない？」

母と姉の言うことわざなら聡も知っている。最近辞書で調べたばかりだ。

「父さんは当たりどころか、くじすら買ってないよね」

「まあ、あの反応ならそうでしょうね。ましてや一等賞が当たっていたら、すぐに顔に出るわ。一等賞に当せんする確率って、殺人事件に巻き込まれるより低いらしいわよ」

「ええ！　宝くじってそんなに当たらないの」

「だからお父さんがあんな目に遭う以上に起こらないことなの。そもそもお父さんは宝くじなんて買わない。なにをするにも合理的で計算ずくだから、限りなくゼロに近い当せん率にお金を出すような人じゃなかったもの」

「そうよねえ、それは私も分かる気がする」

麻紀が得心したようにうなずいた。聡も同感だ。父親は無駄なことにエネルギーを向けるのを、ことさらに嫌がる性格だった。

家族でドライブをして渋滞したときのことだ。少しだけ遠回りだが渋滞していない可能性が高い道があっても、決してそちらを選ばなかった。そちらの道も渋滞しているというリスクを嫌ったのだ。そんな父が、殺人事件に巻き込まれるよりも低い確率のものに金を出すとは思えない。

もっとも殺人事件に遭遇するという運には「当せん」してしまったが。

「実は私も、こっそり三十枚ほど買ったんだけどね。麻紀と一緒に買い物に行ったときね」

久美子が声を潜めた。麻紀もニヤリとしてうなずいている。

一枚三百円というから全部で九千円だ。

「なんだ母さん、買ってたのかよ。で、どうだったの」

「一等どころか、かすりもしないわよ。当たらないと分かっていても金額が大きいから夢を見てしまうのよね」

それでも十枚に一枚は、三百円が当たるらしい。つまり、二十七枚がハズレ券ということになる。

「その券は換金したの」

「まだしてないわ。今の私たちには、九百円でも貴重なお金ね」

麻紀が尋ねると、久美子は淋しそうに言った。

「どこにあるの」

「たしか棚の引き出しの中だったかな」

彼女は立ち上がると、引き出しを開けて中身を探った。

「あら？　ここじゃなかったっけ」

それから久美子は他の引き出しを捜し始めたが見つからない。聡と麻紀も、さらに他の棚を調べてみた。

「母さん、ないよ」

「おかしいわねえ。領収書とか宝くじとか、お金にまつわるものはここの棚に入れるって決めていたのに」

久美子が大きく首を捻っている。

「もしかして盗まれたんじゃないの」

他の棚を探っていた麻紀が、引き出しを閉めながら言った。

「そうなのかな」

「そうだよ、きっと」

栄一郎が倒れていたリビングは、何者かによる物色の痕跡が認められたという。

警察には、家の中にあるすべての所有物のリストを見せられた。そこには家具や家電製品はもちろん、棚に並んでいる書物、冷蔵庫の中の食材、棚の中の小物まで細かくリストアップされていた。聡たち家族が確認すると、わずかばかりの現金や棚の上の置き時計、ノートパソコンのマウスなど、数点がなくなっていた。あと栄一郎の財布も持ち去られたようだ。中には現金二万円前後とクレジットカードと運転免許証が入っていたと久美子が報告している。

「宝くじのことを、忘れてたわねえ」

久美子は髪の毛をクシャクシャと掻きながら言った。

「被害総額は九百円ね」

麻紀が鼻を鳴らす。

「とりあえず刑事さんに報告しておくわ」

久美子は携帯電話を取り出して福岡の番号を呼び出すと、宝くじ三十枚がなくなっていたことを伝えた。

「やっぱり物盗りが目的だったのかな」

事件当日、作業着姿の男性が家の前をうろついていたという複数の目撃情報が出ているようだ。窓から家の中を窺っていたのかもしれない。他にもスーツ姿の男性が遠巻きに蓬田家を眺めていたという情報が出ていた。しかし今のところ警察はこれらの男性を特定できていないようだ。

「だけど指紋を残しているんだから素人ね」

麻紀が喉元をさすりながら言った。栄一郎の喉元には犯人の手による圧痕がくっきりと残っていたという。犯人は刃物で胸部と腹部を刺す前に両手で首を絞めたのだ。扼殺（やくさつ）に至らなかったから刃物を使ったのだろうと、刑事が言っていた。

「時計だってマウスだって、宝くじだって高価なものではないのに。そんなもののために父さんは殺されたのか」

聡は奥歯を嚙みしめた。

栄一郎は勤務先の会社が勧める最低限の生命保険にも加入していなかったそうだ。早死にするという一般的にはさほど高くない可能性に資金を投じるなら、家のローンの返済に回すべきだという父親らしいポリシーが、完全に裏目に出てしまった。

「ごめんね。この家にはそう長く住めないかもしれないわ」

久美子がため息をつきながら言った。

「母さんが謝ることじゃないよ。悪いのは父さんを殺した犯人だ。警察が当てにならないのなら、僕が一生かけても見つけ出して復讐してやる」

「そんなこと言わないで。警察は必ず犯人を逮捕してくれるわ。だって日本の警察は世界で一番優秀なんだもの」

　久美子はそれぞれの肩に手を回して、二人の子供を引き寄せた。


　しかしその翌日、事件は急展開を迎えた。

　家族で昼食を摂っていると、玄関のチャイムが鳴った。来客は例の二人の刑事だった。久美子は彼らをリビングに通した。

「容疑者が逮捕されました」

　勝俣の第一声に、久美子も麻紀も目を丸くしていた。隣に座っている福岡が興奮気味に上気した顔を向けて、テーブルの上に一枚の写真を差し出した。

「この男が……犯人なんですか」

　久美子が写真を凝視している。

「いえ、容疑者です」

　勝俣がさりげなく訂正する。犯人と容疑者では、意味合いが違うらしい。

「宇根元要、四十五歳。現場作業員です」

　福岡が静かに男の身元を告げた。

「宝くじのことを思い出して通報してくださった蓬田さんのおかげです。私がこの手で手錠をかけました」

　彼が得意気に続けると勝俣は「調子づくな」と言わんばかりにギロリと睨んだ。福岡は咄嗟（とっさ）に表情を引き締めている。

ウネモトカナメ……。

母親の唇の動きが、男の名前を象った。

「奥さんはこの男を知っていますか」

「いいえ。まったく存じません」

久美子はきっぱりと否定した。麻紀も首を横に振っている。もちろん聡も見たことのない顔だった。

男は天然パーマでクリッとした黒目がちの瞳をこちらに向けている。さえない気弱そうなオッサンで、強盗や殺人のような凶悪犯罪に手を染める人間には見えない。

「この男の指紋が、ご主人の体から採取されたものと一致しました。現在、伏見署にて取り調べ中です」

「どういういきさつでこの男が逮捕されたのですか」

久美子は問い質すような口調になっていた。

警察は、久美子からの電話を受けて、近隣の宝くじ販売所周辺への聞き込みを行なった。すると、栄一郎が襲われた二時間後に、室田町の宝くじ販売所に作業着姿の不審な男が現れたという証言が得られたという。

容疑者逮捕の興奮が冷めやらぬようで、福岡はわずかに声を震わせながら説明した。

「販売員は容疑者のことをよく覚えていました。どうもやつは、盗んだくじ券が当せんしていると思い込んでいたようです」

警察は、販売員の目撃証言をもとに、室田町駅の防犯カメラの映像を確認し、宇根元要を割り出したようだ。さらに、蓬田家の最寄り駅である伏見駅のカメラにも、事件前後に容疑者の姿が写っていたという。

伏見駅から室田町駅は、五駅離れている。

「当せんしていると思い込んでいた？」

久美子は人差し指を唇につけて、虚空を見上げた。

「奥さん、なにか心当たりがあるんですか」

「実は主人が宝くじに当せんしたというデマが、近所に流れていたようなんです」

「それは我々も把握していましたが、昨日奥さんから宝くじの紛失の報告が入るまでは、さほど重視していませんでした」

福岡が静かに告げる。勝俣は鋭い視線を久美子に向けていた。この刑事に睨まれると身がすくんでしまう。久美子もそうなのか、彼女は勝俣の方を見ないようにしているようだ。

「そ、そうだったんですか……ごめんなさい」

「謝られることはありません。思い出していただいてこちらも助かりました。おかげで容疑者を捕らえることができたんですから」

福岡の言葉に久美子はわずかに頬を緩めた。勝俣は表情を変えない。

「それにしても間抜けな話ですよ。高額当せんなら販売所で換金はできません。一部の指定銀行だけですからね。そんなことも思い当たらないほどに舞い上がっていたんでしょうな」

福岡が呵々（かか）と笑った。それでも勝俣は、じっと久美子を見つめている。この段階ですら彼女を疑っているような目だ。この刑事は自分の家族の前でもこんな顔をするのだろうか。一緒だったら飯がまずくなりそうだ。

「外が騒がしいな」

聡は窓際に寄って外を見た。いつの間にかカメラを持ったマスコミらしき連中と野次馬が集まっている。同時に玄関のチャイムが鳴った。

「くそ、相変わらず動きが早いな」

福岡は舌打ちをしながら立ち上がると、窓のカーテンを閉めた。


それから、一週間が経過した。

勝俣と福岡は取り調べが進展するたびに、蓬田家に訪問しては差し障りのない範囲で報告してくれた。

「宇根元は窃盗は認めてますが、殺人は否認してます」

宇根元の事情聴取を担当しているのもこの二人だという。

「何をバカなことを言ってんの。宇根元じゃなければ誰がやったっていうのよ！」

久美子はテーブルを叩きつけた。お茶の入った湯飲みが揺れて倒れそうになる。

「殺人となれば重い刑は免れませんからね。なんとかそれだけは避けたいところなんでしょう」

福岡は宇根元要の言い分を説明した。

宇根元が蓬田邸の前を通ったのは偶然だった。

通りすがりに窓からリビングルームが見えた。そこに栄一郎の姿を認めたという。

栄一郎は宇根元を知らなかったと思われるが、宇根元の方は知っていたという。行きつけの飲み屋でよく顔を合わせる客に、麻紀のクラスメートの父親だという男がいて、その飲み友達を通じて、栄一郎が宝くじで一等前後賞に当せんしたという話を耳にした。

「またその飲み友達は栄一郎さんが勤務していた伏見商事の子会社の社員でした。親会社に対する嫉妬もあって栄一郎さんのことをよく思っていなかったんでしょう。宇根元に随分と愚痴っていたそうです。それでやつは栄一郎さんの素性を知ることができた。伏見商事のサイトには、栄一郎さんが顔写真つきで紹介されてます。その飲み友達は携帯電話で、顔写真を見せながら話したそうです」

当せんの話を聞いたときに、宇根元は「羨ましいな」と思っただけだという。伏見商事の社員なんて自分には関係ないし、ましてやそんな大金にも縁があろうはずがない。飲み友達の愚痴に相づちを打ちながらその日はお開きとなった。それからしばらくその話は忘れていたという。

しかし九月三日の午前、その記憶が呼び起こされた。

その日のことを、宇根元は詳細に証言している。福岡は咳払いをすると、彼の証言を語り始めた。

6

「なにかに怯(おび)えていた?」

額に包帯を巻いた浜田が、手帳にメモをしながら言った。

「ええ。毎晩怖い夢を見ていたようで、夜中に突然飛び起きたりしていました」

津久田夏菜は、瞼を紅色に腫らしながら答えた。白目は真っ赤に充血して、濡れそぼっている。

彼女は倉田ビルヂングで死体となって発見された絹川康成と同棲していた女性である。年齢は三十で絹川より七つ年下だが、実年齢よりずっと若く見えた。色白で美しい女性だ。

交際を始めてまだ一年ほどだったという。二人が暮らしていたこのマンションの部屋は２ＬＤＫで二人で生活するには充分な広さがあった。

代官山は、マヤと浜田とともに、そのリビングルームにいた。

「どういう夢だったんでしょうか」

「詳しい話はしてくれませんでしたが、怨霊だって言ってました」

「急に怪談にしないでくださいよぉ」

浜田が頬を震わせて、子供のような顔で怯える。

「そういうことがつき合い始めたときから何度かあったんですよ。それでも月に一回あるかないかでした。でも殺される一週間前あたりから毎晩のようにうなされてました」

そのたびに絹川はパジャマを汗でグショグショに濡らしていたという。そのときの表情は恐怖で強ばっていたそうだ。

それにしてもどうして殺害される一週間前から悪夢を頻繁に見るようになったのだろうか。

「怨霊……」

マヤが顎の先を指で撫でる。

「彼は、怨霊を鎮めると言ってました。十月三十日の朝のことです」

絹川の死亡推定日時は、十月三十日の夜七時から十時の間だ。

死体が倉田ビルヂングで発見されたのは、その二日後である。ちなみに十月三十日の夕方から深夜にかけて、津久田は会社で残業していた。それは複数の人間からも裏が取れている。彼女が実行犯であるとは考えにくい。

「怨霊を鎮めるとは、お祓いをするという意味ですか」

代官山が質問を挟むと、津久田は首を傾げた。

「仕事を休んで私もつき合おうかと言ったんですけど、一人で行くから必要ないと言われました。どこにお祓いに行ったのかまでは分かりません。そういえば……」

「なんですか？」

「霊感の強い占い師を知らないかと聞かれました。霊魂とかお祓いなんて信じるスピリチュアルなタイプの人間ではなかったんですけど……。夢に出てきた怨霊がよほど怖かったんだと思います」

恋人のことを思い出したのだろう。津久田は目元を拭った。

「占い師について心当たりがあったんですか」

「ええ。私は占いとかチャネリングみたいなスピリチュアル系が好きで。仕事に行き詰まったときなんかに、その手のセラピーを受けに行くんです」

「それで誰か紹介したんですか」

代官山が聞くと、津久田は小さめの顔をコクンとうなずかせた。

「ええ、ニルヴァーナ玲奈(れな)さんを。玲奈さんは霊視が得意なんです。彼はお祓いじゃなくて、彼女に相談に行ったのかも」

「その方とはどこに行けば会えますか」

「新宿の占術センターに行けばいらっしゃいますよ」

浜田がスマートフォンで住所を調べている。

「ところで絹川さんは、過去になにかあったのかしら」

今まで黙っていたマヤが、津久田に問いかけた。

「なにかって？」

「怨霊に苛(さいな)まれるということは、過去にそれだけ恨まれるようなことをしたってことじゃないのかしら」

「そ、そうかもしれませんね」

「それについて心当たりはありませんか」

マヤが続けて聞くと、津久田は顔を曇らせた。

「彼はなにかとトラブルが多かった人ですからね。そのせいで、仕事を辞めさせられたことが何回かあったようです」

「そうなんですか」

マヤは立ち上がると、本が詰め込まれている書棚に近づいた。

「つまり職場の人たちとの関係も、あまり上手くいってなかったというわけですね」

再び浜田が話しかけると、彼女は小さくうなずいた。

「ああ、八年前って言ってたかなあ。彼は奥さんを亡くしているんですよ」

「らしいですね」

それは捜査会議で捜査員たちに知らされている。二人の間に子供はいなかったようだ。

「もしかしたら怨霊ってその奥さんかもしれませんね。トラブルメーカーだったから奥さんも心労が絶えなかったんじゃないかな。そのストレスで亡くなったとしたら恨まれても当然ですよね」

「奥さんねぇ……」

浜田がメモを取りながら首を傾げた。前妻の死因は突発性の心臓発作となっている。事件性はないとされていたはずだ。

「あ、ところでアパートの鍵が見当たらないんですが」

彼は思い出したように質問した。被害者の所持品から自宅の鍵がなくなっていたと渋谷が捜査会議で報告していた。

「彼は鍵を落としてなくす常習犯だったんです。そのたびに鍵屋さんを呼んで開けてもらってました」

「僕も人のこと言えないんですよねぇ。鍵屋に来てもらって開けてもらうたびに一万円くらいかかるんですよ」

浜田が頭を掻きながら笑う。たしかに痛い出費だ。

「今回もまたどこかへ落としたんですよ。最後まで懲りない人でした」

津久田は哀しそうに微笑んだ。

「実録モノがお好きなようですね」

マヤは書棚を眺めながら言った。そこには、帝銀事件や三億円事件など、おもに昭和に起こった事件のルポルタージュが並んでいた。

「ええ。彼はもともとミステリ好きで、いつか小説家になるんだと言ってました。それらは執筆のための参考資料なんだと思います。その手のニュースは、熱心にチェックしてましたから」

「ふうん……。あ、三枝事件だ」

マヤは『三枝事件の全貌』というタイトルの本を手に取った。

白金の父親が管理官として手がけた、警察史に残る汚点ともいわれる冤罪事件だ。それだけに、白金は冤罪という言葉にナーバスになっている。

「刑事さん」

津久田の瞳は哀しみから憎しみに変わっていた。

「なんでしょう」

代官山も浜田も居住まいを正した。

「彼を殺した犯人を絶対に見つけ出してください」

「もちろんです」

代官山は、はっきりとうなずいた。

＊

占術センターは、新宿駅から徒歩数分の路地裏に建つ雑居ビルの一階に入っていた。

入り口には十人ほどの若い女性が行列を作っていた。占術センターには複数の占い師が在籍していて、売り上げの一部を支払って場所を借りるというシステムだ。今日も五人の占い師が詰めているという。

客は贔屓にしている占い師が出勤している日時を選んでやって来る。入り口の出勤リストには五人の占い師の名前が書かれており、そのうちの一人に「ニルヴァーナ玲奈」があった。

三十分ほど待っていると、代官山たちが呼ばれた。

部屋の壁も天井も黒い布で覆われて小型の投影機でプラネタリウムのように星がちりばめられている。部屋の真ん中に置かれた小さなテーブルの向こう側に、魔女のような黒い衣装を身に纏った女性が座っていた。不吉な笑みを浮かべながらこちらを見ている。

舞台役者のような、派手にもほどがある厚化粧で年齢どころか国籍や性別すらもよく分からない。暗がりということもあってなおさらである。

テーブルの上には、お約束のように大きな水晶玉が置かれていた。

三人は警察手帳を掲げて玲奈に向き合った。

「なぁんだ、お客さんじゃないのね」

彼女は白けたように、背もたれに背中を投げ出すと首を回した。声が野太い。もしかして男？

「すみませんねぇ。ある事件の捜査の聞き込みです」

「ああ、きっとあの人のことね」

彼女はそこになにかが映っているかのように、水晶を眺めながら言った。

「ええ！　分かるんですか」

「そりゃ分かりますよ。占い師ですから」

「へぇーそんなもんなんですかぁ」

浜田が感心した様子でつぶらな瞳をさらに丸くする。

「あなた、死相が出ているわよ」

「ええっ！　マジっすか」

彼は背中をのけぞらせた。

「姫様、どうしよう。怖いですよぉ」

代官山は、マヤにすがりつこうとする浜田の襟を摑んで元に引き戻す。

そのマヤこそが死相の元凶であることに、どうしてこの男は気づかない。

「ていうか、あなた、なんで生きているんですか」

玲奈は不思議そうな顔をして言った。

浜田はたしかに今までにも何度か死にかけている。それを見抜くということは、津久田の言うとおり、本当に霊視ができるのかもしれない。

代官山は仕事を進めるため玲奈に絹川の写真を差し出した。

「実はこの男性のことなんですけど」

「やっぱりね」

彼女は写真を一瞥すると肩をすくめた。本当に分かっていたのだろうか。写真を見せる前に確かめればよかった。

「この男性が十月三十日に、こちらに立ち寄っているとの情報がありまして」

「顧客の情報を流すわけにはいかないわ。こういうのは信用に関わる問題よ」

「それはそうなんですが、なんとかご協力いただけないでしょうかね」

「まずこの人になにがあったのか、教えてちょうだい」

「それは捜査上の秘密でして……」

「話にならないわね。相手の秘密を求めるくせに自分たちは隠すなんて。警察のそういうところが大嫌いよ」

玲奈はプイと横を向いた。こういう手合いは機嫌を損ねると面倒だ。

「分かりましたよ。ある事件に巻き込まれた被害者です」

「亡くなったのね」

代官山は沈黙を返した。玲奈は小さなため息をついた。

「怨霊の話をしていませんでしたか？」

「私にお祓いをしてほしいと言ってたわ。でも私はあくまでも占い師で霊媒師(れいばい)ではないのね」

「怨霊の話について、詳しく」

代官山も浜田もわずかに身を乗り出した。

「そのことについては、口を固く閉ざしていたわ。他人には絶対に話せないと言ってたもの」

怨霊に憑(つ)かれるくらいだから、過去に相当に恨まれるようなことをしたという自覚があったのだろう。

「玲奈さんはその怨霊についてどう感じましたか」

「たしかに私もそれが見えたわ。かなり強力な怨霊よ。この私でさえ恐怖で悲鳴を上げそうになったくらい。震えるほどに激しい怨念とこの世への強い未練を感じたわ。あの怨霊は、彼を取り殺そうとしていた」

「ひえええええ」

浜田が両腕をさすりながら震え出した。

玲奈の表情と身振り手振りを交えた話し方は、迫真に満ちていた。とはいえ、オカルト話だ。代官山は信じる気になれない。

「玲奈さんはどのように助言されたのですか」

「とにかく謝れと伝えました。見えない怨霊に向かって謝っても意味がないから、たとえば霊前で声に出して心から謝罪するようにと。さらに強力な怨霊だから猶予はない。今日にでも実行するべきだと話しました」

それを聞いた絹川は、相談料を支払うとこの店を飛び出していったという。それが十月三十日の午後五時過ぎのことである。

「怨霊の性別とか年齢は分かりますか」

「それは残念ながら無理ね。ああいうのは実体が見えるわけじゃないの。エネルギーみたいなものよ。感じるものなの」

「そうですか……」

仮に実体が見えたところで、相手が幽霊ではその証言も有効性はない。ここでは大した情報は得られないようだ。

「ついでに占ってもらおうかしら」

マヤが突然、長い黒髪を掻き上げながら玲奈に向き直った。

「あら。今度はお客さんになってくれるのね。なにを占えばいいのかしら」

玲奈は嬉しそうに顔を綻(ほころ)ばせた。

「とりあえず恋愛運と結婚運かな」

「姫様、それって僕との……」

次の瞬間、マヤの拳骨が浜田の顔面にめり込んだ。

「ちょ、ちょっと、黒井さん！」

「浜田くんはちょっと席を外してくれるかな」

彼女がニッコリと微笑むと、浜田は顔を押さえたまま「ふぁい」と答えた。指の隙間から血があふれ出ている。代官山はポケットティッシュを全部取り出して、彼の顔に押し当てた。浜田は「ありふぁとうございます」と一礼すると、よろめきながら外に出ていった。店の外から順番待ちをしている女性たちのざわめきが聞こえてきた。

マヤは指輪を外して手を振っている。テーブルに置かれた指輪は先が尖っていて先端が赤くベットリと濡れていた。背筋にゾクリとするものを感じた。

「今の子、本当に大丈夫？　鼻の骨が折れてるように見えたけど」

玲奈が心配そうに言った。

「だ、大丈夫です。たぶん……はい」

骨折くらいなら、浜田にとっては常人の突き指みたいなものだ。魔のデコピンよりはマシだろう。指輪の先端がめり込んだ場所が、眼球でないことを祈るばかりだ。

「さて、それでは占いを始めましょうかね」

玲奈は気を取り直した様子で姿勢を正すと、マヤを前にして水晶に手をかざした。代官山は喉をゴクリと鳴らした。

「あなたには好きな人がいないわね」

玲奈は水晶の中のものを読み取るように見つめている。

「そんなことないわ。ちゃんと見て」

マヤは少し驚いた表情で否定する。代官山にとっても意外な答えだった。

「たしかにあなたの心の中には一人の男性がいる」

玲奈はチラリと代官山を見て言った。

「でも、その男性に対する思いは、恋愛とは違うわ」

「それはどういうことなの」

「もしあなたがその男性に特別な感情を抱いているとしても、それは恋愛ではない。あなたが恋愛だと思い込んでいるだけよ」

「そ、そんなことないわよ。私だって一人の女性よ。恋愛くらいするわ」

マヤは心外だと言わんばかりに訴えた。

「だったら聞くけど、あなたはその男性のことを大切にしたいと、心の底から思ってる？」

「…………」

そこで沈黙かよっ！

「もし、その男性がいなくなったら悲しいと思う？」

「…………」

マヤはキョトンとした目で、玲奈を見つめている。

代官山は全身から力が抜けて、椅子から転がり落ちそうになった。

「まあ、気にすることないわ。愛の形って人それぞれだから。好きすぎちゃって相手を殺して食べる人もいるからね」

「いくら好きでも、私はそんなことしないわ」

マヤが胸を張って答える。

当たり前だ。

「いちおう結婚運も見てあげるわね。サービスよ」

玲奈は両手のひらで水晶を撫で回して呪文らしきものを唱えた。

マヤも身を乗り出して水晶を覗き込む。代官山からもなにかが映っているようには見えない。

やがて玲奈は強ばった表情で水晶から手を離した。

「どう？　なにか見えたの」

「ええ。結論から言えば、二人は結ばれないわね」

玲奈はあっさりと告げた。

「ちょ、ちょ……。それはどういうことなのよ」

動揺したマヤが、占い師に詰め寄るように言った。

「その男性はあなたの前から消えてしまうの」

「それってどういうことですか」

今度は代官山が尋ねた。「その男性」とは代官山に違いないのだ。

「見えたのよ。その男性が撃ち殺されるイメージが」

「ええっ！」

思わず代官山は椅子から跳びはねた。脳裏に黒井篤郎の顔が浮かぶ。あの人には何度銃口を向けられたことか。実弾入りだったし、そもそも目が真剣だった。

「ほ、ほら……その人たちの生き方次第で、運命なんていかようにも変わるものよ。それに、あくまでも占いだから、気にすることないわ。絶対にこうなるとは限らないのよ。実際は……ほとんど当たるけどね」

玲奈が二人に向かって励ますように言った。

「代官様、安心して」

マヤが真剣な顔で代官山に向き直った。

「は、はい」

「代官様は私が守るから。そんなことをする人間がいたら、私が許さない。パパは除くけど」

だから、パパなんだって！

7

早朝からの仕事を終えたばかりの宇根元要は、作業着姿のまま、たまたま通りかかった家の窓の前で足を止めた。

「うん？　あの男は……」

行きつけの飲み屋の友達から聞いた男性に似ている。彼はソファに座って、何かを眺めていた。

興味を引かれた宇根元は、通りすがりのふりをして玄関の表札を確認した。そこには「蓬田」の文字が刻まれている。

間違いない。あの男性は蓬田栄一郎だ。飲み友達が見せてくれた伏見商事のサイトにあった顔とも一致する。たしか経理部と書いてあった。

それから宇根元は、何度も家の前を往復しながら窓を通してリビングルームの栄一郎を観察した。ソファでくつろいでいる彼は、短冊のような紙の束を眺めていた。それがなんなのか、視力に優れた宇根元はすぐに分かった。

宝くじ券だ。

それもまだ換金していない。

栄一郎は立ち上がると、その束を棚の引き出しに入れた。換金しないのは他人にばれないようそのタイミングを計っているのだろう。さすがは経理を扱っている人間だ。

そしてあのように当せん券を眺めては夢に胸を膨らませているのだ。宇根元の瞳には、栄一郎の表情がそのように映った。

何度か往復をくり返しながら観察していると、彼がリビングルームから廊下に出た。そのまま玄関から、鍵もかけずに外出してしまった。

タバコでも買いに行ったのだろうか。

宇根元の心臓が大きく弾んだ。

すぐ近く、ほんの五メートル先に、一等前後賞の当せん券がある。あの束の中の三枚が高額当せん券なのだ!

宇根元には金が必要だった。

三年前、事業に失敗して大きな借金を抱えていた。妻はその心労が原因で亡くなり、現在は、息子の隆典と二人暮らしだ。

隆典は有名進学校に通う、成績優秀な高校生だった。隆典を有名大学に進学させたい。そのためには学費が必要だ。派遣や日雇いの収入では、借金の返済がやっとである。

自己破産も考えたが、自分を信じてくれた元取引先に迷惑をかけたくない。返すことができるうちは、無理をしてでも返済したい。しかしその思いもそろそろ限界に近づいていた。腎臓病を患って、体力的にも経済的にも厳しくなってきたのだ。

しかしすべての悩みを一挙に解決して、なお余りある大金が手の届く位置にある！

玄関扉の鍵は開いている。不用心だが、すぐに帰ってくるつもりなのだろう。猶予はおそらく数分。玄関から入ってリビングにある棚の引き出しにしまってある宝くじ券を回収して外に出る。一分もかからないはずだ。

そう思ったとき、宇根元は玄関扉を開けていた。二階建ての家屋は築数年といったところだろう。床も柱も壁紙も新しい匂いと輝きを放っている。どうして神様はもともと勝ち組である栄一郎のような人間になおも幸福を与えるのだろう。なんとも理不尽に思えた。

さほど長くない廊下を足音を殺しながら歩き、リビングに入る。外からでは分かりにくかったが、二十畳ほどの広さがありゆったりとしている。

宇根元は栄一郎がくつろいでいたソファの背後を通って、腰の高さほどある棚の前に立った。栄一郎は上から二段目の引き出しに、宝くじを入れていたはずだ。

宇根元ははやる気持ちを抑えて、引き出しの取っ手に手をかけた。

しかし引き出しが開かない。

「なんだよ」

思わず声を出してしまった。

中でなにかが引っかかっているのだろうか。左右に揺らしてみると、ガタガタと音がするもののやはり開かない。

宇根元は毒づく代わりに、舌打ちをした。

さらに小刻みに揺らしてみると、わずかではあるが棚が引き出されてきた。中身がいっぱいで詰まっているようだ。それでも根気よく揺らすと、さらにスライドする。

あと少しだ！

そう思ったとき玄関の扉が開く音が聞こえた。

栄一郎が帰ってきた！

宇根元は振り返って、部屋の中を見回した。隠れる場所が見当たらない。そうこうするうちに足音がこちらに近づいてくる。出口は玄関に通じる廊下か、あとは窓だ。

急いで窓に駆け寄ったとき、後ろに引っぱられた。振り返るとすぐ近くに栄一郎の顔が見えた。

彼は宇根元の後ろ襟を摑んでいた。

恐怖が一気にレッドゾーンに達した。

そこからは無意識に体が動いていた。

宇根元は栄一郎の首に手をかけた。十本の指に一気に力を入れると、栄一郎はもがきながら倒れ込んだ。相手の体の上に馬乗りになって、さらに手に力を込める。栄一郎は苦しそうに、首に回った手を外そうとする。三年間、肉体労働に勤しんできた宇根元の握力は、知らぬ間に鍛えられていた。

白目を充血させた栄一郎の顔が青くなっていくとともに、もがこうとする全身の力が弱まっていくのを感じた。やがてフワリと力が抜けるように雲散霧消して、強ばっていた体が一気に弛緩する。

宇根元はゆっくりと相手の喉元から手を離して立ち上がった。

「お、おい！」

今度はしゃがみ込んで相手の頰を叩く。反応はない。指を鼻の穴に近づける。呼吸している感触が得られない。

宇根元は立ち上がると喉を鳴らした。

死んじまったのかよ……。

栄一郎は横たわったまま、ピクリとも動かない。

宇根元は深呼吸をくり返して息を整えた。そして先ほどの引き出しに向き合う。慎重に取っ手を揺らしているうちに、引っかかりから抜けたようで、引き出しが嘘のようにスムーズに開いた。そこには宝くじ券の束がビニールの袋に入った状態で収まっていた。

宇根元は乱れそうになる呼吸を抑えて束を取り上げ、作業ズボンの尻ポケットに突っ込んだ。

すぐに逃げなくては！

そう思って栄一郎の体をまたいだときだった。

彼が咳き込んだ。

宇根元は立ち止まって栄一郎を見下ろした。彼は再び咳き込んだ。いつの間にか呼吸が戻ったようだ。しかし意識は失ったままのようだ。

栄一郎の体は再び弛緩した。胸が上下に動いている。死んだわけではないようだ。

よかった……。殺人犯にならなくて済んだ。

宇根元は大きな安堵に全身の力が抜けてよろめいたが転倒は免れた。両足をもつれさせながらも玄関に向かう。

いや、待てよ。通行人に見られてはまずい。

そこで彼は裏口を探した。バスルームとトイレに挟まれたところに扉を見つけた。そっと開けて隙間から覗いてみると、大人一人がなんとか通ることができる通路が見える。人の気配はまるでない。宇根元は外に出ると、呼吸を整えながらなにごともなかったふりをして通路を歩いた。

とにかく一秒でも早く、宝くじを換金することしか頭になかった。

とりあえず宇根元は伏見駅に向かった。伏見駅前の商店街にも宝くじ販売所があるが、あえて離れた店舗で換金しようと、電車に乗り五駅先の室田町駅で降りた。

販売所は駅を出るとすぐ見えるところにあった。信号を待つのももどかしく、思わず赤信号で横断する。幸い窓口には他の客は並んでいなかった。

「急いでいるんだ。すぐに頼む」

宇根元は尻ポケットからくじ券の束を取り出すと、販売員に差し出した。アニメに出てくるサザエさんのような髪型をした中年の女性だ。度の強いメガネをしているので瞳が小さく見えた。

彼女はくじ券を受け取ると、そのまま当せん番号自動照合機にセットした。バラバラと券をめくる音が聞こえるたびに、電子表示板にハズレ券と当せん券の枚数がカウントされていく。ひととおり終わると、当せん券三枚と出た。

一等賞、前賞、後賞で三枚だ！

頭の中がカアッと熱くなった。思わず握り拳に力を入れる。

「それでは当せん金です」

販売員は小銭とハズレ券を載せた皿を差し出した。

「ちょ、ちょっと！　なんだよこれ」

思わず宇根元は窓口に向かって身を乗り出した。

「当せん金ですけど……」

販売員はレンズによって拡大された目を丸くしている。

「当せん金って……九百円しかないじゃないかっ！」

「三百円の五等賞が三本なので、九百円です」

「なんだよ、五等賞って。一等前後賞だろうが！」

「お客さん、なにを言っているんですか」

販売員は眉をひそめている。

「もう一回確認してくれ。機械がおかしいんだよ、絶対」

「分かりましたよ」

彼女はハズレ券を宇根元から受け取った五等の券と一緒にひとまとめにして機械にかけた。

「やっぱり同じですよ」

「もう一回、もう一回やってくれ！」

三回目も結果は変わらなかった。

「そんなはずはない！　一等前後賞が当たってるんだ」

宇根元はパニックに陥りそうだった。

他人の家に押し入ってまで手に入れたチャンスだったのに！

生まれてこれまで、強盗はおろか窃盗だってしたことがない。事業には失敗したが人間としては全うな人生を送ってきたはずだ。

「他のお客さんの迷惑になりますから」

販売員の声に我に返った。

宇根元が振り返ると、他の客が二人ほど苛ついた様子で待っていた。

「す、すいません」

宇根元はくじ券と小銭を握りしめて、その場から離れた。

罪まで犯して、たったの九百円。ちょっとしたレストランのランチで終わってしまう金額だ。借金返済だの息子の学費だのは、夢のまた夢である。飲み屋で聞いたあの話は嘘っぱちだったのだ。

宇根元は近くの自販機で、缶コーヒーを買った。プルタブを開けて缶に口をつける。熱い苦味が口の中に広がると、随分と気持ちが落ち着いた。

はぁ……。

虚空に向かってため息をつくと、背筋にゾワリとするものが走った。

「殺さなくてよかったなあ」

宇根元は栄一郎のことを思い出した。

あのときは恐怖に支配されて無我夢中で相手の首を絞めてしまった。一時は死んだかと思ったが、家を出てくるときは間違いなく呼吸をしていた。

栄一郎には顔を見られているから警察がやって来るかもしれない。それでも大きな罪にはならないだろう。今回のことは魔が差したとしかいいようがない。困窮した日常に追われ、つい見てはいけない夢を見てしまったのだ。神様はいると思う。悪いことはできないものだ。

その夜、宇根元は自宅近くの居酒屋で一人飲酒をして、帰宅した。

「オヤジ、また飲んできたのか」

六畳の居間に入ると、隆典も入ってきた。夕食は一人で終えたようだ。風呂上がりのようで、上半身裸のままバスタオルで髪の毛を拭いている。華奢だが筋肉がところどころ盛り上がっている。

息子は名門進学校である開明高校の一年生だった。宇根元も二年前に亡くなった妻も、学業は得意ではなかった。それなのにどういうわけか、隆典は小学生のときから学年トップである。もちろん今も成績上位をキープしている。東京大学も夢ではないらしい。

「勉強はちゃんとしてんだろうな」

「金もないし、勉強くらいしかすることがないだろ」

他人の家に宝くじを奪うために押し入ったなんて、息子にはとても言えない。今日のことを思い出すと胃が痛くなる。

「なあ、隆典」

「なんだよ」

隆典がテレビをつける。

「今日の夕方、誰か家に来たか」

「誰かって誰だよ」

「誰って……いろいろあるだろ、宅配とか受信料の集金とか」

「誰も来てないよ。なにか気になることでもあんの」

隆典は父親を不思議そうに見た。

「いや、誰も来てないならいいんだ」

「オヤジ、なんか変だよ」

「いやぁ、借金取りが来たんじゃないかってな」

「マジかよ」

「冗談、冗談」

「息子に心配かけんなよ」

どうやら警察の訪問はなかったようだ。息子に気づかれないように安堵の息を漏らす。

『それでは次のニュースです。今日の午後二時頃、東京都××区伏見町八丁目の住宅でこの家に住む蓬田栄一郎さんが血を流して倒れていると蓬田さんの妻から一一〇番通報がありました。蓬田さんは出血多量で死亡しており、胸部と腹部に刺傷があることから警視庁は殺人事件と断定し伏見署に捜査本部を設置しました。蓬田さんの首には両手で絞められたような痕もあり、警察は付近の聞き込みを行なっています。現場には雨宮(あめみや)リポーターがいます。雨宮さん！』

キャスターが声をかけると、画面が変わって宇根元の見覚えのある家が映った。家の前で雨宮という若い女性のレポーターが状況を説明している。暗がりの中には野次馬の姿が見える。

「どうしたんだよ、オヤジ。顔色が悪いぞ」

隆典が心配そうに顔を覗き込んできた。

「い、いや、大丈夫だ。酔いが回ってきたらしい。少し飲みすぎたかな」

宇根元は無理やり笑顔を取り繕った。胸に手を当てると、鼓動が跳ね回っている。

「あんまり飲みすぎるなよ。家に帰れなくなっても知らないぞ。俺、迎えになんか行かないからな」

「大丈夫だ。今日は早めに寝ようかな」

「そうした方がよさそうだな。病気じゃないの。本当に顔色が悪いよ」

宇根元は逃げるようにして居間を出ると、自分の寝室に入った。ベッドの上であぐらを組みながら天井を見つめた。

いったいどうなってる？

テレビに映っていたのは間違いなく、宇根元が押し入った家だ。

「嘘だよな……」

額を擦りながら喘ぐようにつぶやいた。

宇根元があの家を出るとき、栄一郎は間違いなく胸を上下させて呼吸をしていたのだ。その彼が死んで……いや、殺されていた？

今一度、ニュースを思い出す。

『蓬田さんは出血多量で死亡しており、胸部と腹部に刺傷があることから……』

――刺傷だと？

たしかにキャスターは「刺傷」だと言っていた。首を絞めた痕は紛れもなく宇根元の手によるものだ。しかし出血多量が死因なら扼殺ではない。

気がつけば呼吸が乱れていた。全身が粟立ってくるのを感じる。

俺じゃない。殺したのは俺じゃない！

宇根元は思わずゴミ箱に向かって嘔吐した。

警察がやって来たのは、それから四日後だった。

8

聡は、先日の宇根元隆典とのやりとりを思い出していた。

「あんたにこんなことを言うのはどうかと思うけど、俺は必ず父親の無実の罪を晴らすつもりだ」

居酒屋を出て肩を並べて夜道を歩きながら、少し酩酊（めいてい）気味になっていた隆典が言った。

「ふざけんなっ！」

聡は彼の頬に拳骨を思いきり叩き込んだ。周囲の歩行者がなにごとかといった様子でこちらを見たが、気にならなかった。隆典は地面に転がると切れて赤く濡れた唇を手で拭いながら、ギラリとした瞳を聡に向けた。

「あの判決は完璧じゃない。裁判長は弁護士が提示したいくつかの疑問を棚に上げて有罪を言い渡した。被告だけでなくその家族の人生をも大きく左右する判決なら、水も漏らさぬ論拠が必要だ。あの判決はそうじゃなかった！」

隆典は顔を紅潮させて喚くように言った。

「水も漏らさぬ論拠だと！　お前は犯行を写した映像でも見ない限り、絶対に認めないだろ。人間には『魔が差す』っていうことが起こりえるんだよ。それらの意識や行動は不条理だったり理不尽だったりする。そんな犯行に理屈が当てはまるものか。たとえば刃物恐怖症についてもそうだ。想定外の出来事に見舞われれば、テンパってしまって苦手な刃物を咄嗟に持ち出すことがある。そんなことにまで道理や整合性を求めていたら、裁判がいたずらに長引くだけだ。ただでさえ今の日本の司法制度は被害者や遺族が泣きを見るようなシステムになっているんだ」

あれから聡は、犯罪被害者たちのルポルタージュを何冊も読んできた。事件当時はマスコミが押しかけて世間の好奇の目に晒され、プライバシーはズタズタにされた。一家の大黒柱を失ってあっという間に生活は困窮して、聡は大学進学断念を余儀なくされ、姉は不本意な仕事にしか就けなかった。

「それに宝くじの噂の出所だ」

隆典は呼吸を乱してうなるように言った。

「なんだよ、それ」

「あんたの父親が宝くじに当せんしたという話は、あんたの姉貴から広まったという情報もあるんだ」

「俺の姉さんが？　バカバカしい」

宝くじを買ったのは父親ではなくて、母親と麻紀本人なのだ。そのくじですら、当せんなんてしていなかった。

「そんなこじつけをしても無駄なことだ。お前の父親が俺の父親を殺したのは紛れもない事実なんだ。それを受け入れろ」

聡は隆典を靴先でこづいた。姉を侮辱されたのは許せない。しかし隆典は身を起こそうともせずこちらを睨みつけている。

「それでもあんたに聞きたい。もし冤罪だったらどうするつもりなんだ」

彼は血の止まらない唇を拭いながら言った。

「冤罪？　絶対にあり得ないだろ。首にはお前の父親の指紋がついていたんだ」

「もし……もしもの場合だ」

隆典はうなるように言った。

「あり得ない、もしもの話なんてできるわけないだろ」

「世の中には絶対なんてことの方があり得ないんだ！」

その直後、聡は倒れている隆典の腹を蹴り上げた。彼はうめきながら苦しそうに体をよじらせた。

聡は隆典を放置したまま帰宅したのだ。

——もし冤罪だったらどうするつもりなんだ。

隆典の言葉が耳朶によみがえる。

思えば母も姉もそして自分自身も、宇根元要に対する憎しみと彼自身が受ける罰を心の拠り所としてこれまで生きてきた。どんなにその後の運命が過酷で厳しくとも、刑務所で苦しむ相手への憎悪をたぎらせることで蓬田家はなんとか正気を保ってきたのだ。もし宇根元が無罪だとすれば、その拠り所をたちまち失うことになる。

――俺は必ず父親の無実の罪を晴らすつもりだ。

再び、隆典の言葉がよみがえった。

あれだけ父親が犯人であると状況が示しているのに、隆典の瞳はどこか確信めいた光を放っていたように見えた。今思えば、なにか根拠がなければあんなことを口走るとは考えにくい。彼は彼なりに長い年月の中で事件のことを調べてきたはずだ。父親の無実を口にするだけの根拠を持っていたのだろうか。

「そんなこと……あるはずがない」

聡はつぶやいた。

いつの間にか鼓動が激しく胸板を叩いていた。

9

占術センターからの帰り道。

「結局、絹川が怖れていた怨霊ってなんなんですかね」

浜田が子供のようなつぶらな目をパチクリとさせた。

「強力な怨霊だと言ってましたね。でもなんか占いってうさん臭いなあ」

まさかその怨霊に憑き殺されたなんてことはあるまい。もしそうだったらどうにもならない。日本の警察の捜査は徹底的に現実的なのだ。呪いだの超能力だのは認めない。裏を返せば、もしそれらの能力が使えるのであれば完全犯罪である。

「もし怨霊が本当だとするなら、絹川は誰になにを恨まれていたのかね」

代官山はじっとマヤを観察した。彼女は先ほどから考え込んでいる様子だ。さすがにまだ真犯人特定には至っていないようである。マヤが推理したことを探り出すことが、代官山の重要な仕事である。彼女とチームを組むようになってからずっとその役目を負わされている。それだけ上の連中も彼女の洞察力には注目しているというわけである。

あれからニルヴァーナ玲奈にいろいろと話を聞いたが、怨霊の詳細については彼女も把握していなかった。また絹川も怨霊とどのように関わっていたのか、頑なに話さなかったという。

「まあ、あの占い師の話はともかくとして、怨霊を見たり感じてしまうくらいだから、絹川には相当に後ろめたいことがあったということでしょう」

代官山は新宿駅を行き交う雑踏を眺めながら言った。

「怨霊なんだから、相手は死んでいるということよね」

「さすがは姫様、鋭い！」

「バカにしてんの」

マヤが浜田をギラリと睨む。

なにかとんでもない嗜虐(しぎゃく)的行為に走るのではないかと思わず身構えたが、なにも起こらなかった。浜田の方は相変わらず緩い表情を浮かべながら、宙に舞う綿のようにフワフワと彼女にまとわりついている。一時的に安堵するが油断はできない。

「なんらかの事情で相手を陥れて、自殺に追い込んだのかもしれませんよ」

そもそもこの怨霊が今回の絹川殺害事件に結びつくのか、それすらも不明だ。

「とりあえずいろんなところに話を聞いてみましょう」

浜田は先頭を切って新宿駅に入った。

それから三人は山手線、田園都市線と乗り継いで、絹川がよく顔を出していたというバーに向かった。

三軒茶屋（さんげんぢゃや）駅から徒歩数分の住宅街に佇（たたず）む、古い家屋を改築した小さな店だ。明薬通りから少し入った路地にあった。

中に入ると、八席のカウンターと二人が座ることのできるテーブル席が三つある。トイレに近い奥側の壁には、店内で撮った客であろう男女たちの写真が一面に貼られている。それぞれがカメラに向かってピースサインを送ったり、ポーズを取っていたりする。

店内のインテリアは垢抜けないが、それでもアットホームな雰囲気の温かみのある店だ。出入り口付近の壁には、映画や演劇のチラシが無造作に重なるようにしてピン留めされている。

時計を見ると午後六時を回っている。ちょうど店は開店したばかりのようだ。まだ早いのか客が誰もいない。マスターがカウンターテーブルを拭いていた。

「いらっしゃいませ」

マスターは代官山たちに笑みを向けた。年齢は代官山と同じくらいだろうか。長髪で頬から顎にかけて無精髭が伸びていた。細身の長身でどことなく個性派俳優を思わせる深みのある顔立ちをしている。店の名前は坂の途中にあることから「ヴェルサン」である。フランス語で坂とか斜面を意味するという。

「頭の方は大丈夫なんですか」

マスターは浜田の頭の包帯を見ながら言った。傷口のあたりに血が滲んでいる。もはやトレードマークだ。

「お気遣いなく。我々はこういう者です」

浜田が警察手帳を見せると「絹川さんのことですか」と表情を少しだけ暗くした。

「絹川さんの知人から、こちらによく立ち寄っていたという話を聞きまして」

知人というのは津久田夏菜のことだ。そもそも彼女と絹川の出会いはこのバーだったという。

「ニュースを見て驚きましたよ。常連さんの顔が映ってましたからね」

マスターは布巾を置くと手を洗って自分の名刺を配った。そこには「ヴェルサン店長・桑野光彦」と洒脱なフォントで印字されていた。話を聞くと以前は下北沢の劇団に所属していたという。

「絹川さんは、どのくらいのペースで来店してましたか」

浜田がメモ帳を開いて尋ねる。

「ほぼ毎日です。この店がオープンして以来のおつき合いでした」

店ではいろいろと話をするが、プライベートで会うことはなかったという。

「最近はどうだったんですか」

「実はここしばらく顔を見せてなかったんですよ。絹川さん、ここでおかしくなっちゃって……」

「おかしくって、どんなことになったんですか」

「椅子から立ち上がると急に叫び声を上げて、それから床にしゃがみ込んで、顔を真っ青にしながら震えてました。持病のパニック障害だと言ってましたけどね。そのあとトイレで吐いてたら調子を取り戻したみたいです。それから間もなく店を出ていかれたんですけどそれが最後でしたね、絹川さんの姿を見たのは」

　彼は淋しげなため息をついた。

「その日は、何月何日か覚えてませんか」

　桑野はしばらく考え込んでいたが、なにかを思い出したように手を叩いた。

「そうだそうだ、あの日は店の開店五周年記念でした。特別にイベントをしたわけじゃないですけど、お客様には飲み物を半額でサービスしてました。だから絹川さんもいつもより深酒したんじゃないかな。それが原因だったかもしれません」

「それは何月何日ですか」

「先月の二十三日です」

　パニックを起こしたのが十月二十三日。浜田がメモしている。

　今度はマヤが質問をした。

「その日、彼はどの席に座っていたの？」

「一番奥の席ですね。絹川さんは空いていればいつもあの席に座ってましたよ。あの日は半額サービスのこともあって満席でした」

　彼女は一番奥の席に移動するとそこに座った。すぐ近くの壁には客たちの写真が貼りつけてある。

「発作が出たのは店に来てからどのくらいたってからかしら？」

「一時間くらいじゃないかな。『ちょっとトイレ借りるよ』と立ち上がると、急に叫び出したんですよ」

　マヤはその状況を再現するように立ち上がって背後にあるトイレに向かってクルリと体を回そう

としたが、途中でピタリと止まった。

「どうしたんですか」

代官山は彼女に声をかける。彼女は壁の写真を見つめていた。

「絹川さんの写真があるわ」

「その中には、何枚か絹川さんが写った写真がありますよ。常連さんですからね。ときどき僕がお客さんたちを撮影したのをこうやって貼りつけておくんです」

写真は奥の壁一面に貼りつけてあり、百枚以上はあるだろう。

「そういえば、桑野さんは絹川さんから怨霊の話を聞いたことがありませんか」

浜田が思い出したように尋ねた。それは代官山も聞こうと思っていたことだ。

「怨霊？　ああ……そんな話をしていたなあ」

桑野は虚空を見上げて目を細めた。

「どんな話ですか」

浜田が身を乗り出す。

「最近、怖い夢をよく見るんだと、ね。そのとき怨霊がどうのこうの言っていたなあ。発作を起こしたのもその怨霊とやらと関係があるかもしれませんね。あれは明らかになにかに怯えている様子でしたからね。それらの中に怨霊が見えたのかも」

桑野は写真に向かって指をグルグルと回した。

「心霊写真ですか」

代官山は今一度、写真を確認する。しかしそれらしいものは見当たらなかった。

「それが誰の怨霊なのか、話してませんでしたか」

「警察が怨霊の話なんて関心があるんだ」

桑野が意外そうに言った。

「いえいえ、あくまでも参考にするだけです。被害者の心理面や精神面に直結する話かもしれませんから」

「なるほど。とにかくあのときは顔を真っ青にしながら怨霊とか祟りとか口走ってましたね。介抱ついでになんの怨霊なのかと尋ねてみたら『昔の話だ』と言いながらあちらの壁を顎で指したんですよ」

彼はそう言って、たぶん絹川がしたのと同じような仕草で映画や演劇のチラシやポスターが所狭しと貼ってある、出入り口付近の壁を指した。

「どの作品のチラシを指していたの？」

マヤが尋ねると桑野は壁に近づいた。奥のカウンター席にいるマヤの位置から数メートル離れている。

「ちょっと距離が離れていたからどの作品かまでは特定できませんけど、このあたりを指してましたよ」

彼は該当する範囲のピン留めされたチラシを五枚取って、カウンターの上に置いた。

『きっと、うまくいく』『ホット・ファズ』『牛泥棒』『スイミング・プール』『パルムの僧院』

「映画と演劇が交ざってるわね」

マヤはチラシを眺めながら言った。『牛泥棒』と『パルムの僧院』は下北沢で上演された演劇のようだ。

「姫様はいくつ知ってますか」

浜田が聞くと、金髪女性がプールサイドで寝そべっているチラシを取り上げた。

「『スイミング・プール』はフランソワ・オゾン監督のやつね。シャーロット・ランプリングが出演してたわ」

「へえ、黒井さん、マイナーな映画を知っているんですね」

聞いたことのない監督だ。フランス・パリ出身でゲイだという。同性愛を扱った作品が多いらしい。

「オゾン監督は好きなの。『8人の女たち』はオススメよ」

「代官山さんはなにを観たことがありますか」

浜田が無邪気に尋ねてくる。

「『ホット・ファズ』は映画マニアの知り合いから強力に薦められて観ましたよ。なんていうか、映画マニアがいかにも好みそうな演出の映画でしたね」

ロンドンの警察官が、左遷させられたのどかな村で、悪の組織と派手に対決するというストーリーだ。全編にわたってブラックジョークに満ちていた。知り合いによるとマニアックなパロディが満載だという。

「僕もそれはお気に入りですよ。映画評論家の水野晴郎さんが最後に観た映画なんですよね」

「そうなんですか。それは知らなかったなあ」

浜田は捜査において絶望的に役立たずだが、東大卒だけあって知識が広い。

「浜田さんは他に観たのってありますか」

今度は代官山が尋ねる。浜田がよくぞ聞いてくれましたと言わんばかりに、ニヤリとした。

「『きっと、うまくいく』です。インド映画なんですけど、これはマジでオススメですよ。ただならぬパワーのエネルギーにあふれた作品です。インド映画おそるべしですよ！」

彼は興奮気味に解説を始めた。

インドの工科大学の寮を舞台にした青春コメディで、ギャグを連発して観客を笑わせながらも物語は予想外の展開とともに盛り上がり、それでいてインドの教育問題にも深く切り込んでいる秀作だという。インドのアカデミー賞で史上最多の十六部門を受賞していて、各国でリメイクも決まっているらしい。

「最近のインド映画は秀逸な作品が多いですよね。『女神は二度微笑む』は極上サスペンスですよ」

桑野が楽しそうに言った。

そんなに面白い映画なら、ぜひ観てみようと思った。

「『牛泥棒』はもともとヘンリー・フォンダ主演の西部劇ですよ。日本未公開作品ですがＤＶＤにもなってますから、ぜひ鑑賞をオススメしたいですね。戦中の古い映画ですが人間の不条理を描いた深い作品です。このチラシは映画を舞台化したもので、私も下北沢まで観に行きましたがこちらも素晴らしかったですよ。それだけオリジナルが優れているってことですね」

桑野がチラシを三人に見せながら嬉しそうに語った。なんでもクリント・イーストウッド監督がイチ推ししているという。こちらもぜひともチェックしたい。

「そして『パルムの僧院』ね」

「『牛泥棒』と同じ劇団が上演してました。ジェラール・フィリップ主演で映画化もされてます。こちらもかなり古い映画ですけどね」

チラシに記載された日付を見ると、上演されたのは去年のことだ。場所は下北沢の本多（ほんだ）劇場とある。代官山も上京してから一回だけ行ったことがある。こういう文化は地方ではなかなか楽しめない。

「『パルムの僧院』は観たことないけど原作は読んだことがあるわ」

「スタンダールですね。本名はマリ＝アンリ・ベール、ペンネームはドイツの小都市シュテンダルに由来するといわれてます」

浜田が得意気に蘊蓄（うんちく）を傾けた。

「それにしてもマスターは舞台をやっていただけあって映画や演劇に詳しいんですね」

代官山が言うと桑野はニッコリと微笑んだ。

「もう昔の話ですけどね。ＤＶＤのコレクションは三千枚以上ありますよ」

「三千枚！　それはすごいですね」

桑野はここに貼ってある作品はすべて鑑賞しているという。そのほとんどのタイトルが知らないものばかりだ。

「桑野さんはダリオ・アルジェント監督をご存じかしら」

「もちろん！　大好きですよ」

彼は瞳を輝かせた。それからしばらく、二人で熱の入ったダリオ・アルジェント監督談義を始めた。

桑野は『フェノミナ』を熱く語った。あんな映画のどこがいいのだろう。映画マニアというのは、とんでもなくエキセントリックな作品を好む傾向にある。『ホット・ファズ』を薦めた知人は他に『グリーン・インフェルノ』なる映画を絶賛していた。内容をちょっとだけ聞いたが、アメリカ人の青年たちが食人族に襲われて食われる話らしい。マヤは観る気マンマンのようだが代官山は絶対につき合わないと強く決めている。

「あのぉ……姫様、話を戻していいですか」

浜田が遠慮がちに聞くと、マヤは舌打ちをして談義を終わらせた。

「結局、絹川さんが指したチラシはどれなんでしょう」

浜田が五枚のチラシをきれいに並べ直した。

「この中のどれかが絹川さんが怖(おそ)れた怨霊に関係するわけですよね」

そしてそれが「昔の話」である。絹川が言う「昔」とは彼にとっての昔なのか、それとも昔の古い映画のことなのか。昔の古い映画ならこの中では『牛泥棒』『パルムの僧院』あたりだろうか。映画に詳しい桑野によれば、二つとも一九四〇年代の作品だという。あとは比較的最近の作品だ。

「マスター、絹川さんと親しかったお客さんっているんですか」

代官山はグラスを拭いている桑野に声をかけた。

「最近の絹川さんはあまり他のお客さんと積極的に話をしなかったですね。前は殿村(とのむら)さんというお客さんと、よくここで文学談義をしてましたよ」

津久田が、絹川は作家志望だったと言っていたことを思い出した。

桑野は壁の写真を一枚剝(は)がすと代官山に見せた。四十代後半だろうか、短髪で知的な感じのする、色白の男性だった。

「この方が殿村さんです」

「その方はよくこちらに来られるんですか」

「殿村さんは小さな出版社の社長さんだったんですが、三年ほど前に会社が倒産してしまい、それからはぱったりと姿を見せなくなりました。倒産したことで一家離散して、今ではホームレスになってしまったそうです。他のお客さんが上野公園で見かけたと言ってました。殿村さんは絹川さんの作品をいつか自分の会社で出したいと言ってたんですけどねぇ」

桑野が遠い目をして言った。

「本を出す前に倒産してしまったんですね」

「そのことで絹川さんはとても怒ってました。最近でも酔っ払うと殿村さんの名前を出して激しく罵ってましたからね。彼に本を出してもらうことを、心底当てにしていたんでしょうね。殿村さんのことを相当に恨んでいたようですよ。三ヶ月くらい前だったかな、ひどい話をしてました」

「どんな内容なんですか」

代官山が促すと桑野は嫌悪を露わにするように顔をしかめた。

「絹川さんは半年ほど前に、たまたま代々木公園でホームレス生活を送っている殿村さんを見かけたらしいんですよ。それで彼の段ボールハウスに火をつけたそうなんです」

「本当ですか。それでどうなりました」

「怪我人は出なかったみたいですけど、段ボールですからね、全焼したそうです。それで殿村さんは代々木公園にはいられなくなり、渋谷の公園に移る羽目になったと絹川さんがまるで武勇伝のように語ってましたよ。酔っていたのでどこまで本当の話か分かりませんけど、さすがに僕も彼をたしなめました」

「渋谷の公園？　今は上野ですよね」

浜田がメモを取る手を止めて確認した。

「おそらく絹川さんがまた放火したんじゃないですかね。それで上野に移ることになったと僕は思ってます」

「ひどいことしますね」

「常連のお客さんを悪く言いたくないですけど、彼の話を聞いていると反社会的というか、歪んだ人間性の持ち主だったと思いますよ。うちではトラブルがなかったからいいですけど、他ではいろいろとあったんじゃないですかね」

絹川がトラブルメーカーであったことは恋人の津久田夏菜も証言していた。

「その放火の件で警察が話を聞きに来ませんでしたか」

放火なら警察も動いたはずだ。

「いいえ。警察の人に聞かれたことはありませんし、僕もこの話は誰にもしてません」

「そうですか。他に知っている人は？」

「そんときは他にもお客さんがいましたけど、話を聞いていたのは僕だけでした。でも、どうでしょうか。聞いていたかもしれませんね。特には、お客さんの中でもそのことが話題になったことはなかったですけど」

絹川の放火の件は捜査会議でも報告されていなかった。浜田が桑野の話をメモした上に赤丸で囲んでいる。

最近はともかく、かつては殿村なる人物と絹川は良好な関係にあった。殿村がもしかしたら怨霊の正体を絹川から聞いていて知っているかもしれない。

刑事たるもの無駄足を怖れてはならない。浜田も同じことを考えていたようで、目が合うとうなずいた。

「昔もらった殿村さんの名刺がありましたよ」

桑野が名刺ホルダーから一枚を抜くと代官山に差し出した。そこには「宝殿社社長・殿村伸介（しんすけ）」と印字されていた。会社の住所は西新宿となっているが当然今はないだろう。

マヤは指を顎先に当てながらじっと五枚のチラシを見つめている。

「黒井さん、どうですか。犯人が分かりましたか」

代官山はダメ元でそっと尋ねてみた。

彼女は振り返ると、細い腰に手を当てながら冷え切った目を代官山に向けた。

「バッカじゃないの」

その台詞、たまに聞きたくなる。

*

次の日。

三人は上野恩賜公園にある西郷隆盛像の前に立った。隣には西郷像の由来が書かれた石碑がある。

像は高村光雲が作ったものらしい。公園内には上野動物園や国立西洋美術館、東京国立博物館など日本を代表する文教施設がある。多くの人たちで賑わっているが、特に外国からの観光客が目立つ。

「なんでも東京はホテルの部屋が慢性的に不足しているらしいですよ」

浜田が周囲を見渡しながら言った。

「これだけ外国人観光客が押し寄せてくればそうなるでしょうね。でも、ホームレスも多いですよ」

それらしい人物があちらこちらに見受けられる。ベンチの多くも彼らによって占拠されていた。マヤが露骨に嫌そうな顔をしている。

奥に入っていくと、通行人もなく静まり返っている一角がある。そこだけが空白になっているように観光客の姿もない。さらに進んでいくと、段ボールなどで仕切られた「民家」が工事用の鉄柵に囲われて連なっている。

「上野公園周辺には二百人ほどのホームレスがいるそうです。これだけの規模なので自治会のような組織もあるみたいですよ」

「裕福な観光客と対照的ですね」

華やかな彩りの服装の観光客に対して、ホームレスたちは小ぎれいな身なりをしていてもくすんで見える。こんなところでも格差を実感できる。

この中には数年前までは羽振りのよかった者もいるに違いない。それがリーマンショックなどをきっかけに転落してしまった。高額納税者で社会に大きく貢献したであろう彼らが、なんのサポートも受けられずに段ボールで風雨を凌いで生活をしている。そんなことを考えるとなんともやり切れない思いになる。

「殿村伸介はどこにいるんですかね」

浜田が段ボールの家々を眺めながら言った。殿村も社会に切り捨てられた一人に違いない。

「誰かに聞いてみましょう」

代官山が言うとマヤが袖を引っぱった。

「黒井さん、どうしたんですか」

「ちょっと私はお茶してくるわ。殿村が見つかったら呼んでちょうだい」

「なにを言っているんですか。勤務中ですよ」

「なんで私がホームレスを相手にしなくちゃならないのよ。そもそも私はお金がない人間以上に、家がない人間が大嫌いなの。見ているだけで虫酸が走るわ」

彼女が心底嫌そうに顔をしかめる。

「彼らだってなりたくてそうなったわけじゃないですよ。こうなるにはいろんな事情があったんです。それに彼らがこうなってしまうってことは、国のセーフティーネットが機能してないという証しじゃないですか」

「事情なんて関係ないわ。その人間にそうなるリスクを回避するスキルと能力がなかっただけの話よ。福祉とかセーフティーネットなんて甘えだわ。なんでバカな負け犬の尻ぬぐいを私たちみたいな有能な精勤者がしなくてはならないの。そんなの理不尽だわ！」

マヤは吐き捨てるように言った。分かりきっていることだが、彼女は社会的弱者に対する慈愛など、欠片（かけら）も持ち合わせていない。

「姫様、一緒に公園のスタバに行きましょう」

「は？」

一瞬、意味が分からなかった。

「というわけで代官山さん、殿村さんを見つけたら僕の携帯に連絡ください」

次の瞬間、浜田の腹部にマヤの右足がめり込んだ。格闘ゲームに出てくるキャラがくり出すような完璧な回し蹴りだ。浜田は五メートルほど吹っ飛んでうずくまった。

「じゃあ二人で頑張って」

彼女はバイバイしながら代官山たちから離れていった。

「浜田さん、大丈夫ですか」

「アハハハ、大丈夫です。ゲフッ！」

立ち上がろうとした浜田は、吐血してうずくまった。

「ちょ、ちょっと……内臓をやられてるんじゃないですか」

マヤの右足は足首までめり込んでいた。

「アハハハ、本当に大丈夫ですってば……ゲフッ」

再び吐血。薄汚れた身なりの通りすがりの年配男性が訝(いぶか)しげに見ている。代官山はティッシュペーパーを手渡した。

「ていうか浜田さん、ティッシュペーパーは常時携行していた方がいいですよ。黒井さんといるときは、特に」

「お気遣いありがとうございます」

彼は口を拭うと、ペコリと血の滲んだ包帯を巻いた頭を下げた。天使のような顔立ちを見ているとなんだか無性に気の毒になる……ときがあるが、今はそうも言っていられない。とりあえず殿村を見つけ出すことが優先だ。

三人で手分けをして探せば時間短縮になるのだが、マヤを説得するのはかえって時間の無駄だ。上司に訴えたところで、握りつぶされるどころか絶海に浮かぶ孤島の駐在所に飛ばされるのがオチだ。

「ああ、ちょっといいですか」

代官山は急いで通りすがりの年配男性に声をかけた。その身なりからあの家々に身を寄せているに違いない。

「なんだよ」

男性は立ち止まると険のある目を向けた。

「警視庁の者ですが」

「警察なんかに用はないね」

代官山が警察手帳を向けると、男性はさらに目を尖らせた。この手の人物は権力に反発的で協力を得にくい。

「この人を探しているんですが知りませんか」

構わず桑野から借りてきた写真を見せる。男性は写真を乱暴に受け取ると食い入るように見つめた。

「これは……殿さんだろ。なんだよ、小ぎれいな顔しやがって」

殿さん……殿村に間違いない。

「ご存じなんですね」

「ご存じもなにも、お隣さんだよ」

ビンゴだ。毎回こうあってくれれば捜査も楽なのに。

「どちらですか」

はやる気持ちを抑えて聞くと、男性は首を横に振った。

「それがいなくなっちまったんだよ」

彼は白いものが交じったぱさついた髪を掻き上げた。フケがふわりと舞い飛ぶ。体臭もきつい。

思わず息を止めた。

「いなくなったって……いつからですか」

咳払いをしながら尋ねる。

「三、四日前だな」

「旅行とかですか」

「俺たちにそんなことがあるわけないだろ。荷物だって全部置きっ放しなんだ。そんなに長く家を空ければ盗まれちまう。今は俺が管理してやってるけどいつまでもってわけにはいかないんだ。そろそろ戻ってくれなきゃ困るよ」

「家を出ていく理由があったんですかね」

「理由は分からん。ちょっとした仕事があると言ってた」

「仕事の内容は？」

「俺も聞いてみたがそれは教えてくれなかったな。まあ、俺たちみたいな人間に回ってくる仕事なんてろくなもんじゃない」

「殿村さんは放火の被害に遭って、ここにたどり着いたと聞いたんですが」

「警察はさすがになんでも知ってるんだな。場所を移すたびに家に火をつけられると言ってたよ。だから不在を心配しているんだ。放火なんてされたら俺の家まで燃えちまうからな」

「それで殿村さんの家はどちらですか」

男性も殿村に帰ってきてほしいと思っているのだろう。反発することなく彼の段ボールハウスを教えてくれた。

段ボールの上にはブルーシートがかけられている。中を覗き込むと饐えた臭いが鼻腔をついた。薄暗いのでペンライトで照らしてみる。室内はカプセルホテルのように大人一人が寝そべることができるようになっていて、奥の方には生活用品が並んでいた。たしかにこれを置いて別の場所に引越したとは考えにくい。

「ところで放火犯が誰か分かったんですか」

代官山は桑野から聞いた話を伏せて尋ねてみた。

「心当たりがあるみたいなことを言ってたね。絶対に突き止めて復讐してやると息巻いていたよ。相当に憎んでいるようだったな」

殿村は放火犯を突き止めることができたのだろうか。もしそうなら彼には絹川を殺害する動機が成立する。

「殿村さんはどんな人でしたか」

「もともとはなんかの社長だったらしいけど、そんな雰囲気はなかったな。むしろ失うものがないから怖いものなしだと開き直っていた感じだったね。刑務所に入った方が今よりいい生活ができるなんて言ってた。前科のある連中にも刑務所時代のことを聞いて回っていたから本当にそう考えていたんだろう。そのわりに健康には注意していたようで、早朝はマラソンとか腕立て、腹筋をしていたよ」

男性は公園の中を走るコースを指さした。

「代官山さん。ハウスの中を調べてくださいよ」

浜田が段ボールハウスの中を指さした。

「は、はあ……僕がですか？」

「僕、いちおう東大卒のキャリアですし、お坊ちゃん生活が長いのでこういうところに慣れてないんですよぉ。ダニとか南京虫とかのアレルギーで体がかゆくなっちゃうんです」

浜田はこれみよがしに体中を掻き始めた。

代官山は舌打ちすると白手袋をして、ハウスの中に体を滑り込ませた。浜田に任せればどんなトラブルを引き起こすか分からない。

内部には黄ばんだ敷き布団が置いてあって、掛け布団が畳まれている。仰向けになってみると段ボールの天井がすぐ目の前に迫っていて圧迫感がある。つい数年前まで出版社の社長だった殿村は、どんな気持ちでここで寝ていたのだろう。枕の傍らにはフライパンやアルミ鍋、食器やシャンプーのボトルなどが並べられている。その奥には煤けたダウンジャケットやシャツが畳んだ状態で置かれていた。たしかに浜田の言うようにこちらまで体がかゆくなってきそうだ。

代官山はそのひとつひとつに光を当てて、チェックしてみた。フライパンを手にしてみると見た目よりもズシリと重かった。この質感からして安物ではないだろう。

「うん？」

円形の一部がわずかに凹（へこ）んでいる。その部分に光を当ててみると、黒ずんでいるように見える。代官山は外に出て、今一度観察した。陽光の下で見ると、黒ずみは赤黒かった。そして見るからに粘ついている。

「浜田さん、これ見てください」

「クルーゾー社のフライパンですね。僕も愛用してますよ。高価ですけど頑丈でしっかりしているんです。ホームレスなのになんでこんな高級品を持っているんですかね」

「そうじゃなくてここです」

代官山は凹んだ部分を指さした。

「うわあ、せっかくの高級品がもったいない」

東大卒のくせに相変わらず観察力も洞察力もゼロだ。こんな輩がどうして警察官になろうなんて思ったのだろう。まったく以（もっ）て不向きだとしかいいようがない。

「絹川の直接の死因はロープ状のもので首を絞められたことによる窒息でしたけど、その直前に後頭部を鈍器のようなもので殴られていたと監察医の報告がありましたよね」

「ああ！　言ってましたね。後頭部が陥没していたらしいですから、そこまでのダメージを与える鈍器ってなんですかね⁉」

わざとボケているのかと思えてしまうが、これが浜田クオリティだ。今さら驚いたり呆れるまでもない。

「このフライパンじゃないでしょうか。この赤黒いシミはどう見ても血痕ですよ」

「ええ！　なんでそんなものがこんなところにあるんですか」

彼は心底驚いているようだ。こんな無能がキャリアのエリートであることの方が、ずっと驚異だ。

それはともかくこんな頑丈なフライパンで殴られたら無事では済まないだろう。凹んでいるくらいだから、相当の衝撃だったはずだ。致命傷にはならなかったようだが、気絶くらいはしただろう。死なないことに痺れを切らした犯人はロープ状のものを使って絞殺した。そんなところだろうか。

「それは殿村に聞いてみるしかないですね」

「つまり殿村が絹川を殺害した犯人というわけですか。動機は……ズバリ放火された怨恨ですね！」

浜田は得意気に人差し指を立てた。

それ以外になにがあるんだよ？

「おそらく殿村はなんらかの方法で放火犯を突き止めた。絹川がヴェルサンの店主に話していた武勇伝を盗み聞きした客が殿村にリークしたのかもしれませんね。とにかく彼は何度も放火被害に遭っています。犯人が絹川だと知って、彼に殺意を抱いたに違いない」

「それで絹川の頭を殴って気絶させてから絞殺した。その死体を倉田町の雑居ビルに遺棄したというわけですね」

浜田もやっと理解してくれたらしい。捜査員が全員浜田だったら、犯人検挙率ゼロ＆全事件迷宮入りだろう。

「あの、殿村さんがいなくなったのは正確にはいつですか」

代官山は隣の段ボールハウスの男性に尋ねた。

「だから三、四日前だと言っただろう」

彼は面倒臭そうに言った。

「三と四、どちらなんですか」

代官山は相手に顔を近づけた。

「えぇっと……十月三十一日だから三日前だ」

「間違いないんですか」

「毎月末日に支援会の人が来てくれるんだよ。病人がいないかとか必要なものはないかとわざわざ顔を出してくれるんだ。殿さんは自治会の係をしていたから、支援会の人と会合をしてたはずだ。だから十月三十一日で間違いないよ」

男性は口調に自信を込めていた。

「殿村さんを最後に見たのは十月三十一日の何時頃ですか」

「俺が最後に見たのは夕方だな。六時から六時半だったと思う。どっかに出かけるところに声をかけたんだ」

「それが仕事だったんですね」

「殿さん、危ないことに関わってなきゃいいんだけどなあ」

男性は心配そうに言った。

「とりあえずこのフライパンを調べてみる必要がありますね」

代官山はスマートフォンを取り出して渋谷係長の電話番号を呼び出した。

「僕、姫様を呼んできます」

浜田はそのまま駆け出した。

＊

十一月六日。

捜査会議は緊迫した空気が流れていた。

雛壇には築田一課長、渋谷係長と平田署長、白金管理官が着席していた。それぞれがいつになく緊張した表情を向けている。

雛壇にはそれ以外にもう一人、妙に威厳のある顔立ちをした男性が一課長の隣に座っている。年齢的にはマヤの父親・黒井篤郎と同じくらいだろうか。幹部連中が緊張しているのはどうやらこの人物の存在によるようだ。

彼は容疑者を睨みつけるような目で、捜査員たちを見つめていた。彼らもその視線に気圧（けお）されるように姿勢を正し、静かにしている。緊迫した空気の発生源はこの男性である。

「誰ですか？　あの強面は」

代官山は背筋を伸ばしたまま、小声で右隣の浜田に尋ねた。

「知らないんですか。あの方は警察庁刑事局局長の都渡貞治（とのたりさだじ）警視監ですよ」

「サッチョウですか！」

「しっ！　声が大きい」

慌てて口を手で塞ぐ。都渡がこちらを険しい表情で睨んでいる。思わず視線を逸らした。

警察庁とは日本の警察の頂点であり、警視庁並びに全国道府県警察を束ねる行政機関だ。警視庁というのはあくまで東京都の警察に過ぎない。警察庁とはキャリア組、いわゆる警察官僚で固められたエリート機関でもある。

「都渡さんは、パパのライバルだった人よ」

左隣に座るマヤが鼻を鳴らしながら言った。

「そうだったんですか」

「まあ、パパの方が偉くなっちゃったけどね」

マヤの父親は警察庁長官に次ぐナンバー2のポストにある。とはいえ都渡も警察庁刑事局のトップなのだから、エリート中のエリートだ。ノンキャリアではどんなに頑張っても警視監になれない。警視監という階級はキャリアの証しである。もちろん代官山にも縁がない。

浜田が順調にいけばその階級になる。そのころには彼は代官山にとって雲の上の人だ。浜田のダメっぷりを見ていると、そんな日が来ることがとても信じられない。

「それにしてもどうしてそんなお偉方が、こんなところに来るんですか」

「視察ですかねぇ」

浜田が首を傾けた。

「世間を震撼させる大事件なら分かりますけど、本件はまあ普通ですよね」

警察庁の官僚が、些末な事件の捜査本部や現場などに顔を出すことはまずない。

「都渡さんが来たってことはなにかあるのよ」

「そうなんですか」

「上昇志向を絵に描いたような野心家が、ただの視察なんかで来るはずがないわ。なにか企んでいるのよ」

マヤは警戒した目で都渡を見つめている。都渡の方もマヤに視線を向けていた。

そうこうしているうちに捜査会議が進行していく。しかし都渡は席に座ったままじっとこちらを見つめているだけで今まで一言も発さない。そんな彼を気にしながら、渋谷も緊張で顔を引きつらせて、司会者として会議を回している。

「それではフライパンについて鑑識から」

「フライパンに付着していた血液は絹川康成のものと一致しました。また金属部の凹みと絹川の挫傷部位の形状も一致しております。以上のことから犯人がこのフライパンで絹川の後頭部を殴りつけた可能性が高いと思われます。また柄や金属部に付着していた指紋は殿村伸介のものだけでした」

若手の鑑識課の捜査員が報告すると、白金はもともとキリリとした目つきをさらに鋭くさせた。

鑑識はさらに報告を続ける。

「絹川が死体で発見された現場となった倉田ビルヂングから殿村の毛髪や指紋が検出されました。ビルの入り口で目撃されたという『ホームレス風の男』の背格好も殿村と似通っています。こちらも目撃者に確認を取りました」

その男は事件当夜、裏口の扉をいじっているところを目撃されていた。鑑識員は毛髪や指紋が検出された場所について説明した。

「不審車両は?」

白金が質問すると他の刑事が立ち上がった。

「現場から二キロ離れたコンビニエンスストアのカメラに、倉田ビルヂングの方面に向かう黒のワンボックスカーが写っていました。現在、画像解析を進めていますが、運転席に殿村らしき男が映っています。後部席の窓にはスモークフィルムが貼られているため内部が見えないようになっていました」

「車のナンバーは写っていたのですか」

白金が尋ねると刑事はうなずいた。

「所有者は世田谷区若林二丁目在住の西村明仁(にしむらあきひと)、三十九歳。規模は小さいですがIT企業の社長です。先ほど連絡を取ることができました。現在、二ヶ月ほど前からインドのニューデリーに出張中のため、車の盗難に気づかなかったそうです。車はマンションの駐車場に駐めたままだったとのことです。マンションの近隣住人にも聞き込みをしましたが、不審人物の目撃情報は今のところ出ていません」

そしてマンションの駐車場には、防犯カメラが設置されていなかったとつけ加えた。

「そのワンボックスカーは今どこにあるのですか」

「現在、捜索中です」

「なんとも抜け目のないことね」

白金が皮肉混じりに鼻で笑った。「それで殿村伸介についてはどうなんですか」

他の年配刑事が挙手をして立ち上がると、生い立ちや学歴や職歴はもちろん、出版社社長からホームレスにまで転落したいきさつを説明する。

ビジネス書や実用書がメインだったのに、文学青年だった殿村が小説などの文芸書に手を出そうとしたことが倒産の原因らしい。営業が弱いため自社の小説を書店に並べてもらえず、そのまま資金がショートしたようだ。

「絹川と殿村の関係は？」

白金が次の質問を促すと、浜田が手帳を片手に立ち上がった。

「二人はヴェルサンというバーの常連で、殿村が小説家志望だった絹川に本を出してやると持ちかけたそうです。しかしそれは出版社が倒産したことで実現せず、そのことで絹川は店に顔を出さなくなった殿村を憎んでいたようです。そのあとたまたま公園でホームレス生活を送っている殿村を見かけて、腹いせに殿村の段ボールハウスに放火してやったと絹川本人がマスターに吹聴していたみたいです」

「なるほど。それがなんらかの経路で殿村の耳に入ったのかもしれないわね」

それで殿村は、絹川に強い殺意を抱いて犯行に及んだ。筋が通っている。

「殿村が言っていた『仕事』についてはどうなんですか」

殿村は十月三十一日の六時頃に仕事があると言い残して姿を消している。

「おそらく絹川の殺害を指しているのではないかと思います。殿村にとって報復が仕事なんです」

「浜田警部補。私はあなたの意見を求めていません。事実の報告だけをしなさい」

白金は歯切れはよいが冷ややかな声で命じた。

「す、すみません。オファーがあったとされる仕事内容や依頼主については鋭意捜査中です」

「よろしい」

殿村が誰からどんな仕事のオファーを受けていたのかは今のところ不明だ。しかし十月三十一日の昼頃に公園の外でサングラスをしたスーツ姿の男性と話をしていたところを他のホームレスが目撃している。スーツ姿の男性は長身でがっしりとした体格だったという。

「黒井さんはどう思います？」

代官山は、隣の席で退屈そうにしているマヤに声をかけた。

「なにが？」

「殿村ですよ。放火されたことを恨んで絹川を殺害したんですかね」

「さぁ？　犯人とか動機とか本当にどうでもいいわ。今回のヤマはあまりにつまらなすぎるもの」

「黒井さんが萌えるような死体が出てこないですからね」

「フライパンで撲殺しようとして失敗した挙げ句に絞殺よ。殺る気あんのかって小一時間ほど問い詰めてやりたいわ」

昨日、上野の公園でそのフライパンを持ち帰ろうとしたので、すかさず代官山が回収した。例のコレクションに加えるつもりだったのだろう。

「でも殺害場所はどこだったんでしょう。上野の公園では今のところ絹川の目撃情報が出てきてません」

絹川の死体が発見されたのは倉田ビルヂングだが、現場の状況からしてどこか別の場所で殺害されて運ばれてきたようだ。段ボールハウスの中も鑑識の連中がつぶさに調べたが絹川が訪れた痕跡はなかった。

絞殺に使われたと思われる凶器も見つかっていない。ちなみに鑑識が索条痕を詳細に分析したところ、その形状から凶器はエレキコム社の延長コードであることが分かった。全国の家電量販店などで大量に流通しているので、所有者を特定することは不可能だ。それは殿村の段ボールハウスから見つかっていない。

また索条痕からみて相当に強い力で絞められているという。かなりの怪力か、もしくは二人がかりで引っ張ったのではないかと推測される。殿村が犯人だとしても彼自身にそんな力があるとは思えない。体格も中肉中背で筋肉質というわけでもない。そうなると協力者がいたのかもしれない。

「怨霊か……」

マヤが虚空に向かって何気ない様子でつぶやいた。

「ああ、殿村のことですっかり忘れてました。絹川が怯えていた怨霊って結局なんだったんですかね」

事件と関係があるのだろうか。強く恨んでいたのは殿村だが、その時点で彼は生きていた。怨霊である以上、死んだ人間の怨念ということになるはずだ。

「絹川がマスターに言った『昔の話』も気になるわね」

店で発作を起こしたとき、絹川は「昔の話だ」と言いながら映画や演劇のチラシを示した。どのチラシなのか特定はできなかったがその候補となる五枚のチラシをテーブルに並べた。代官山も知らないタイトルが多かった。鑑賞したことがあるのは『ホット・ファズ』だけだ。しかしあの作品には怨霊に結びつくものはなにもなかったと思う。

「結局、怨霊も昔の話も今回の事件とは無関係だったのかもしれませんね」

「どちらにしてもこのまま『犯人は殿村でしたぁ』ではミステリとしても実につまらないオチね」

マヤは「でしたぁ」を両目を細め口をすぼめて変顔をしながら言った。

「リアルなんてそんなもんですよ。事実は小説よりも奇なり、なんてそうそう起こるもんじゃありません」

とはいえ、上京してからマヤと担当した事件は、小説よりも奇なりなんてレベルではなかったが。一連の事件を小説にしたら売れるのではないだろうかと本気で思ったりする。

「フライパンに付着した絹川の血痕に現場に残された殿村の指紋。殿村伸介がなんらかの事情を知っていると思われます。とりあえず優先的に殿村伸介の足取りを追ってください」

白金は立ち上がると長テーブルに手をついて身を乗り出しながら指示を出した。

「管理官！」

突然、マヤが挙手をする。

「黒井巡査部長」

白金が彼女を指名した。相変わらず階級までつける。同時に都渡の瞳がギラリと光った。

「管理官は絹川康成殺しの犯人が殿村伸介だとお考えなのですか」

「それについてはまだ……」

「殿村が犯人で間違いないだろう」

白金が答えている途中で都渡が遮った。ここで初めて彼の声を聞いた。舞台役者のようなよく通る声だ。

「フライパンに血痕に指紋。これだけ状況証拠が揃えば殿村以外にあり得ないのではないかね、黒井さんのお嬢さん」

　都渡は口角を上げた。しかし目は笑っていない。

「都渡警視監、お久しぶりです」

　マヤは小さくお辞儀をした。

「なかなか立派にやっているみたいじゃないか。いくつかの難事件を君の推理で解決に導いたと聞いたぞ」

「恐縮です」

　二人のやりとりを白金は警戒した様子で見つめている。渋谷に至っては脂汗で顔がびっしょりだ。

「ところで君は犯人が殿村じゃないと考えているのかね」

「今のところはなんとも……ただ」

「ただ、なんだね」

「ホームレス一人の犯行だと考えるとちょっと引っかかるんですよね」

「ほぉ。たとえばどんなことが気になるのかね」

「裏口の鍵はそう簡単に破られるものではありません。プロの鍵師でも解錠に苦労するタイプのものです。以前は出版社の社長だった殿村にそんなスキルがあったとは思えない」

「他には？」

　都渡は手を差し出して先を促した。

「フライパンも気になりますね。それには殿村の指紋しか検出されなかった。それを製造した業者や販売店のスタッフらの指紋が付着するはずです。他人が触れていたらその指紋も残ります。それに殿村の指紋の数もかなり少なかったです」

「犯行に及ぶ直前にきれいに洗っていたということだろう。それなら殿村の指紋しか残らなくても不思議ではない」

「なるほど……そういう解釈をすれば筋が通りますね」

しかし、と思う。あの段ボールハウスの中を覗いたとき、他の食器や調理器具はそこまできれいではなかった。グラスも曇っていたし皿もほんのりと表面が着色していた。あの室内を見る限り、殿村がきれい好きという印象はない。なのにフライパンだけ自身以外の指紋も残らないレベルで洗浄していたということなのか。むしろそうするのなら、犯行後に血痕を洗い落とすべきだろう。そうなっていないのも腑に落ちない。

「殿村の毛髪もです」

「毛髪がなんだ」

「絹川の死体を運んだのであれば、現場の建物の入り口や階段などから毛髪が出てきてもいいはずです。でも死体の転がっていた二階の部屋にだけバラバラと毛髪が落ちてました。その分布が不自然な気がします」

「毛髪の抜け具合というのは個人差があるだろう。二階の部屋でたまたま多く抜けただけかもしれん」

都渡はまたもマヤの疑問に解釈をつけた。

「あと目撃者なんですが……」

「目撃者がどうした」

都渡はうんざりといった口調だったが、眼光の鋭利さがさらに強まったように見えた。

「ホームレス風の男を現場ビルの裏口で目撃したという男性なんですが、小さな劇団の役者をやっている若者です。彼は以前にも何度か痴漢や万引きなどの目撃証言をしています。いずれも企業の重役や役人など社会的地位の高い人間ばかりでした。彼らはその証言で失脚を余儀なくされてます」

「君はいつの間にそんなことを調べたんだ」

都渡は呆れたように言うが、その目は妙にぎらついてる。

「なにかとヒマなもので」

「黒井巡査部長！」

白金の鋭い声が飛ぶ。渋谷がハラハラした様子で見守っている。

「さすがは黒井篤郎警察庁次長のお嬢さんだ。肝が据わっているな」

その点については本当に感心したように言った。

「それほどでも」

マヤは髪を掻き上げながら謙遜する。

「つまり……その目撃者はサクラで嘘の証言をしていると言いたいのか」

「可能性はゼロじゃないですよね。そもそもあのビルの裏口は石塀で遮られていて目撃情報なんて出ようはずがないんです」

「目撃者は音がしたから回り込んだと証言しているぞ」

「通りすがりの部外者がわざわざ暗くて狭い通路を回り込んで確認しますか。不自然ですよ」

マヤが答えると渋谷が「彼女を止めろ」と代官山に目で合図を送ってきた。

「だけどなんのためだ。そんな偽証をすることでその若者にメリットがあるのか」

止めようと思ったが、都渡が質問を続けてくる。他の捜査員たちも黙ってやりとりを聞いていた。都渡がいなければ、年配の刑事たちから野次が飛ぶところだ。

「友人のいない人が結婚式を挙げるとき、サクラを用意して友人として式に出席させることがあるそうです。そういうサクラを派遣する業者があるんですよ」

「つまりその若者はサクラだとでも言うのか」

「私の知り合いに売れない劇団員がいて、彼女もサクラ業者に登録してますよ。演技力があるから大抵の役はこなせちゃうんですって」

「誰がなんのためにサクラを用意するんだね」

「実行犯が目撃されては元も子もない。だからあの現場を選んだ。あとは捜査を攪乱（かくらん）するためサクラの証言を用意した。どうですか？」

「なるほどな。そういう推理はミステリ小説や映画なら面白いが、現実だとまるで絵空事だ」

「しかしですね……」

「黒井巡査部長！」

マヤの発言を白金が遮った。

「警視監は絵空事だとおっしゃってますし、私もそう思います。これ以上の発言は慎みなさい」

マヤはふてくされたように唇を尖らせると発言を中断した。

「諸君、とにかく殿村伸介が事件の鍵を握っているのは間違いない。警察の威信にかけて一刻も早い確保を期待する」

　都渡は捜査員に向かって告げた。

　白金は厳しい顔でそっぽを向いているマヤを睨んでいた。

10

　代官山は署の三階にある小会議室の扉をノックした。中から「入れ」と声がする。

「失礼します」

　扉を開けて中に入ると、渋谷がブラインドの隙間から外を覗いていた。

「呼び出してすまないな」

　彼は振り返ると代官山に向き直った。いつにも増して不安げな顔をしている。

「なにか？」

「なにかじゃない。姫はどこまで摑んでいるんだ？　もしかして真犯人をすでに割り出しているんじゃないか」

「いやぁ、そこまではどうですかねえ」

　代官山は頭を搔きながら首を捻った。

「君はどこまで把握しているんだ？」

「正直まだなにも……。黒井さんは犯人特定までには至ってないと思います」

「なんだよ、それじゃあ困るじゃないか。君の役目は分かってるんだろ」

「黒井さんの推理したことを推理すること、でしたっけね、たしか」

こんな役回りにはそろそろうんざりだ。口調に不満と反発心を十二分に滲ませてやった。

「そんなに不安にさせるようなこと言わないでくれ。私だっていろいろと大変なんだ」

渋谷は泣きそうな顔で胃のあたりをさすった。部下と上司との板挟み。定年が近いのに中間管理職的な立場でそれなりに辛い思いをしているようだ。

「すみません」

代官山は申し訳ない気持ちになって素直に謝った。

「だけど姫の話を聞いている限り、殿村犯人説には否定的じゃなかったか」

「たしかにそうですね。実際に黒井さんの主張には一応の合理性がありましたよね」

毛髪、フライパンに付着した指紋。それらはたしかに殿村の犯行を示しているように思えるが、不自然な点も多々ある。作為的な気もするのだ。

「私も姫の指摘は一理あると思うんだ」

「白金管理官はなんて言っているんですか」

「彼女も実は殿村の犯行には疑念を抱いているようなんだ。だけど都渡さんがなぁ」

「あのお偉いさんがどうかしたんですか」

「三枝事件を教訓にしろと口では言っておきながら、なによりも迅速な解決を求めているようだ。会議が終わってからも、殿村をさっさと引っぱってこいと白金さんに強い口調で命じていたよ」

「どうしてこの事件にあれほどの人が首を突っ込んでくるんですか。警視庁の刑事部長ならともかく警察庁の局長ですよ」

「白金さんに必要以上にプレッシャーをかけているような気がするな。三枝事件の責任者だった父親の娘ってこともあるかもしれんが、警察ってのは男社会だから女性の進出が気に入らないんだろう。キャリアにもそういうタイプは少なからずいるようだ」

「そんなの女性差別じゃないですか」

代官山は声を荒らげた。

「同感だ。白金さんは芯の強い女性だ。ただ、父上が関わった三枝事件のことで多少の迷いがあるように見受けられる。冤罪につながることを怖れているが、かといって慎重になりすぎては事件の解決を遅らせてしまう。そのジレンマに悩んでいるようだ」

「たしかにそんな印象は受けますね」

先ほどの会議でも都渡が口を挟むようになってから、表情や声に戸惑いが浮かんでいたように思う。

「それはそうと都渡さんは姫のことも目の敵にしているな」

「やはり彼女の父親ですかね」

「都渡さんと黒井さんは同期でライバル同士だったんだ。結局、黒井さんが一歩リードした形だからな。上昇志向と野心が人一倍強い都渡さんのことだ。この敗北に腸が煮えくり返るような思いでいるに違いないさ」

「はぁ……また面倒な人間がからんできましたね」

「まったくだ。姫一人を扱うだけでも精一杯だというのに彼女と確執のある人間が二人もいる。それも上級幹部だぞ。私の身にもなってくれ」

渋谷は大きく息を吐いた。本当に辛そうだ。

「か、係長も大変なんですね」

「とにかくさっさと姫から真犯人を聞き出してくれ。あとはこちらでなんとかするから」

「そういう姿勢が冤罪につながるんじゃないですか」

「そういう批判が迷宮入りにつながるんだ」

まるで卵が先か鶏が先かの議論だ。

渋谷は「さっさと仕事に戻れ」と言わんばかりに手を振った。

*

小会議室を出て捜査会議をした大会議室に戻ると、マヤと白金がなにやら向き合っていた。特に白金は険しい表情をしている。傍らでは浜田が居心地悪そうに立っていた。

代官山はマヤと白金のやりとりを聞こうと浜田の隣に近づいた。彼は代官山を見てホッとしたようでわずかに頬を緩めた。しかし女性二人の間には険悪な空気が漂っている。

「黒井巡査部長。とにかく今は殿村伸介を確保することが先決です」

「それは管理官ご自身の意思なんですか」

マヤが返すと白金は一瞬だけ逡巡（しゅんじゅん）するように目を泳がせた。

「もちろん私の意思であり命令です。当然でしょう」

「ふぅん……」

マヤは白金をまじまじと眺めた。

「な、なんですか」

白金は自分の頬を探るように手を当てた。

「所詮は管理官も組織の歯車なのかなあと思いまして」

「組織の歯車ではいけませんか」

白金はキッと相手を睨みつけた。

「そうは言ってませんよ。でもそんなの面白くないでしょう」

「何度も言っているように捜査はチームプレイです。個人の感情や意見を通してしまえば収拾がつかなくなります。同じ歯車でも回らなければ意味がありません」

彼女は相変わらずハキハキした口調で応じている。風紀に厳しい女性教師を思わせる。対するマヤは反抗的な生徒だ。

「どうしてこんな事件に都渡警視監が首を突っ込んでくるんですか」

「例の一件で警察の信用は失墜してますからね。現場の捜査員たちに気を引き締めさせるためでしょう」

例の一件とは三枝事件のことだ。白金の父親が当時の管理官だった。

「なるほど。それだけならいいんですが」

マヤも白金に配慮したのか、三枝事件の名前を出さなかった。

「それだけならとはどういう意味ですか」

「正直、管理官もやりにくく感じているのではありませんか」

マヤは質問に質問で答えた。

「私は与えられた職務を、全力で果たすだけです。捜査にやりやすい、やりにくいなどありません」

「さすがは黒百合の大先輩ですね。模範的かつ優等生的回答をありがとうございます」

彼女は口調にたっぷりと嫌味を込めた。白金はさらに目つきを尖らせたがなにも返さなかった。

「ところで参考までに聞いておきます。黒井巡査部長、あなたは殿村が犯人ではないと考えているのですか」

「管理官こそどうなんですか」

「質問しているのは私です。あなたが答えなさい」

白金がきっぱりと告げるとマヤは少しだけ頬を膨らませた。

「殿村の犯人説には懐疑的ではありますよ」

「だったら絹川は誰に殺されたというのですか」

「怨霊でしょうね」

「怨霊？　会議で報告していたことですか」

絹川が怨霊を怖れて占い師のニルヴァーナ玲奈に相談をしていたことは浜田が報告した。そのことについては会場の誰も関心を示さなかった。

「管理官は今回の事件のことについてどうお考えなんですか」

「いち捜査員のあなたに対して、見解を示す義務はありません」

「そうですか。もっとも最初から期待していませんでしたけど」

マヤは不敵な笑みを浮かべると踵(きびす)を返して白金から離れていった。マヤの背中を白金は複雑そうな表情で見つめていた。

＊

「今日は帰るわ」

捜査本部の置かれた大会議室に戻ると、唐突にマヤが帰り支度を始めた。

「姫様、体調が悪いんですか」

浜田が心配そうにマヤの額に手を当てる。

ぐきっ！

次の瞬間、鈍い音とともに浜田の左腕があり得ない方向に折れ曲がった。

「ちょ、ちょっと、黒井さん！」

代官山は慌てて浜田に駆け寄る。彼の左腕は見事に折られていた。マヤが彼の腕に思いきり肘打ちをしたのだ。

「しくじったわ。利き腕は右だったわよね」

マヤは舌打ちをしながら、バッグを肩にかけると、さっさと部屋の出口に向かっていった。周囲にいる所轄捜査員の数名が目を丸くしているが、本庁の人間はいつものことなので誰も気にしていない。

ていうか、利き腕を外したことを悔やむなよ。

「浜田さん、大丈夫ですか」

「だ、大丈夫です。骨折は慣れてますから」

「慣れてるのは骨折だけじゃないでしょう」

挫傷、創傷、打撲、擦過傷。あらゆる外傷に慣れているはずだ。内臓破裂なんてのもあったっけ。

それから浜田を医務室に運んだ。さっそく腕をギプスと三角巾で固定してもらう。額の包帯と相まってすっかり重傷患者だが、本人は相変わらずヘラヘラしていた。このくらいなら大丈夫とこちらも思えてしまう。

「とにかく代官山さん。姫様がいない分、僕たちだけで頑張りましょう」

こんな状態でも前向きでいられる年下のキャリア上司が、心底羨ましくなる。不死身なのは肉体だけでなく精神もらしい。

それにしても突然帰宅したマヤの動向が気になるところだ。

彼女はときどき、代官山たちの目を盗んでは単独で捜査に入ることがある。もしかしたら犯人像になにかしらの目星がついているのかもしれない。それならそれで泳がせておくべきだろうか。

「実はあの五本の映画を全部観たんですよ」

浜田が無事だった右手の五本指を示した。ヴェルサンで怨霊の話になったとき絹川が指し示した映画や演劇のポスターだ。距離があったので特定はできなかったが五本の中のどれかだと店主である桑野が言っていた。

「どうでしたか。該当しそうな映画はありましたか」

「ピンときたのは『牛泥棒』ですね」

その作品は舞台のポスターだった。しかしもともとは映画作品だったという。

「舞台はもうやってないのでヘンリー・フォンダ主演の映画を観ました。ウィリアム・A・ウェルマン監督作品です。一九四三年の作品なので白黒でしたよ」

ヘンリー・フォンダといえば学生時代に鑑賞した『十二人の怒れる男』の主演俳優だ。あちらも古い映画ながら物語と演出には引き込まれてしまった。

「西部劇だと思って観てたんですけど、撃ち合いはないしセットは安っぽいし、そもそもタイトルにある牛なんて一頭も出てこないんですよ。それに見終わったあとは暗い気分になってしまう、後味が超悪い映画でした」

浜田は眉をひそめた。

「どんな映画なんです」

それから浜田はストーリーの解説を始めた。

西部開拓時代、ある村で牛泥棒の嫌疑をかけられた三人のよそ者カウボーイが住民たちにリンチにかけられる。ヘンリー・フォンダ演じる主人公をはじめ住民の中には「きちんと裁判にかけるべきだ」と主張する者もいたが、彼ら少数派の声は届かず三人は縛り首に処されてしまう。それから間もなく真犯人と牛が見つかり、処刑された三人は無実だったことが判明するという内容だ。

「処刑されたカウボーイのうち一人が住民たちに手紙を残すんです。『住民たちは煽られていただけで本当は善良な人たちです。彼らを責めないでほしい。彼らも一生この罪を背負っていくことになるでしょう』という内容なんですよ。めっちゃいい人じゃないですか〜」

よほど心を打たれたのか浜田は顔をグシャグシャに濡らして語った。

「まあ、でもたしかに後味の悪い映画ですね」

「最後は処刑した住民たちもメチャクチャ落ち込んでましたよ」

「そりゃあ、そうでしょうね。ところでこの映画が絹川に関係がありそうだと？」

「ほら、交際相手の津久田夏菜が言っていたじゃないですか。絹川は作家になりたかったって。そして彼の本のラインナップも」

「ああ、たしかに！」

代官山は手をパンとはたいた。絹川の書棚には実録ものの書籍が多く並んでいた。その中には三枝事件に関する本も入っていた。

「五本の映画のうち、この『牛泥棒』は冤罪がテーマになっています。それでこれじゃないかってピンときたんですよ」

浜田は得意気に胸を張った。

「なるほど。絹川はそれを言いたかったのかもしれませんね」

代官山も同意する。ソースが浜田にしては悪くない情報だ。

絹川はヴェルサンの店主に怨霊のことを話したときに映画のポスターを指さしたという。

「だけど冤罪ってなんなんだろう」

浜田は可愛らしく小首を傾げた。

*

午後九時。

夜の捜査会議が終わってから、代官山と浜田はヴェルサンに向かった。

「こんばんは」

店の中に入ると、カウンターには常連と思われる男性客が二人座っていた。

「いらっしゃいま……ああ、刑事さんですね」

店主の桑野は代官山を見るとニッコリと微笑み熱いおしぼりを差し出した。

「いや、今日も仕事で来ました」

代官山はもてなしを断った。店主は少し残念そうな顔をしておしぼりを引っ込める。

「そうだったんですか。女の刑事さんは先ほどお帰りになりましたよ」

「え？　黒井がこちらに来てたんですか」

「はい。仕事帰りだとおっしゃってましたよ」

桑野は目を白黒させた。

仕事帰りはたしかだが早退だ。

「あの別嬪さんは刑事だったのか。一人だったし、いやぁ、変に声をかけなくてよかったなあ」

近くの席の顔を赤らめた年配の客が愉快そうに言った。

「浅田(あさだ)さん、いい年齢(とし)して相変わらず若い子が好きなんですね」

「そりゃそうだろ。家に帰れば女房の顔ばかり拝むことになるんだ」

「でも声をかけなくてよかったって、やましいことでもあるんじゃないですか」

「そらそうよ。男なら悪さのひとつや二つはしてるだろ。俺なんて叩けば埃が出まくる体よ」

浅田という客はグラスを掲げながら呵々大笑した。少し酩酊気味のようだ。

「そちらの刑事さん、腕は大丈夫ですか」

店主は浜田を見て心配そうに言った。

「アハハ、大丈夫です。正義の勲章ですよ」

「もしかして凶悪犯人とやり合ったんですか」

「ええ、そんなイメージで頑張ってます」

浜田が包帯を巻いた左腕を上げた。やり合った（というか一方的にやられただけだが）相手は犯人ではないけれど、凶悪なのは当たらずとも遠からずだ。

「彼女、仕事帰りって言ったんですか」

「違うんですか？　あれ、まずいこと言っちゃったかな」

店主は首の後ろをこすりながら苦笑した。

「いえいえ、そういうわけじゃありません。こちらに立ち寄ったなんて知らなかったものですから」

代官山は慌ててフォローした。

「それならいいんですけど……てっきりサボりかと思ったものですから」

「そうじゃないです」

代官山と浜田は笑ってごまかした。

それにしても、マヤはなんの目的でここに一人でやって来たのだろう。早退してまで単に飲みに来たとは思えない。彼女のマンションの近くには、もっとお洒落な店が掃いて捨てるほどある。この店も小ぎれいな方だが内装は垢抜けない。立地からしても、客は主に近隣の住人だろう。

「あの……黒井はここでどんな話をしてましたか」

「どうしてそんなことを聞くんですか」

店主の顔にほのかな警戒の色が浮かんだ。

「いや、彼女もいろいろと仕事で悩んでいるのかなと思いまして。ほら、警察って男性社会なのでなにかとね」

「上司がアホだとか部下が使えないとか、そんな話でしたね」

代官山は思わずよろめいてカウンターに手をついた。

使えない部下といえば自分しかいない。身を挺して彼女の命を救ったことが何度もあるのに、その言い草は心外だ。アホな上司といえば間違いなく浜田なのだが、自覚なんて微塵もないようでニコニコと天使の微笑みを盛大に振りまいている。

「だ、大丈夫ですか」

店主が代官山を気遣う。

「大丈夫です。彼女、他にはどんな話をしましたか」

「話をしたのはそのくらいですね。それから女の刑事さんは、ずっと奥の壁の写真を眺めてましたから」

店主は奥の壁に無造作に貼りつけられている写真を指さした。過去に訪れた客たちが写っている。

「ちょっと失礼」

代官山は客の背後を通って、写真の貼ってある壁に近づいた。ざっと百枚以上ある。

「これは絹川ですね」

浜田が写真の一枚を指さした。

「絹川さんが来店された一番最後の日に撮影したものです」

「そうなんですか……」

絹川の他に一緒に居合わせた数人の客がカウンターに並んで写っている。この日はほぼ満席だったというから客はその一部だろう。彼らの背後の壁には、代官山の目の前と同じように貼りつけられた写真が並んでいる。絹川はそれらの写真をバックにグラスを口につけているところだった。

「あの女の刑事さんもこの写真を気にかけていたようですよ」

桑野は絹川が写っている写真を眺めながら言った。

「彼女、なにか言ってました？」

「他に写っているお客さんのことを尋ねてきました」

「他の客……」

他は全員常連客だったので店主は気軽に答えたという。

マヤはどうしてそんなことを聞いたのだろう。

「そうそう、彼女はこの写真をスマホで撮影してましたよ。やっぱり仕事で来られたんですかねえ」

店主はグラスを拭きながら件の写真を顎でさした。

「あのぉ、私もこの写真を撮影してもよろしいですか」

代官山が願い出ると、店主は一瞬戸惑いながらも了承してくれた。

「絹川さんの事件に関係があるのですか」

「いえ、あくまでも参考のためです」

代官山は写真にスマートフォンを近づけて撮影する。

「姫様はなんのためにここに来たんですかね」

浜田が壁の写真を見つめながら言った。

「きっと黒井さんも気づいたんじゃないですかね」

「気づいたってなににですか」

「浜田さんの言っていた『牛泥棒』ですよ」

件のポスターは入り口に近い壁に貼りつけられている。こちらは舞台なので俳優たちは全員日本人だ。

「刑事さんたちも『牛泥棒』を観たんですか」

タイトルが聞こえたのだろう。店主が話しかけてきた。

浜田が答える。

「映画版を観ましたよ」

「もちろん私も映画版を観ましたよ。あれはなかなかよかったでしょう。女の刑事さんもいろいろと考えさせられたと言ってましたよ」

やっぱり……。

マヤも『牛泥棒』を鑑賞していたようだ。そして五本の作品の中からそれを絹川に結びつけている。浜田ですら導いているのだ。彼女の洞察力なら至極当然のことだろう。代官山は事件に関係あるものなのに、目を通していないことを反省した。

二人は店主に礼を言って店を出ようとした。

「刑事さん」

突然、浅田に声をかけられて立ち止まる。

「キヌちゃんを殺した犯人をさっさと捕まえてくれよ」

キヌちゃん……絹川のことだろう。

「現在、全力を挙げて捜査中です」

代官山は頭を下げた。

「我々の血税があんたらの給料なんだ。頼むよ」

「浅田さん、ちょっと今日は飲みすぎじゃないですか」

「そうかぁ～」

「奥さんに言いつけますよ」

「そ、それは勘弁してよ」

店主にたしなめられているうちに代官山たちは店の外に出た。夜風がヒヤリとする。冬が近づいている気配を感じる。

「とりあえず黒井さんはなにかに気づいているようですね」

街灯の少ない路地を歩きながら言うと、浜田も何度かうなずいた。

「姫様はどうして隠し事をするんですかねえ。犯人が分かったならそのときに言ってくれればいいのに水くさいんだから、もぉ」

彼はあれだけマヤにまとわりついていながら、彼女の猟奇趣味をまるで分かっていないようだ。

「そんなことしたら犯人が捕まっちゃうからでしょう」

「それってお手柄じゃないですか」

代官山のヒントに対して浜田が子供のように純真な顔を向ける。そのつぶらで澄んだ瞳には一点の曇りもない。どうしたらこんな表情ができるのだろう。むしろ羨ましくなる……って彼に生まれ変わりたいとは微塵も思わないが。

こんなピュアな相手に「もっとたくさんの殺人死体を見たいから」とは言えないし、そもそもこれは日本警察のタブーだ。不用意に漏らせばどんな目に遭わされるか分からない。黒井親子は警察が抱えている深い深い闇のひとつであることは間違いない。それを思うと背筋が冷たくなる。いずれ自分は東京湾に浮かぶことになるのではないか。

「とにかく俺たちだけでなんとか黒井さんの推理に追いつきましょう」

代官山は土左衛門になったイメージを振り払って言った。

「そんなの姫様に聞けばいいんじゃないですか〜」

浜田は相変わらず無邪気だ。

代官山は夜空に向かってため息をついた。星々がぼんやりと瞬いている。

そんな簡単なことなら、なにも苦労はない。

11

宇根元隆典が振り返ったので、聡は反射的に電柱の陰に身を隠した。帽子を目深に被り、気づくな、と念じる。

しばらくしてからそっと顔を覗かせると、隆典はゆったりとした足取りで進んでいた。

気づかれていない。

聡は電柱の陰でそっと胸を撫で下ろす。


「なんだ、妙に急いでいるじゃないか」

仕事を終えた聡は、従業員用の更衣室で隆典に声をかけた。彼がこの現場に勤務してから十日ほどたっていた。二人で飲みに行ったのは再会した初日だった。あれから現場では事務的な会話をするくらいで、積極的に接触していなかった。隆典が聡と距離を置いているように感じられた。加害者家族と被害者家族の関係だから無理もないことだろう。しかし妙に帰り支度を急ぐ隆典のことが気になって、思わず声をかけてしまったのだ。

「ああ、ちょっと人と会うんでね」

「誰と会うんだよ」

「そんなことまで報告しないといけないのか」

隆典は目つきを尖らせたが、思い直したようにすぐに視線を逸らした。

「別にそういうわけじゃない。悪かったな」

「いいんだ。俺の方こそきつい言い方をして悪かった」

彼は素直に謝った。どうやら聡を刺激するつもりはないようだ。

この十日間、彼なりに気を遣っているようだが、聡にはへつらっているようにも思えた。それはなにより、心を許していないことの証左だ。聡と向き合う彼の顔には、警戒の色がありありと窺える。

聡の方はといえば、隆典のことを心から憎んでいるわけではない。隆典自身が栄一郎を殺したわけではないのだ。ただ、張本人が刑務所にいるため、怒りの矛先の代替となっているだけである。

聡自身も理不尽だと思わないでもない。だからといって、肉親を殺された怒りや憎しみや哀しみを抑え込めるわけではないというのも本音だ。

どうしてもはけ口が必要だ。それがなければ正気を保てない。

ただでさえ厳しい日常を送っている。父親さえ殺されなければ間違いなく別の、明るく輝かしい人生を送れていたはずだ。

少なくとも聡は、高校では成績優秀だった。弁護士でも医者でも官僚でも目指せたはずである。それは母親にも姉にもいえる。今よりずっとましな生活を送ることができたはずだ。それを考えるだけで、腹の中で熱い煙がジワジワと広がっていくような感触を覚える。誰かを恨まずにはいられない。目の前に存在している誰かをである。それが宇根元隆典だ。

それだけに彼の会う人物というのが気になった。彼は父親の冤罪を心から信じている節がある。聡にそう主張する以上はそれなりの根拠があるだろうし、そのための情報を集めているはずだ。聡としても看過するわけにはいかない。

聡は注意深く隆典のあとをつけた。その足取りから、まだこちらに気づいた様子はない。

やがて隆典は駅前のファミリーレストランに入っていった。すかさず聡も客を装って中に入る。先方に気づかれないよう帽子は目深に被ったままだ。

隆典は一番奥の席でこちらに背を向けて腰掛けていた。テーブルを挟んで男性と向き合っている。

聡は思い切ってすぐ後ろの席に座った。隆典は背もたれ一枚を隔てて、背中合わせに座っているので気づかれないだろう。さらに聡の前方にある壁には鏡がかかっていて、そこには隆典の後ろ姿と男性が映っている。男性の方も聡に気づいた様子はないようだ。

二人と同じコーヒーを注文すると、間もなく運ばれてきた。コーヒーだけはお代わり自由と書いてある。隆典と向き合っている男性は、しばらくすると店員を呼んでお代わりをした。

——あの男性、どこかで見たことがあるような気がする……。

男性は五十代前半といったところで、父親が生きていれば同年代だろう。髪には白いものが交じっていて肌につやもない。顔立ちもどことなく翳っていて陰鬱そうな雰囲気を漂わせている。閑職に追いやられた窓際社員といったところだろうか。見た目からして覇気が感じられない。精力的だった父親とは真逆の人物だ。

幸いにも周囲に客がいないし、店内にかかっているバックミュージックも静かである。耳を澄ませば二人の会話がなんとか聞き取れそうだ。

聡は鏡を見ながら耳に神経を集中させた。

「畔道さん。ご足労いただいてありがとうございます。先日はいきなり職場の方に押しかけてすみませんでした」

隆典が相手の名前を口にした。

アゼミチ？

この珍しい名字には聞き覚えがある。

——アゼミチなんて変わった名前だね。

十年前の自分の台詞が脳裏によみがえる。

たしか栄一郎の大学の同期で同じ伏見商事に勤務していたはずだ。トラブルメーカーで父親が彼の不始末の尻ぬぐいをしていた。栄一郎が畔道とは個人的に深いつき合いはないと言っていたことを思い出す。父親の葬式に参列していたような気がするが、その記憶も随分と曖昧だ。とにかく印象に残りにくい顔立ちである。

それはともかく、やはり隆典は栄一郎の情報を探っているようだ。

「蓬田さんが亡くなってもう十年ですかぁ。私も老けるわけですな」

畔道は白髪の交じった髪を触りながら苦笑した。

「実は私、当時の事件のことを調べておりまして、蓬田さんが会社とのトラブルを抱えていたという情報を耳にしました」

「さすがですね。誰から聞いたんですか」

彼はコーヒーをスプーンで搔き混ぜながら目を細めた。

二人のやりとりから察するに、おそらく隆典はジャーナリストか記者など身分を偽って畔道と向き合っているのだろう。

「職業上、情報源については明かすことができません。ただ、そういう話を伏見商事の人間から聞いたわけです。その人物が言うには詳しいことは畔道さんが知っていると」

隆典は本物の記者のように話す。

「なるほど……そういうことですか。私はもう伏見商事の人間ではありませんし、何年もずっと黙ってきましたから、蓬田さんや会社には充分に義理を果たしたと思っております」

畔道も相手のことを疑っていないようだ。

「会社はいつ辞めたのですか」

「去年です。正直言ってリストラですよ。蓬田さんも生きていれば私と同じ仕打ちに遭ったでしょう」

聡は「父さんはお前のような出来損ないと違う」と言い返したい気持ちを呑み込んだ。

「畔道さん。その話を詳しく聞かせていただけませんか」

「辞めた身とはいえ義理がありますからねぇ」

畔道が体をモジモジさせながらもどかしげに言う。

先ほどは充分に義理を果たしたと言っておきながら、どういうつもりなのだろう。

「ああ、忘れてました」

隆典はポケットから茶封筒を取り出すと、相手に差し出した。畔道は卑屈な笑みを浮かべると中身をあらためる。一万円札が三枚ほど入っていた。

なるほど、そういうことか……。

「この件は前の会社でも数人しか知らないことです。当時、蓬田栄一郎さんは経理部の課長をしてました。私は彼とは同期入社だったんですが、ポジションは彼の部下でした。蓬田さんはとても優秀な人で、私のフォローもよくしてくれました。だから尊敬していたし感謝もしていた。そんなこともあって彼の失態を今までずっと黙ってきたわけです」

父親の失態⁉

聡は思わず声に出しそうになって、慌てて口を塞いだ。

「失態とはいったいどんなことなんですか」

「横領です」

その言葉を聞いて気が遠くなりそうになった。

「まさか……蓬田さんが会社の金を着服していたということですか」

聡が聞きたかったことを、隆典が代弁してくれた。

「いえいえ、そうではありません。蓬田さんが部下の横領を見落としていたということです」

「横領に気づかなかったということですか」

畔道はコーヒーを口につけながら首肯した。

聡は胸を押さえた。鼓動が胸板を激しく叩いている。とにかく父親がしたわけではないと聞いて、深い安堵を覚えた。

「百万円ほどだったので、会社としては大した金額ではありません。そのうえやり口も巧妙でしたから、いくら蓬田さんでも気づかなかったのでしょう。横領が発覚したのは蓬田さんが亡くなって二年ほどたってからでした」

「警察に届けたのですか」

「いいえ。それだと横領に気づかなかった蓬田さんの名誉を傷つけることになるからと、社長が表沙汰にしないよう箝口令を布くよう指示したんです。だからこのことを知っているのは私を含めて数人だけなのです。全員口が固い人間のはずなんですが、誰がしゃべったことやら」

畔道が自分のことを棚に上げて肩をすくめた。

つまり畔道を除くその数人の中の一人が、隆典にリークしたというわけか。口が固いはずの相手からそんなことを引き出すくらいだから、隆典の執念も大したものだ。

「その横領犯はどうなったんですか」

「さすがに不問に付すというわけにはいかないから、警察沙汰にしないことを条件に依願退職させました。もちろん返金もね」

「そうだったんですか……」

畔道から得た情報になにを思ったのか、しばらくの間、隆典はじっと考え込んでいた。

それにしても父親が横領を見落としていたとは初めて聞いた。会社も聡の家族を気遣って内緒にしてくれていたのだろう。

「その社員の名前は分かりますか」

しばらくして隆典が尋ねた。

「ええっと……たしか田之上(たのうえ)でした。名前は忘れちゃいましたけど」

「タノウエですか」

背中合わせに座っていても、隆典がメモを取っているのが分かった。

聡もその名字をはっきりと記憶した。

「現在の住所とか連絡先は分かりますか」

「さあ……そこまでは。退社後の彼とは一切接触してませんから」

畔道は残念そうに首を横に振った。

「今日はありがとうございました」

もう尋ねることがなくなったのか、隆典は頭を下げて伝票を手に取った。

「蓬田さんはみんなが思っていたような人間じゃないんですけどね」

突然、畔道がつぶやくように言った。

「どういうことですか」

　腰を上げかけた隆典が再び着席する。

「彼は快活で仕事ができて、上司や部下からの信頼も厚いとされてきました。でも実際は狡猾で攻撃的で冷酷なところがありました。そしてなにより深い闇を抱えてましたね」

　畔道は険しい表情で吐き捨てるように言った。

　聡は「まさか」と声を上げそうになった。

「そ、そうだったんですか」

「この話は誰にもしてません。話したところで信じてもらえないし、むしろ蓬田さんを貶めるためのデマを流していると後ろ指をさされかねませんからね」

「具体的に深い闇とはどんなことだったんですか」

　隆典が前のめりになっている。

「故人に唾を吐きかけるようなことはしたくないんですけどね」

「よかったら教えてください」

　聡は胸を押さえた。再び鼓動が速まっている。

　思えば父親のことをよく知らなかった。一緒にキャッチボールをしたりテレビゲームをしたりと楽しい思い出しか残っていない。子供だった当時の聡にとって父親は絶対的だった。その言動はすべて正しく、子供は従わなくてはならない、そういう存在だった。しかし父親も同じ人間だ。人を騙したりズルをすることだってある。大人が絶対的ではないと分かってきたのは中学を卒業するころだ。

　いったい父親になにがあったというのか。

「なんていうか彼はある特殊な性癖の持ち主なんですよ」

畔道は顔をしかめた。

「どんな性癖ですか」

「ある日、彼の財布を拾って届けたことがあるんですよ。財布だけでは持ち主が分からないから中身をあらためるじゃないですか。中から一枚の写真が出てきました。そこには……」

それからの畔道の言葉に聡は心を砕かれそうになった。

——嘘だ！

聡は飛び出そうになった叫びを両手で口を塞いで戻した。

「マジですか」

隆典の嫌悪が飽和した声が聞こえる。

聡は息苦しさを覚え、襟元を摑んでシャツのボタンを外した。

今までの全人生を否定されたようなあまりの衝撃に呼吸がままならない。体に力が入らなくてその場で崩れ落ちそうだった。

それからしばらくして、隆典と畔道はそんな聡に気づかない様子でそのまま店を後にした。

そのあと聡はトイレに飛び込んだ。個室が空いておらず洗面所に向かって激しく嘔吐した。

「だ、大丈夫ですか⁉」

清掃に入ってきた店員が驚いて近づいてきた。

聡は声を出すことができなかった。

苦しくて痛くて涙がとめどなくあふれた。

12

十一月七日。

早朝に捜査会議が開かれた。

昨夜までに集められた捜査情報が各捜査員から報告される。今回もめぼしい情報は集まらなかったようだ。雛壇では築田一課長や、白金管理官が眉間に深い皺を寄せて会場を睨んでいる。そして今日もどういうわけか都渡警視監が雛壇に居座っていた。両腕を組みながら目を閉じたまま報告に耳を傾けている。彼の存在もあって築田や白金はもちろん、平田署長や渋谷係長ら壇上の幹部たちも緊張気味である。

代官山はいつものようにマヤと浜田に挟まれた形で着席していた。

「どうしてまた都渡警視監が出席しているんですかね」

近くに座っていた若手刑事がそっと浜田に尋ねた。

「なんでも三枝事件のことで神経を尖らせているようですよ」

「そのわりに早期解決しろと発破をかけてますよね」

「白金管理官にプレッシャーをかけに来てるってもっぱらの噂ですよ。三枝事件のことで警察の立場が悪くなりましたからね。その事件を担当した管理官が白金さんの父親でしたから、意趣返しに来ているのかもしれません」

「そんなの……完全に当てつけですよ」

本人にでなくなんの落ち度もない娘に矛先を向けるなんて筋違いもいいところだ。

「まあ、イジメに近いですよねぇ。僕が幹部の立場になったらこういうことはなくします」

浜田が小さな胸を叩いた。さっぱり、ちっとも頼もしくない。

壇上の白金は毅然としているように見えるが、顔色や肌つやが思わしくない。初めて見たとき艶やかだった髪の毛もところどころ跳ねている。あまり睡眠を取っていないのだろうか。

それからも次々と報告が上がるが、特に絹川殺害の動機を持つ可能性のある殿村の所在に行き着くには至らない情報ばかりだ。彼は完全に行方不明の状態である。

「失礼しますっ！」

突然、会議室の扉が開くと署員の一人が血相を変えた様子で飛び込んできた。

そのタイミングで都渡は目をカッと開いた。

署員は雛壇に駆け寄ると一課長と白金に耳打ちをした。ここからでは話の内容が聞こえないが、白金たちの顔はみるみる強ばっていった。

「殿村伸介が見つかりました」

白金は立ち上がると捜査員たちに告げた。それによって会場は一気にどよめく。

「どこで見つかったんだ」

それまで黙っていた都渡が白金に尋ねた。その表情は落ち着いていてあまり驚いた様子は窺えない。

「日野市郊外にあるパチンコホールです。建物は現在閉鎖されているそうです」

「車両は？」

「その報告はまだ受けてません」

管轄は日野中央署で、たった今連絡が入ってきたばかりだという。

「そんなところに潜んでいたのか。でもこれでやっと話が聞けますね」

渋谷がメガネを取ってホッとしたように目元を揉んだ。

「いえ、それが……」

署員が表情を曇らせる。その変化を見つめていた都渡が目を細めた。

「どうした?」

「見つかったのは殿村の死体です」

「なんだと?」

都渡はわずかに口元を歪めた。

「まさか、自殺を図ったのか」

「死体が見つかったのは三十分ほど前で、現場の状況など詳しいことはまだ分かってません」

「お前たち、ただちに現場に急行しろ!」

彼は立ち上がると会議室の出口を顎で指した。


一時間後。

廃墟同然になっているパチンコホールの内部には、黴の臭いが充満していた。柱や壁のところどころに蜘蛛の巣が張って、床は土埃で埋まっている。パチンコの本体や什器などは撤去されていて中はがらんどうになっていた。建物が閉鎖されてから七年が経過しているという。すべての窓が封鎖されているが所轄が持ち込んだ照明灯のおかげで中は明るい。それでも光の行き届かないホールの隅には墨汁で塗りつぶしたような漆黒がどんよりと沈殿していた。そこになにかが潜んでいるようで近づくのをためらう不気味さがあった。

代官山が駆けつけたときには、所轄の刑事課と鑑識課の連中が仕事を始めていた。

「首吊りだったようですね」

死体はすでに袋詰めされた状態でストレッチャーに乗せられている。刑事の見立てでは死後一週間ほどらしい。ホールの中には強烈な異臭が漂っている。マヤ以外はハンカチを鼻に当てたり、マスクを着用して顔を大いにしかめていた。

マヤが勝手にファスナーを開けて中を覗き込み、舌打ちした。隙間から、朽ちていく真っ最中の人の顔が覗いている。一週間前は生き生きと笑ったり話したりしていたなんてことが信じられない変わり様だ。

「黒井さん、こういうところで舌打ちは止めてくださいよ」

「だってこんな死体、面白くもなんともないじゃない。そもそも自殺なんて独創性がなさすぎるわ」

「自殺に独創性なんておかしいですよ」

「なに言ってるの。死は人生最後の大イベントよ。終わりよければすべてよしっていうじゃないの。こんなクソみたいにつまらない死に方では、ビル・ゲイツとかスティーブ・ジョブズみたいなサクセス人生を送っていたとしても台無しよ。両親が見たら泣くわ」

「そ、そうですかね……」

まあ、たしかに自殺は親不孝だと思うが、彼女はそういう意味で言っているのではないだろう。

「どうせ死ぬなら殺されちゃいなさいよ」

「黒井さんの語録にリストアップしたい名言ですね」

代官山は浜田に皮肉を込めてそっと耳打ちした。彼も苦笑いをしながらうなずいた。

マヤは殿村の死体を蔑むような目つきで見下ろした。所轄の鑑識課員が少し驚いたように彼女を見ている。

彼女は自殺を特に嫌う。自殺は彼女の美学に反しているらしい。

「それにしても死後一週間ですか。絹川もそのあたりですよ」

浜田がロープがかけられていた鉄製の梁を見上げた。その真下には古びた事務用の椅子と一足分の履きつぶされた靴が転がっている。

絹川の死体が発見されたのは十一月一日だが、殺害されたのは十月三十日の夕方から深夜にかけてとされている。

館内に漂うヒヤリとした空気が肌に触れる。このヒヤリは温度ではなく心因性のものなのかもしれない。そして暗く閉塞された空間が空気までも圧迫しているように感じる。

「そしてこの下足痕」

代官山は塵埃の積もった床を指さした。そこには殿村の靴底がくっきりと浮かんでいる。代官山は砂埃が動かないように呼吸を最小限にしながら慎重に顔を近づけた。

「倉田ビルヂングに残されていた下足痕と一致しますね」

絹川の遺棄現場には幾人かの下足痕が残されていたが、そのうちのひとつがタコの吸盤のようにボコボコした突起が特徴的なデザインだったので印象に残っている。サイズは二十五センチで、クッレレ社という人気スポーツシューズメーカーが二年前に販売していたことが分かっている。床に落ちている靴を確認すると、間違いなくクッレレ社の同一品でサイズも一致していた。

「殿村が絹川の死体をあの雑居ビルに遺棄して、直後にここに入り込んで自殺を図ったということですかね」

代官山は転がった椅子を見つめながら言った。首を吊るに当たって足場に使ったようだ。その映像が脳裏に浮かぶと肌に触れる空気がさらに冷たくなったように感じられた。

「絹川を殺害遺棄して、急に怖くなったんじゃないですか」

「そうですかねえ……」

ホームレスだった殿村は、絹川に段ボールハウスを数度にわたって放火されていたことを強く憎んでいた。それは殿村の隣に住んでいたホームレスが証言している。しかしいくら怖くなったとはいえ、いきなり自殺するだろうか。先日、ホームレスから聞いた殿村のキャラクターと合致しないような気がする。殿村は刑務所に入った方が、今よりいい生活ができると吹聴していたらしい。絹川を殺したのだからその念願が叶ったはずだ。

「第一発見者はどこにいるの」

マヤが所轄の刑事に問いかけると彼はパトカーの中で事情聴取を受けながらまだ待機しているという。

代官山と浜田はマヤについて建物の外に出た。パトカーの中には若い男性の姿が認められた。マヤが声をかけると心細そうな目でこちらを見た。男性は二十代で橋山（はしやま）と名乗った。現場の建物を管理する不動産会社の社員だという。彼は管理物件を回っていてこの建物にも入ったようだ。

「どのくらいのペースでここには来られるのですか」

浜田が質問する。先ほども別の刑事から同じ質問を受けたようで、いささかうんざりしたような顔を向けた。

「だいたい一ヶ月に一回程度ですかね。壁に落書きされたり、ガラスなどが破損されていないかと
か、ホームレスが住み着いていないかなどチェックに来ます」

「第三者が建物に出入りできるようになっていたんですか」

「まさか。扉にはすべて鍵がかけてあります」

「ではどこから侵入したんでしょう」

「裏口が開いてました。そこから入ったんでしょう」

また裏口か。隣でマヤがひとりごちている。

「でも鍵がかかっていたんでしょう」

「そうなんですよ。施錠はきっちりしてますからね」

「忘れていたなんてことはありませんか」

「それは絶対にないです」

橋山は気色ばみながらもきっぱりと答えた。

「鍵は簡単に開けられるタイプのものですか」

それまで黙って聞いていたマヤが質問した。

「パチンコホールなので大金を扱いますからね。セキュリティの高い鍵ですよ」

「そうなると侵入者が解錠したわけですね」

「そうなりますよね。プロの手口なんですかね」

「なるほど」

マヤは納得したようにうなずく。

代官山たち三人は礼を言って橋山の乗るパトカーから離れた。

「やはり殿村にはセキュリティの高い鍵を解錠できるスキルがあったんですかね」

「さあ……。それは本人に聞いてみなければ分からないことだわ」

といってもその本人に問い質すことはもはやできない。

「被疑者死亡になっちゃいましたけど、これで解決ですね」

浜田がパンと拍手を打った。

代官山はマヤを見る。彼女は相変わらず心の内を見せない冷たい表情をしていた。

*

十一月九日、倉田署三階会議室。

夜の捜査会議が終了した。

殿村の死体が発見されてから二日、あれから刑事たちの聞き込みによってさまざまな情報が得られた。

殿村はやはり建物の裏口から入ったようだ。錠前はもちろん、ドアノブなどからも彼の指紋が検出された。また鍵もなんらかのツールでこじ開けられた痕跡が見つかっている。

現場付近に建つ屋内式の有料駐車場を調べてみると、捜索中だったワンボックスカーが見つかった。殿村が絹川の死体を倉田ビルヂングに運搬する際に利用した車両と思われる。先日の捜査会議で報告されたものと同一の車両だ。

車内からは殿村の指紋や絹川の毛髪も見つかっていて、さらに防犯カメラから本人が車を駐車して現場方面に立ち去る姿も撮影されている。記録されている日付は十一月一日の午前一時三十五分である。それから殿村の死体が発見される、今の今までずっと駐めっぱなしだったようだ。一週間くらいの駐車はさほど珍しくないので、管理者もまだ気にしていなかったらしい。

周囲はただでさえ人通りが乏しくさらに未明だったこともあり、目撃情報は出ていない。

そして鑑識の分析によって、倉田ビルヂングの下足痕のひとつが殿村のシューズの靴底と完全に一致した。

「はぁ、殿村伸介の犯行で決着しそうですね」

会議室から出ると、浜田が腕を伸ばしながら言った。他の捜査員たちも心なしか表情に緩みが窺える。

「黒井さんはどう思います？」

代官山は自販機の前に立つマヤに声をかけた。

彼女は相変わらずモリムラのカフェショコラを買い占めようとしている。代官山もそれを見越して、早朝に数本確保しておいた。

代官山の余裕の表情から察したのか、マヤは舌打ちをして途中で買うのを止めた。彼女が買い占めているのは単に代官山の嘆き悔しがる顔を見たいだけなのかもしれない。

もしそうなら、それだけのために毎日、数千円をこの自販機に投じていることになる。ここまでくると人格破綻者だ。分かっていたことだけれど。

「上が殿村を犯人と断定するなら、それでいいんじゃない？」

彼女は代官山にカフェショコラの缶をひょいと投げながら言った。浜田もキャッチしようと両手を差し出しているが、無視されている。

「いいんじゃないって……投げやりだなあ」

「別に犯人なんて誰でもいいわ。重要なのは誰が殺したのかではなくて、どうやって殺されたかよ。なにはともあれセンスのない人間に殺されたくないものだわ」

代官山はため息をついた。彼女にとってはつまらない現場だったようで、その口調にも不機嫌が見え隠れしている。こんなときは浜田が危険なのだが、連日の聞き込みに疲れていて彼を守ろうとする気力が湧かない。

彼は若干不死身だから大丈夫だろう、と思うことにした。

「代官様はどう思っているのよ」

逆にマヤが聞いてきた。代官山は彼女からもらったカフェショコラのプルタブを開ける。

「絹川を殺害する動機はたしかに分かりますけど、いくつか腑に落ちないんですよね」

「へぇ、どんな？」

彼女はわずかに小首を傾げてほんのりと微笑んだ。ときどきするこの仕草がたまらなく可愛く見えたりする。

「まずは殿村がどうしてあのパチンコホールを自殺場所に選んだのか。彼はパチンコをやらないですよね」

　親族や知人への聞き込みで殿村には出版社の社長時代からパチンコをする習慣がないことが分かった。むしろ騒音とタバコの煙が充満するパチンコ店を嫌っていたそうだ。

「それにあの鍵です。あれはプロじゃないと解錠できない代物ですよ。黒井さんも倉田ビルヂングの裏口の鍵のことを指摘していたじゃないですか。僕も殿村にそんなスキルがあったとは思えないんです」

　捜査会議の場で代官山がそのことを指摘すると、都渡警視監に「殿村が解錠のスキルを持っていたとしても別段不思議ではない」と一蹴された。

「あと、駐車場の防犯カメラの映像には首を吊るためのロープが写ってませんでした」

　殿村はワンボックスカーを降りてから、自殺現場に向かっている。その際、なにも持っていなかった。

「ポケットの中に入っていたんじゃないの」

「ロープはそれなりの太さと長さがありますからね。ポケットに入るサイズとは思えません」

　彼は秋用のジャケットを羽織っていた。サイドのポケットは、せいぜい小さな財布が入る程度だし、内ポケットも似たようなものだ。ロープを詰め込むのは無理だし、ジャケットの中に潜ませていたとしても、その部分にそれなりの膨らみが出てくるはずだ。しかし映像からは体になにかを隠している様子も窺えなかった。彼は手ぶらでパチンコホールの方に向かっている。

「だったら建物の中に落ちていたんじゃないの」

「自殺が目的なら自前で用意するでしょう」

「だったら落ちていたロープを見て突発的に自殺を思い至ったのよ」

マヤは面倒臭そうに言った。

「それなら、そもそもあの現場になんのために入ったのですか」

「初キスがあそこで、妙に懐かしくなっちゃったとか」

彼女は鼻で笑うと肩をすくめた。

「初キスがパチンコ屋ですか」

「そういうカップルもいるんじゃないの」

マヤは興味なさそうに言った。

「僕の初キスの話、聞きたいですか」

浜田が天使の笑みを振りまきながら、二人の間に割って入ってくる。

「結構よ」

マヤが素っ気なく答えると、浜田は肩を落とした。

たしかにどうでもいい。

「人を殺して雑居ビルに遺棄して、急に初キスが懐かしくなって、思い出の場所で突発的に首を吊った……ですか。ムチャクチャな気がするんですけど」

「人なんてそんなもんよ。都渡さんも言っていたじゃない。殺人を犯した直後だから正常な精神状態ではなかっただろうって。精神が普通じゃなければ言動もそうなるんじゃないの」

「それはそうですけど……」

状況だけ見れば殿村の犯行を指し示しているようではある。しかしやはりどうにもしっくりこない。それは倉田ビルヂングの現場にもいえることだ。

　そのとき白金不二子が通りかかった。

「管理官、お疲れさまです」

　マヤは立ち上がると彼女に声をかけた。

「黒井巡査部長……」

　彼女は立ち止まるとマヤに向き直った。

「事件解決ですね。さすがは我らが黒百合の星。お手柄です」

「心にもないことを言わなくてよろしい」

　白金はキッとマヤを睨みつけた。しかしその表情には疲れの色が浮かんでいた。

「本心からですよ。よかったじゃないですか。都渡警視監にも面目が保てたんじゃないですか」

「警視監は関係ありません。それに我々は面目のために仕事をしているのではありません」

「警視監は殿村の犯行で幕を引きたがっているようですが」

　マヤの言葉に白金は顔を曇らせた。

「そのようですね」

「管理官もそれで手を打つんですよね」

　マヤは上目遣いに相手の反応を窺うように見つめた。

「そ、それは……」

　白金の視線がほんのわずかにさまよった。しばらく沈黙が続いた。

「どうなんですか」

マヤが詰め寄るように言った。

そのとき、白金が目を見開いた。その視線の先はマヤや代官山たちの背後に向いている。

「状況からいって殿村の犯行を否定するようなものではないだろう」

突然、背後から男性の声がした。振り返るとはたして都渡だった。長身で舞台俳優のように彫りの深い渋い顔立ちの彼は警察官僚としての威厳を漂わせている。

「よかったじゃないか、白金管理官。一時はどうなるかと思ったが、とにかく解決だ。生きて逮捕できなかったのは残念だが、これぱかりは致し方のないことだ。我々の落ち度ではない」

「しかし警視監……」

「しかし、なんだね」

都渡はギロリとした瞳を白金に向けた。

「現時点で解決と考えるのは時期尚早かと」

「ほぉ、真犯人が他にいるとでも言いたいのかね」

「その可能性も捨てきれません」

彼女は真っ直ぐに相手を見据えて言った。

「たしかに可能性はある。しかしそんなものを追求していたら切りがないぞ。人員や予算にも限界があるし、我々は常に結果を求められている。さらに言えば事件は待ってくれない。こうしている間にも東京では新たな事件が起こっているんだ。君だってそのくらいのことは分かっているだろう」

「そうやって三枝崇は犯人に仕立て上げられたんですよ」

彼女は握り拳に力を込めて声を震わせた。

一度、警察に嫌疑をかけられて容疑者となってしまえば、苛烈な取り調べが数日にわたってくり広げられる。たとえシロだとしてそのことを主張しても、刑事たちはそう簡単に取り合ってくれない。密室での非日常的な状況の中で追いつめられた容疑者は精神的に疲弊し消耗して、やがてはやってもいないことをやってしまったかもしれないと錯覚するようになる。

そこまで追い込まれたらもうお終いだ。あとは刑事たちに誘導されて犯罪を認める証言が調書に記されていくだけだ。そして一度証言したことをあとで覆すのは相当に困難である。最近話題になっている痴漢冤罪も、このようなプロセスで引き起こされる。

「忘れたのかね。それを引き起こした張本人が君のお父上だが」

都渡は冷淡に言い放った。

「父と同じ過ちをくり返すつもりはありません」

絞り出すような声だった。

「それはもちろんだ。しかし捜査をいたずらに長引かせられるのも困る。被害者はもちろん遺族の心情も汲んでやらねばなるまい」

「それは分かりますが……」

「あとは所轄の連中に任せればよろしい。捜査本部は解散だ。君には別件に当たってもらうことになるだろう。もっとも警察庁の私がとやかく言う立場ではないが」

そうはいっても警察庁の刑事局長だ。警視庁を含め全国の警察本部にも絶大な権力を持っているはずだ。

代官山はマヤを見た。彼女は無表情でじっと都渡を見つめている。

「それはそうと黒井巡査部長」

彼はマヤに向き直った。彼女は「はい」と返事をする。

「さすがは黒井さんのお嬢さんだけあって、鋭い洞察力の持ち主だと聞いている」

人格破綻者だとは届いていないらしい。

「いえいえ、それほどでも」

マヤは白々しく恐縮した。

「君は今回の事件についてどう考える？」

「殿村がクロであろうとシロであろうと、どちらでもいいと思います」

白金や浜田は驚いた顔でマヤを見た。

「ほぉ、どういうことかね」

都渡は愉快そうに片方の口角を上げている。

「殿村はもはや死んでいます。会社の倒産をきっかけに家族もバラバラで彼の死を哀しむ人間なんて一人もいないでしょう。つまり殿村が犯人であることに不都合を感じたり、不満を唱える者はいないというわけです。ぶっちゃけ死人に口なしですよ」

「黒井巡査部長！　死人なら冤罪をよしとするということですか？」

白金が目を剝いた。

「でしたら白金管理官、あなたが今まで手がけてきたケースに冤罪が絶対にないと断言できるのですか」

「そ、それは……もちろんです」

白金は「もちろん」を不自然なほどに強調した。

「ふーん」

マヤは底意地悪そうに、白金の顔を覗き込む。

「な、なんですか」

彼女はわずかに視線を逸らした。

「そう信じているだけではありませんか。現行犯でもない限り、冤罪の可能性は少なからずありますよ。我々警察は状況証拠や証言から、犯人の可能性が高いと思われる人間を逮捕しているに過ぎないですから」

「だけどあなたが言うように殿村は死んでいます。冤罪だったとしても、本人は反論も弁明もできずに犯罪者のレッテルを貼られてしまう」

「来世の人間にとって現世のことなんてどうでもいいんじゃないですか。人間、死んだらそれですべては終わりですよ。死人に名誉なんて、これっぽちも意味がありませんってば。そう思うのは生きている人間のエゴに過ぎないと思いませんか」

マヤは不敵な薄笑いを浮かべながら言った。浜田はヒヤヒヤした様子で見守っている。

「そういうことを言っているのではありません。私は正義の話をしているんです。それにもしこれが冤罪だったら本当に罪を犯した真犯人を野放しにしてしまう。そいつは今ものうのうと日常生活を送っているんです」

「まっ、いいんじゃないですか。犯罪者がのうのうとしてくれないと我々警察は必要なくなってしまいますから」

「黒井巡査部長！」

白金が険しい顔でマヤに詰め寄る。マヤは不敵な笑みを崩さずに相手を見上げていた。その場の空気が一気に張り詰める。

代官山は頭を抱えた。

どうしてこの人は、いちいち好き好んで修羅場を演じるのか。

「まあまあ、白金管理官。お父上の黒井さんらしいブラックジョークだ。あの人はこういうキツい冗談を口にする。それでもあそこまで出世できるのだから分からないものだ」

都渡の口調には若干の嫌味が滲んでいる。

「ところで都渡警視監もかつては白金警視のように管理官や参事官を務められていたことがありますよね」

マヤは不敵な笑みをそのままに質問を都渡に向けた。

「キャリアとはいえ下積み時代はある。もちろんいくつかの事件を手がけてきた。二十五年前の犬神家殺人事件も私の担当だ」

警視監はネクタイを直しながら誇らしげに答えた。犬神家殺人事件は映画化もされ、当時話題になった殺人事件である。

「その中に冤罪はありませんでしたか」

「あるわけないだろっ！」

都渡は気色ばんで語気を荒らげた。

「黒井さん」

代官山は思わずマヤを制した。都渡もバツが悪そうに咳払いをした。

「それはともかく……黒井さんのお嬢さんは優れた刑事だと聞いていたが、少々失望したぞ。君が力を発揮してくれればもっと早くに殿村にたどり着けたはずだ。今回ばかりは、捜査にまるで貢献してなかったたな。それは認めたまえ」

都渡の嫌味のこもった物言いに、マヤは底意地悪そうに口角をつり上げた。

「私が力を発揮してもよろしいのですか」

「どういう意味かね」

都渡が訝しげに片方の眉を上げた。

「別に。聞いてみただけです」

彼女はいつの間にか無表情に戻って、相手の瞳をじっと見つめている。

都渡はまたも咳払いをした。

「ふん、おかしなお嬢さんだ。上司にそういう態度は感心せんな。いつまでもお父上の威光が通用すると思うなよ。とりあえず本件は片がついた。各自、次の仕事に集中してくれ」

彼はマヤを一瞬だけ睨みつけると、代官山たちから離れていった。浜田だけ都渡の背中に向かって敬礼をしている。場の空気が弛緩したのを感じて、代官山も胸の中に溜めていた息を吐いた。マヤと一緒にいるといつ何時、こういう状況に見舞われるか予想がつかない。これ以上、続くようなら胃に穴が空きそうだ。

「さぁて、捜査も終了ということで、帰り支度でもしますか」

彼女は都渡の背中を見送りもせず腕を伸ばした。

「黒井巡査部長」

白金がマヤを呼ぶ。

「なんですか、先輩」

彼女は白金に向くと馴れ馴れしい口調で「先輩」呼ばわりした。部下の不遜な態度に白金は少しだけ眉をひそめたが、注意しなかった。

「どうやらあなたは殿村を犯人とすることに、なにかしらの疑念を抱いているようですね。だから警視監にあのような態度を取ったのでしょう」

「犯人が誰かなんて興味はありません」

「いいえ。あなたは真相に強い関心を持っているはずです」

白金はマヤに人差し指を向けた。

「どうしてそのように思われるのですか」

「あなたが個人的に動いていることを、私が知らないとでも思っているのですか」

マヤは代官山をキッと睨みつけた。

代官山は彼女に向かって首を横に振った。マヤが単独行動をしていることを渋谷以外の幹部連中には伝えていない。彼女は次に浜田を睨みつける。彼も同じように首をフルフルと振って否定した。彼は代官山以上に言いつけるようなことはしない。筋金入りの下僕、根っからのドMなのだ。

「『真理を求めよ』が我らが黒百合女子の校訓です。その精神が染みついているあなたが無関心でいられるはずがない。本当は我々がたどり着いていない真相に近づいているのでしょう。違いますか？」

白金はマヤに一歩近づいて問い質した。

我々がたどり着いていない真相？

代官山は彼女が一人でヴェルサンに立ち寄っていたことを思い出した。あの店でなにを見出したのだろう。

「なんのことをおっしゃっているのかさっぱり分かりませんけど」

彼女は鼻を鳴らして答える。

「私にそういう態度は通用しませんよ」

白金はじっとマヤの瞳を見据えている。マヤもマヤで力強い視線を向けたままだ。

「白金管理官。あなたは幹部とはいえ所詮は組織の歯車です。歯車は歯車らしく従順に回っていればいいのではないですか」

マヤの言い草に怒りをぶつけると思いきや、彼女は少し淋しそうな顔をしてため息をついた。

「あなたの言うとおりかもしれませんね。たしかにそうしていれば気楽だし出世もできます。しかし私は組織よりも正義を優先します」

「それが組織に反することでも、ですか？」

白金はマヤを真っ直ぐに見つめた。

「当然です。私の父は過ちを犯しました。正義よりも組織の体面を重んじて、一人の善良な市民を社会的に抹殺してしまった。それは決して許されることではありません」

白金の言っているのは間違いなく三枝事件のことだ。父親の失態が彼女の中にも大きな傷として残っている。しかし冤罪を引き起こしたのは警察組織の体質でもある。組織のメンツにこだわる者たちからの激しいプレッシャーが白金の父親に判断を焦らせただろうことも、同じ組織に属する代官山にとって想像に難くない。今だってなにがなんでも犯人を挙げるという意気込みが暴走気味である。迷宮入りするくらいなら冤罪でも犯人を挙げるべしと考えている幹部もいるだろう。特にキャリアの者たちにとって迷宮入りという失態は今後の出世に大きく響く。

警察の体質はなにも変わっていないのだ。メンツや体面にがんじがらめにされているうちに過去の過ちを忘れていく。守るべきは正義ではなくなっていく。そうやって不祥事はくり返されるのだ。

さらに白金は続けた。

「冤罪によって傷ついた人は冤罪被害者本人だけではありません。その家族もそうです。何十年もの間、加害者家族のレッテルを貼られて苦しんできました。三枝崇さんにはご両親と奥さん、そしてお嬢さんがいました。ご両親は自殺、奥さんは心労がたたって五年前に亡くなりました。お嬢さんは就職や結婚もできず、世間から隠れるようにして生きてきました。冤罪は被害者だけでなく愛する家族や友人、知人まで不幸にしてしまうのです」

三枝の家族のように冤罪裁判に一生を捧げて消耗疲弊してしまう人たちも少なくない。三枝の両親のように自殺という悲劇もいくつも起こっている。冤罪はまさに国家的な暴力であり虐待だ。いや、死人が出ているのなら殺人といってもいい。自分の家族が巻き込まれたら……。代官山の中にもいいようのない怒りがこみ上げてきた。その元凶である警察組織に属する自分自身すら許せない気持ちになる。

「本人やその家族だけではありませんよ。さらに大きく傷ついている人たちがいます」

マヤは冷ややかに言った。

「本人や家族以上に？　それは誰ですか」

「真犯人に殺された、被害者の遺族ですよ」

まるで盲点を突かれたように白金は目を見開いた。代官山も彼らの存在には思いが及ばなかった。

マヤはそのまま続けた。

「考えてみてもくださいよ。犯人がはっきりしていて、刑務所で苦しんでいる。その人物への憎しみや怒りが、犯罪被害者の遺族たちがその後の人生を歩んでいくうえでの拠り所だったんです。憎むべき犯人が刑を受けることで被害者の魂は救われると遺族たちは信じています。彼らも犯人や加害者家族たちを心から憎み罵ることで自分たちを保ってきた。それがある日、冤罪だと知らされなにもかもひっくり返されるんです。そのときの遺族の気持ちはいかばかりでしょう。自分たちは、無実の人を鬼畜呼ばわりして唾を吐きかけてきた。憎むべきでない善良な人間に、憎悪をぶつけてきた。絶対的な被害者だった彼らが、むしろその日から加害者同然になるんです。憎むべき対象という心の拠り所を失い、家族を殺された無念はそのままに今度は自己嫌悪と社会からの非難に苛まれるわけです。彼らはこの先どうやって生きていけばいいんでしょう。こんな理不尽な悲劇はありませんよね」

冤罪事件というと、ニュースや新聞でも冤罪被害者にスポットが当たる。

刑期中は何を考えながら過ごしていたのか、警察や検察になにを思うのか、自分の無実を信じてくれなかった社会に対してなにを言いたいのか。世間の関心は彼らに集まる。

実際に三枝事件もそうだった。白金の父親にも、相当の非難が向けられただろう。そのことで、娘であり同じ刑事である白金も苦しんだはずだ。彼女の瞳には冤罪に対する怒りや哀しみ、なにより怖れが浮かんでいた。

それでも冤罪は起こる。そのたびに冤罪被害者が生み出される。彼らは筆舌に尽くしがたい艱難辛苦を余儀なくされる。

しかし殺された被害者の遺族にスポットが当てられることは、ほとんどない。

マヤの言うとおり、場合によっては冤罪被害者以上の悲劇なのかもしれない。自分たちは無実の善良な人間に向かって唾を吐き、その人の人生を台無しにしてしまった。そしてこれまでのすべてを否定された人生を、この先歩んでいかなければならない。彼らは冤罪の一報をどんな気持ちで聞いたのだろう。いいようのない絶望感に苛まれたに違いない。もし自分たちがそんな立場になったらと考えると、やるせない気持ちになる。彼らもやはり被害者だ。しかしマヤの言うとおり加害者にも加わることになる。そんなのはあまりに理不尽だ。

マヤの話を聞いていた三人は静まった。重苦しい空気があたりに充満している。それらは被害者たちが吐き出したものではないかと思った。怒り、憎しみ、哀しみ、絶望。負の感情が混沌(こんとん)と混ざり合った、居たたまれない空気である。代官山は今すぐにその場を離れたくなった。

「黒井巡査部長」

しばらくして白金が口を開いた。

「なんでしょうか」

「あなたは独自の捜査を継続してください」

「え……。いいのですか」

マヤは若干戸惑い気味に聞き返した。

「私の後輩には組織の論理ではなく、正義に則った仕事をしてほしいのです」

「真相によっては……白金管理官にも覚悟が必要となるかもしれませんよ」

マヤは今までと違い真剣な表情になっている。こんな彼女を見るのは初めてかもしれない。いつになく凛々しく、美しかった。思わず見惚れてしまいそうなる。

「どういうことですか」

「今はまだなんとも言えません。ただ管理官の進退に関わることになるかもしれません」

代官山にも彼女の言っている意味が分からない。やはり殿村は冤罪なのだろうか。それなら早く真犯人を挙げてしまう必要がある。彼の有罪が確定したあとでは遅すぎるのだ。しかしその場合、白金の立場は厳しいものになる、そういうことだろうか。

しかし白金はそれ以上は問い質さず、一回だけコクリとうなずいた。

「分かりました。どんな結果になろうとすべての責任は私が取ります。あなたたちは引き続き、捜査を続けなさい。そして必ず真相を突き止めてください。以上です」

彼女はそう言い残して代官山たちから離れようとした。

「白金管理官」

マヤが声をかけると白金は立ち止まってこちらに向いた。

「なんですか」

「あなたが先輩であることを誇りに思います」

マヤは顎を引き背筋を伸ばして告げた。その表情に偽りはないようだ。

「心にもないことを言わないでよろしい」

白金はほんのりと微笑むと、華奢ながら真っ直ぐな背中を向けて遠ざかっていった。

代官山も同じ警察官として彼女のことを誇りに思った。

13

仕事を終えた聡は今日も宇根元隆典のあとをつけていた。

栄一郎の同期であった畔道俊郎（としろう）から、父親が社員の横領を見落とすミスをしていたという情報を聞きつけたのがちょうど一週間前のことだ。それから隆典は三日ほど仕事を休んだ。彼が四日後に仕事に復帰してから今日まで、聡は隆典を尾行していた。彼は仕事を終えると毎日、地下鉄を乗り継いで三軒茶屋駅で降りる。そこから徒歩数分ほどの住宅街の中にあるヴェルサンというバーに立ち寄っていた。そこで小一時間ほど過ごすと店を出て駅方面に向かって歩き出した。

それにしてもあのバーになにか縁があるのだろうか。古民家を改装した趣のあるバーだ。

聡は隆典が店から離れたことを確認してから店内に入った。

「いらっしゃいませ」

店主がグラスを拭きながら聡に笑みを向けた。三十代前半といったところか。長髪で頬から顎にかけて無精髭が伸びているが、個性派の俳優のようにそれがサマになっている。

店内のカウンターには六人の客が着席していた。カウンターは八席で他にも三つのテーブル席がある。木材をふんだんに使った温かみのある内装。店内にはジャズが流れていた。

聡はカウンターに腰掛けると、ビールを注文した。

「うちは初めてですよね」

店主はビールの注がれたグラスを差し出した。

「ええ、そうですが」

「お住まいはどちらですか」

「伏見のあたりです」

「あんたも伏見か」

聡が答えると隣の年配の男性が声をかけてきた。酒のせいか顔に赤みが浮かんでいる。とはいえ呂律（ろれつ）はしっかりしているので、さほど酔っているわけでもないらしい。

「さっきまであんたの席にいた客も昔、伏見の近くに住んでいて最近また戻ってきたと言っていたよ」

彼は聡の席を指さした。男性客が言っているのはおそらく隆典のことだろう。事件当時、彼は隣町に住んでいた。

「そうなんですか」

「ここ最近来るようになったな。伏見からは距離があるのによほどここが気に入ったらしい」

男性は昔からの常連客だという。カウンターに着席している他の客も同じらしい。隆典が最近この店に通っていることは把握している。今日は思い切って入ってみることにしたのだ。

客は女性が二人で男性が聡を加えて五人だった。奥の壁には店内で撮影されたものだろう、客たちが写った写真が多数貼りつけられている。また聡の背後の壁には映画や演劇のポスターが並んでいた。男性によれば客は劇団員も多いという。

「その伏見から来たお客さんはどんな方なんですか。伏見の近くに住んでいるなら知り合いかもしれない」

　聡は男性客に探りを入れてみた。

「気さくな兄ちゃんだよ。俺たち常連とすっかり打ち解けてる。なあ」

　男性は、カウンターの一番奥に座っている男の背中をパンと叩いた。

「浅田さん、いきなり止めてくださいよ。ビックリするじゃないですかぁ」

　男は笑いながら言った。年配の男性の名前は浅田というらしい。

　それにしても聡の知っている隆典は他人に対して気さくとはほど遠い。職場でも明らかに他の従業員たちと距離を置いている。

「今日はかなちゃんと一緒じゃないの」

「ええ。バイトで遅くなるらしいです」

　男はピーナッツを頬張った。かなちゃんというのは同棲している恋人の名前だという。

「淋しいなあ。あの子の顔を見るのが楽しみでこの店に来るんだ」

「浅田さん、嘘でも喜びますよ」

「本当だって。きれいな子だもんな。若いあんたが羨ましいよ」

「浅田さんだって若いころはモテモテだったんでしょう」

「まあな。ところでもう大丈夫なのか」

　浅田は心配そうに男の顔を覗き込んだ。

「ええ、ご迷惑をおかけしてすみませんね。トイレで吐いたら少しは楽になりました」

「本当に大丈夫かね。さっきのは異常な怖がり方だったぞ」

「え？　怖がっているように見えましたか」

「明らかにそうだったろ。席から立ち上がるやいなや、急に叫び出すと、うずくまって震え出してさ。幽霊でも見たような顔をしてたぞ」

「幽霊なんてあるわけないでしょう」

「あんた、震えている間、ずっと怨霊だの祟りだの口走ってたじゃないか」

「パニック障害の発作です。こういう暗いところにいるとたまに起こるんですよ」

男は眉根を寄せて肩をすぼめた。

「でも怨霊とか祟りとか、尋常じゃないだろう。あんた、まさかクスリとかやってるんじゃないだろうな」

浅田は腕に注射する仕草をした。

「バカなことを言わないでくださいよ。そんなことあるわけないじゃないですか」

男は気色ばんで否定した。

「私も心配しましたよ。怨霊なんて言うからそこに心霊写真でもあるのかと思いました」

店主は男の背後の壁を指さした。多数の写真が貼りつけられている。彼は振り返って写真を見つめた。

「どうした？　本当に心霊写真か」

写真を見たまま固まっている男に浅田が声をかけた。

「ま、まさか。そんなわけないじゃないですか」

男は引きつった笑みを浮かべながら否定した。聡も彼が向けていた視線の先を追った。取り立てそれらしい写真は見当たらない。それでも彼はなにかを見出そうとするかのように、写真の数々に視線を巡らせている。

「体調が優れないんですか」

聡は二人の会話に入ろうときっかけを作った。

「う、うん……ちょっとね。飲みすぎたのかもしれない」

男は諦めたように写真から視線を外すと、聡に向いて小さく微笑んだ。

「まだ三杯目じゃないか。飲みすぎってことはないだろう」

浅田が男の背中をさすりながら笑った。

「昨夜は仕事であんまり寝てないんですよ。そろそろ帰ります」

彼は立ち上がると会計を済ませて、ふらつくような足取りで店を出ていった。浅田が彼の背中にバイバイと手を振る。

「なんだか顔色が悪い。本当に体調が悪そうでしたね」

「さっきの気さくな兄ちゃんと話をしてる最中、トイレに行くと言って立ち上がったとき急に発作を起こしたんだよ。ビックリしたよな」

気さくな兄ちゃんとは隆典のことだ。気さくな彼をどうしてもイメージできないが。

「その彼とはどんな話をしてたんですか」

気になったので尋ねてみる。

「殺人事件だよ」

「え?」

「俺はよく覚えていないんだけど、十年前に起こった事件らしい。場所は伏見だって言ってたから、あんた知っているんじゃないのか」

浅田は店主にウィスキーのお代わりを注文しながら言った。

――殺されたのは僕の父親で、殺したのはそいつの父親です……。

聡は心の中でそっと告げた。

14

十一月十日。

代官山とマヤ、浜田はヴェルサンを訪れていた。

「おや、今日は三人お揃いなんですね。どうですか? 手がかりは摑めましたか」

店に入るなり店主が声をかけてきた。店内には二人の客がカウンターに座っている。二人とも年配の男性だった。間接照明のオレンジ色の柔らかい光がグラスやボトルにぼんやりと反射している。ピカピカに磨き上げられたカウンターからは木の温もりとニスの香りが漂ってきそうだ。

「おお、刑事さんたちか。キヌちゃんを殺した犯人は捕まったかね」

手を上げてきた男性はこの前来店したときもいて、酔っ払って代官山たちにからんできた。たしか浅田という名前だ。顔が赤いが先日ほどには酩酊していないようだ。前と比べると呂律がはっきりしている。

「鋭意捜査中です」

「今日もお仕事ですか」

「ええ。いくつか伺いたいことがありまして」

代官山が答えると店主はグラスにウーロン茶を注いでくれた。

「それでなにを聞きたいのですか」

「これを見てください」

マヤがタブレット端末を取り出すと画面を表示させた。

「そこの壁じゃないですか」

店主は奥の壁を指さした。店内で客たちを撮影した写真がピンで留められて百枚以上貼りつけられている。画面にはカウンター席に座る常連客五人と、その背後に写真が重なり合うようにして掲示された壁が写っている。

「これらは店主さんが撮影して壁に貼られるんですか」

「ほとんどは私ですが、一部はお客さんたちが撮影してプリントアウトしてきたものを持ってきて勝手に貼りつけたものですよ」

「写真を撤去することはあるんですか」

「別にそれはしないですよ。だからどんどん溜まっていきますね」

「ちょっとこれを見てください」

マヤは再び画面を店主に近づけた。

「では、この写真はどこにいったのですか」

彼女はタブレット端末の画面を指さした。

店主が覗き込むと背後の壁の部分を拡大する。

「あれ？　ないですね」

店主は画面と実際の壁を何度も見比べている。彼も心当たりがないようだ。

「実はこれ、壁に貼りつけられた写真の一枚をスマートフォンで撮影して表示させてます。この写真ですね」

そう言ってマヤは壁から該当する一枚の写真を取り外した。

「一番壁際の席は絹川さんですね」

その隣には浅田も写っていた。彼らの背後には多数の写真を貼りつけた壁がある。その中の一枚が今は見当たらないというわけだ。

「お客さんが勝手に取り外しちゃったのかな」

店主は壁を眺めながら首を傾げた。

「この写真は絹川さんが最後に来店した日に撮影したものですよね」

マヤが確認すると、店主は首肯した。

「撮影してから間もなく絹川さんがおかしくなったんです」

絹川は怨霊だの祟りだのと叫びながら、パニック傷害のような発作を起こした。それからしばらくして気分が落ち着くと支払いを済ませて帰っていったという。それが先月の二十三日だ。この日を最後に彼は店に立ち寄っていない。さらに彼が死体となって発見されたのは十一月一日である。

「絹川の死亡推定日は十月三十日でしたよね」

浜田が代官山にそっと耳打ちした。最後の来店からちょうど一週間後に殺されたということになる。

「この発作が事件と関係あるのかな」

代官山と浜田はマヤのあとについてこの店にやって来た。相変わらず彼女は推理を開陳しようとしない。

しかし代官山と浜田が気づかなかったことがある。

それが消えた一枚の写真である。

タブレット端末に表示されている壁に貼ってある写真の一枚が、今は見当たらない。十月二十三日の夜には貼りついていたものが今はないのである。マヤはそこに目をつけたのだ。店長も他の客も気づいていなかったようだ。

代官山は今一度、タブレットに拡大表示された消えた写真を見つめる。そこには中年の男性が写っていた。背景は明らかにこの店の中である。

しかしそれがどうしたというのだろう。

「この男性はお客さんですよね」

マヤはその写真を拡大させた状態で尋ねた。絹川たちが写っている写真をスマートフォンで撮影して、さらにその背景の一部となっている消えた写真をタブレット端末で拡大表示させているので画像は若干粗くなる。それでも顔立ちの判別はなんとかできる程度だ。

「いやぁ……知らない人ですね」

写真の男性は四十代半ばといったところか。凜々しく整った、精悍（せいかん）な顔立ちをしている。

「でもここに写っている以上、お客さんじゃないのですか」

「たしかにうちの店ですけど……おかしいなあ」

店主はしきりに首を傾げている。

「一見の客で覚えてないんじゃないの」

「いいえ。一度でも来店されたお客さんの顔は絶対に覚えてます」

浅田が言うと店主は首を横に振った。浅田自身も見たことがないという。

「そんなこと言っても何百、何千っていう数だろう」

「そうですけど、お客さんの顔は絶対に忘れません。それには自信があります」

店主はきっぱりと言った。

「でもこうやって店内で撮影されてるじゃないの」

「だからおかしいと言ってるんです。この男性はうちのお客ではありません。それだけは断言できます」

「じゃあ、この男は幽霊とでも言うのかい」

「まさか……」

店主はタブレットの画面をじっと見つめた。

「その男性は幽霊ですよ」

しばらく彼の顔を観察するように眺めていたマヤが口を開いた。

「どういうことですか！」

代官山と浜田の驚きの声が重なる。店主も浅田もポカンとした顔をマヤに向けていた。店内には人数分のクエスチョンマークがグルグルと回っている。

「ほら、この画像。影がないでしょう」

マヤは男性の背後を指さした。

「た、たしかに……」

浜田が画面を凝視しながらつぶやいた。

光源を考えれば、男性の背後の壁に影ができているはずだがそれがない。

「そうやって見るとこの男性もなんか不自然ですね。浮いて見えるというか」

店主の指摘どおり、男性の輪郭が妙にくっきりしているし、室内の明暗と比べると全身が明るく光っているように見える。

「どういうことですか」

代官山はマヤに向いた。彼女は顎に指をつけながら画面を見つめている。

「これは合成写真よ」

「合成？」

代官山たちは今一度、画面を確認した。そう言われると合成に思えてくる。そのくらい男性の存在が不自然だ。しかしこれも光の加減だと言われればそうとも思える。

「うーん、合成と言われればそう見えるけど、絶対にそうだとも言い切れないような」

これは科捜研で解析してもらわないと断定はできないだろう。しかしその写真そのものがなくなっている。

「だけどこの男性は来店したことがないんでしょう？」

「それは断言できます」

桑野ははっきりと首肯した。ここに来たことがないのなら合成写真であるのは間違いない。しかしそれは店主の記憶違いという可能性もゼロではない。

「そもそもこの男性は誰なんですか」

店主がマヤに尋ねる。しかし彼女はその質問には答えなかった。

マヤはこの男性のことを知っているのだろうか。

この写真が合成なら、いったい誰がなんのためにこんなものを貼りつけたのだろう。

「この男性の来店はあり得ないわ。だからこれは間違いなく合成写真よ」

マヤが画面の男性の顔をトントンと指で叩いた。

「合成だと言い切れるんですか」

「幽霊の存在を信じないのならね」

彼女はほんのりと微笑んだ。

*

ヴェルサンを出ると代官山たちは伏見署を訪れた。

午後八時を回っているが広めの会議室にはまだ多くの刑事や署員たちが詰めていた。彼らの熱気が室内の温度を上げているように思える。代官山もマヤもジャケットを脱いだ。

「あれ？　黒井さんに代官山さん、浜田さんじゃないですか」

スーツ姿の男性が声をかけてきた。

「久しぶりです」

代官山はひょいと手を上げる。

「相変わらずのトリオなんですね。仲がよくて羨ましいっすよ」

「そんなんじゃないですよ」

そろそろトリオから卒業したいと思っているが、まだしばらく実現しそうにない。浜松中部署時代が懐かしく思えてくる。

「今日はどうしたんですか」

「黒井さんが話を聞きたいと言うので」

マヤに目を向けると汐見坂涼太(しおみざかりょうた)は三度ほど瞬きをした。

彼は捜査一課五係の刑事で代官山と同年代だ。身長も同じくらいで整った顔立ちをしている。係が違うので捜査をともにすることは滅多にないが、自分の担当している事件が他の係の案件とリンクしていることがあるので、たまに情報交換をする。先日もまったく別件と思われていた汐見坂たちと代官山たちの事件が同一人物による犯行だったことがあった。彼らが事件の真相にたどり着くずっと前に我らが黒井マヤは犯人を特定したわけだが、いつものように最後の最後まで口にしなかった。あの日は渋谷係長にどやされて、本気で退職を考えた。

「黒井さんが？　珍しいですね」

「マヤ〜」

突然、背後から女性の声がした。少し色っぽいハスキーボイス。振り返ると若い女性が腕を組みながら立っている。その腕の上には三次元的に突き出た胸が載っていた。

「小鞠さんですよね」

浜田が彼女に近寄る。こちら、マヤと比べて派手な顔立ちだが美形には違いない。

小鞠咲耶。五係に配属されている刑事で汐見坂の相棒でもある。そして彼女はマヤと並ぶ警視庁捜査一課の名物女刑事として知られている。見た目のタイプは違うが二人は同年代だろう。捜査一課美形女性刑事のツートップだ。周囲の男性刑事たちの視線を早くも集めている。

「三係のキャリア刑事、浜田さんですね」

「うわぁ、名前を覚えてくれているなんて光栄です」

浜田が嬉しそうにぴょんぴょんと跳びはねた。

子供か！

彼も身のほど知らずの面食いだ。

「今日も包帯してるんですね」

小鞠は浜田の額と腕を指した。額の包帯には血がうっすらと滲んでいる。ここにやって来る途中、マヤが事故を装って額に肘打ちを食らわせたのだ。

「ははは、名誉の負傷ですよ」

浜田の「武勇伝」は捜査一課の他の係でも酒の肴にされているらしい。それらのエピソードを集めれば本が一冊書けそうだ。もっとも警察史に燦然と輝く汚点の金字塔になるわけだが。

「マヤのオモチャ」

噴き出しそうにしている小鞠が汐見坂にそっとささやく。

「こら、上司だぞ」

彼は慌てて小鞠を制した。その彼ですらも笑いを堪えている。気がつけば代官山もそうだった。

浜田は浜田できょとんとしている。鈍感であることは時には幸せだ。

「ところで今度の週末は空いてるの？」

小鞠がマヤに向き直った。

「今度の相手は誰？」

「幻冬舎よ」

「ゲントウシャ？　なんだか寒々しい社名ね。かき氷でも作ってる会社？」

代官山は思わず噴きそうになった。

「知らないの？　出版社よ。今度の相手はそこの文芸編集者よ」

「文芸の編集者かぁ。なんだか華やかさに欠けるわね」

マヤは少し不満そうに口元を歪めた。

「幻冬舎の編集さんたちはイケメン揃いだし、美味しい店をよく知っているわよ。それにスペシャルゲストを連れてくるって」

「スペシャルゲスト？」

「七尾(ななお)良夫(よしお)、知ってるでしょ」

小鞠は周囲を警戒して声を潜めた。

七尾良夫といえば超がつくベストセラー作家である。作品の多くが映画やドラマ化されているので本をまったく読まない人でも名前くらいは知っているだろう。代官山にとっても好きな作家の一人である。

「残念ながら作品も本人もあまり好みじゃないのよね。あの作家、救いようがないほどに薄っぺらいじゃん」

マヤは両肩を大げさにすぼめている。たしかに軽くて薄っぺらい文体ではあるが、ストーリーは読みやすく面白いと思う。

「でもベストセラー作家だからさ。つき合ったらおいしいんじゃないの」

「作家なんて売れなくなったら終わりでしょう。今はよくても数年先は分からないわよ。それだったら安定しているサラリーマン編集者の方がましね」

「マヤって案外古風で堅実なのね」

小鞠は苦笑いを浮かべた。当の本人は当然という顔をしながら髪を掻き上げている。

「おいおい、こんなところで合コンの打ち合わせか」

汐見坂が小鞠を肘で突いた。

「前回はマヤがおいしいところを全部持ってっちゃいましたからね。私にとってはリベンジマッチですよ」

小鞠は捜査一課でも有名な肉食であり、合コン刑事と呼ばれている。二番人気に甘んじることはプライドが許さないようだ。

それにしても捜査一課のツートップである。参加男性たちにとって相手に不足はないはずだ。

「黒井さん、合コンなんてしてたんですか」

代官山はマヤの耳元で声を尖らせた。

「あら？　妬いているの」

彼女の声が弾んで聞こえた。目つきはどことなく挑発的である。なんだか悔しい。

「そ、そんなんじゃないですよ。俺をご両親に無理やり紹介しておいて、自分は合コンだなんて節操ないじゃないですか」

合コンなんて参加したのは何年前だろう。誘われることは何度かあったが、忙しいこともあっていつもパスしていた。そのうち声がかからなくなった。それはそれで淋しい気もする。

「恋に恋する男って、暇つぶしにちょうどいいのよ」

マヤは愉快そうにクスリと笑った。

「どういう意味ですか」

「マヤ。あなた本当に悪魔よね」

二人の会話に小鞠が横槍を入れてきた。

「相手をさんざんその気にさせて、クライマックスまで盛り上がったところで切り捨てる。つきまとってきたら、警察に通報して豚箱行きという筋書きよ。被害者はすでに三人も出てるわ」

「うわぁ、それは悪質ですね。絶対悪だ」

いかにもマヤらしいと感心してしまう。普通ならドン引きしてしまうところだがそうならないのは、彼女のパーソナリティに慣れてきたからだろうか。彼女を本当に受け入れられるのは自分しかいないのではないかと思えてしまう。

隣ではマヤがヒャッヒャッヒャッヒャと不気味な笑い声を立てていた。

無理ムリ！

代官山は心の中で否定した。とめどなく発生する凶悪犯罪の捜査に忙殺されて出会いの機会なんてないに等しいが、相手は慎重に選びたい。超絶ルックスなんかに惑わされてはならない。マヤの美しさは代官山を地獄に陥れるトラップなのだ。

「それはそうと、我々に話を聞きに来たんじゃないですか」

汐見坂が話を戻してくれた。すっかり本来の目的を忘れるところだった。

一同、咳払いをしながら気持ちを仕事モードに切り替える。

「五係が担当している事件のことですよ」

マヤが会議室の出入り口を顎で指した。壁には「伏見三丁目フリーター殺人事件特別捜査本部」と、達筆な筆文字で書かれた紙が大きく貼り出されている。この会議室には警視庁と伏見署による捜査本部が立ち上げられているというわけだ。

「おい、汐見坂」

小太りの男性が汐見坂に近づいてきた。

「瀧口(たきぐち)さん」

男性は彼の上司である瀧口吾郎(ごろう)警部補だ。小太りな体格で年齢は四十代半ばあたりだろうか。少し変わり者だが捜査一課きっての博識である。彼らが所属する五係はこれまでにも幾多の難事件を解決に導いてきた。噂によるとその裏で「圏内ちゃん」なるスゴ腕探偵の協力を得ているらしいが詳細は不明である。

「勝俣さんが来てる。知ってるだろ」

「勝俣さんってあの『野良犬』ですよね」

「そうだ。十年前の話を聞くために来てもらったんだ。お前も聞いておけ」

汐見坂は会議室の隅の方を見た。衝立で仕切られたところにテーブルとソファが並べられてちょっとした談話室になっている。そこに勝俣と思われる老人が座っていた。

「あの、ちょっと俺、用事があるので……話は小鞠から聞いてもらっていいですか」

「もちろんです」

代官山が答えると汐見坂は瀧口と一緒に離れていった。

「勝俣さんってうちのOBですよ」

浜田がブースの方を眺めながら言った。

「あの老人は刑事だったんですか」

「そうですよ。勝俣茂雄といえば当時『野良犬』って呼ばれていた現場のエース刑事です」

「ああ、野良犬なら渋谷さんから聞いたことがあります」

十年ほど前に定年を迎えて、後進の指導員としての活躍を期待されたが、本人は辞退して今では警備会社に勤務しているという。

「ところでどうしてうちのヤマを調べているの？　あなたたちのヤマとなにか関係があるの」

小鞠が突き出た胸をぶるんと震わせた。間違いなくわざとだ。浜田がゴクリと喉を鳴らしている。

マヤに肘打ちを食らったので、代官山は慌てて視線を外して口元を拭った。

「まだなんとも言えないわ。とにかく話を聞かせて」

マヤが小鞠を促すと彼女は素直にうなずいた。

「ガイシャは宇根元隆典。二十六歳のフリーターよ。職を転々としてて、最後は建設現場で力仕事をしていたわ。現場は伏見三丁目にあるアパート『レジデンス伏見』の二〇三号室。レジデンスなんてほど遠い安普請のボロアパートがガイシャの自宅よ。腹部と首を刃物で刺されての失血死ね。死体が発見されたのが十一月四日の早朝。監察医の見解によれば死亡推定日時は十一月一日の夜九時から未明にかけて。現場では凝血した血痕があたり一面に広がっていたわ」

彼女は自分の首筋を手刀で切り裂く仕草をした。代官山の首筋に氷で撫でられたような冷感が走った。

十一月一日といえば絹川の死体発見日と一致する。それだけではない、殿村の死亡日でもある。

隣室の住人によると、同日夜に「宅配便です」という声と扉を開ける音が聞こえたという。被害者である宇根元は玄関先で足を玄関扉に向けたままうつ伏せの状態で倒れており、近くには荷物である小振りの段ボール箱が転がっていた。中には週刊の漫画雑誌が二冊入っていた。それらはかなり傷んでおり、近隣のゴミ捨て場に十冊ほどまとめて捨てられていた中の二冊だと判明した。持ち主も特定されたが事件とは無関係であることが確認されている。

「犯人が宅配業者と偽って宇根元のアパートの扉を開けさせた。偽の荷物を渡すと部屋に戻ろうとする宇根元の背後を襲ったのよ」

被害者は頸動脈を完全に切断されており、口を塞がれたのか声を上げることもできずに絶命したと思われる。隣人は彼の叫び声や争うような物音も聞いていないと証言している。だからまさか殺されているとはつゆ思わなかった。それから三日ほどしてから異臭に気づいてアパートの管理人に連絡したというわけだ。

「ちょっと待ってて」

小鞠は席を外したが数分後には戻ってきた。

「これが捜査資料よ」

彼女はマヤに数冊のファイルを差し出す。そのひとつを開いてみると現場の見取り図や写真が整理されていた。他のファイルには鑑識の調査結果や、聞き込みによる証言が詳細に記述されている。

代官山たちはそれらを回し読みした。

「これらを見るとかなり手慣れた者の犯行という印象を受けるわ」

マヤはファイルを閉じながら言った。

「それはうちらも同感よ。宅配便を装ったり、物音を立てずに一発で仕留めたりと完全に手練れの犯行だわ。さらに目撃情報もなし、最寄り駅や近隣のコンビニの防犯カメラにもそれらしい人物は写ってない。現場に残された指紋や毛髪からも該当者なしよ」

小鞠が説明を補足する。

マヤが絹川の件もプロの手口だと言っていたことを思い出した。

「そんなプロなら事故や自殺に見せかければいいのに」

浜田がもっともなことを言う。

「捜査資料を読む限り、死体になんらかの細工をした形跡はなさそうですね。だけど殺害直後に部屋に上がり込んで物色したと書いてありますよ」

現金などの貴重品は手つかずだが、携帯電話とノートパソコンが見当たらないという。また書棚や机の引き出しも荒らされており、何点か持ち出された可能性もありそうだ。

「犯人には自殺や事故などの細工を準備する時間がなかったのかもしれないわ」

小鞠が頬をさすりながら言った。

「どういうことですか」

「早急にターゲットを始末する必要が生じたとか」

なるほど。そうとも考えられる。

「こういうプロの犯行が一番困るんですよ。完璧に自殺や事故に見せかけてくれればこちらもそのように受け取って処理するのに。鮮やかすぎる手口の殺しで迷宮入りにされると我々のメンツも丸つぶれですよ」

小鞠が不謹慎な本音を口走った。同じ刑事として気持ちは分かるが。

「黒井さん、このヤマがうちと関係あるんですか」

代官山はここに来るときから抱えていた疑問を問い質してみた。マヤはいつものようになんの説明もしてくれない。

「どうかしらね」

彼女は曖昧な口調で答えた。まだ確信に至っていないのだろうか。隠しているようにも見えない。

「そういえば、捜査会議に警察庁のお偉いさんが顔を出してたわよ」

小鞠が指を鳴らした。

「もしかして都渡警視監？」

「うん。渋いダンディなオジサマって感じの人よ。余裕でエッチできるわ」

噂にたがわぬ肉食ぶりだ。小鞠は複数の不倫を同時進行しているらしい。彼女が刑事の花形といわれる本庁捜査一課に配属されたのも、枕営業の賜（たまもの）であるともっぱらの噂だ。

「うちにも来てましたよ。上は三枝事件のことでナーバスになっているらしいですね」

浜田が包帯のズレを直しながら言った。

「そうなんですか。それにしては七係と八係の捜査本部には顔を出してないらしいですけど。あっちの方が事件の重大性としては上なのに」

七係はすでに被害者が五人も出ている放火事件、八係は子供を含めた一家が惨殺されている。二つともニュースやワイドショーで大々的に報じられていて社会的影響が大きい。それらに比べると三係や五係の事件は扱いがずっと小さい。

「妙ですね。顔を出すならあちらの方なのに。やっぱり三枝事件の冤罪にこじつけた嫌がらせなんですかね」

浜田が小さな唇をつっと尖らせた。

「管理官があの白金さんなんですね。きっと女だからって舐められているんですよ」

小鞠が憤然とした面持ちで言った。

「そっちの管理官は誰なの？」

「福岡警視よ。ノンキャリアであそこまでいくんだから大したものね。エッチはギリギリといったところかな」

小鞠は遠くの方で数人の刑事に囲まれている小太りの男性を指さした。五十代といったところか。以前、三係の事件を担当したこともあるので知っている。なかなかの熱血漢だ。

「こちらはどうして都渡警視監が顔を出すんですかね」

「都渡さんと福岡さんは兄弟なんですよ」

代官山の疑問に浜田が得意気に答えた。彼は警察の人事や人間関係にやたらと詳しい。捜査のうえで肝心なことはなにも分かっていないくせに。

「そうなんですか」

「子供時代に両親が離婚したとき、都渡さんは父親、福岡さんは母親に引き取られたと聞いてます」

「なるほど。うちの会議に顔を出すのはそういうことだったんですね」

小鞠が言うとおり、五係の雛壇に列席するのは実弟の仕事ぶりを気にかけてのことなのかもしれない。それにしても血がつながっている二人なのに、顔立ちも体型もまるで似ていない。

「ところで被害者の宇根元隆典の家族についてなんだけど」

マヤが捜査資料の一部を指さしながら話題を戻した。

「ああ、これね。彼の父親は十年前に人を殺しているの。同じ伏見署管轄内よ。あの福岡さんも当時、伏見署の刑事で捜査に当たっていたらしいわ」

「つまり宇根元は犯罪加害者の家族というわけですか」

代官山が言うと小鞠はコクリとうなずいた。捜査資料には十年前の事件のあらましが簡潔に記されてある。宇根元要は宝くじの当せん券を狙って不在だった蓬田家に侵入したが、帰宅してかち合った栄一郎を殺害したとある。犯人は現在も服役中だ。

「そうなのね。隆典は事件後は遠くに引越していたけど、三年ほど前にまたここに戻ってきているんですよ」

「どうして？　ここには近づきたくないはずでしょう。当時のことを覚えている住民だって多いでしょうし」

「なんでも隆典は父親の無実を晴らそうといろいろと調べていたらしいです。そのために現場近くに住む必要があったんでしょうね」

父親の無実……つまり冤罪。

「冤罪」というキーワードと一緒に『牛泥棒』のポスターが脳裏に浮かんできた。

「十年前の事件と関係がありそうですか」

「もちろんそれも調べましたよ。十年前、隆典の父親である宇根元要に殺害されたのは蓬田栄一郎という会社員です。彼には妻と二人の子供がいました」

「その三人は、今はどうしているんですか」

「十年前の事件で一家の大黒柱を失ったことで子供たちは進学もできず、いろいろと苦労したらしいですよ。犯人に対する憎悪は激しかったようですね。特に母親はマスコミを通して怒りを吐き出してました。犯人一家をひどく罵ってますね。そうでもしないと自身を保っていけなかったんでしょう」

小鞠は少し哀しげに言った。その家族たちの気持ちも分かる気がした。理不尽な形でその後の人生を真っ黒に塗り替えられたのだ。

「子供たちはどうなんですか」

「子供といえば息子の聡ですね。彼と隆典は同じ職場で働いていたんです。これは運命のイタズラとしかいいようがないんですけどね」

聡の勤務先にたまたま隆典が配属されたという流れらしい。

「二人はどうだったんですか」

「職場の人間たちも二人にそんな過去があったなんて知らなかったようです。二人が同じ現場の作業をしたこともあったけど、業務に支障は出てなかったそうです。それに二人が居酒屋で飲んでいたという証言もあります。ただ、隆典の方は徐々に聡や職場の人間と距離を置くようになったそうで、他の従業員たちはつき合いが悪いと言ってました」

「家族にアリバイは？」

「完全なアリバイがありました。うちでは蓬田家のことはさほど重要視してないですね。でも一応、話を聞いてますけど」

小鞠は勝俣と話をしている汐見坂たちの方を見やった。あの勝俣も十年前の捜査に参加していたという。さらに今は管理官になっている福岡とコンビを組んでいたそうだ。

たしかに十年も経過して栄一郎を殺めた張本人ではない隆典を殺害するのは合理的とは思えない。もし殺害するのなら出所してきた宇根元要を狙うべきだろう。

「それにしても自分の父親を殺した犯人の家族と酒を酌み交わすなんて、いったい全体どういう心境なんですかね」

浜田が代官山の脳裏をうっすらとかすめた疑問を口にした。

「それはきっと相手のことを知りたかったからよ」

マヤが静かに言った。

「どういうことですか」

「あの事件によって犯人の家族がどんな人生を送ってきたのか。どんな気持ちで加害者家族という立場に向き合ってきたのか。どれほどのたうち回って苦しんできたのか。相手側の苦しみや哀しみを被害者遺族はやっぱり知りたいんじゃないかな。そして自分の話も聞いてもらいたかったのよ。蓬田家の気持ちを本当の意味で理解できるのは皮肉にも宇根元家なのかもしれない。加害者家族と被害者家族、まったく対極の関係だけど、辛苦の根っこは同じところにあるもの。どちらもやり場のない怒りと絶望に翻弄されてきたわ」

「なるほど……」

宇根元隆典と蓬田聡。本来敵対関係にあるはずの二人にはある種の共感が芽生えていたのかもしれない。

代官山は別のファイルを手に取った。表紙には十年前の日付と「伏見八丁目会社員殺人事件」と書かれている。これが宇根元要が蓬田聡の父親を殺害した事件だ。

ページをめくる。

代官山は思わず息を呑む。目がそのページに釘付けになった。指に力が入りファイルがクシャと音を立てた。

「どうかしました?」

異変に気づいた浜田が顔を覗き込んできた。ミルクのような甘い香りがしたが気にならなかった。

「やっと気づいた?」

そばに立っているマヤがニヤリとした。彼女はやはり行き着いていたのだ。

そこには被害者の顔写真が貼りつけられていた。

「この男性が蓬田栄一郎ですか」

代官山は乱れた呼吸を整えながら小鞠に確認した。

初めて見る顔ではない。つい先ほどヴェルサンで見たばかりだ。

「ええ、そうですよ。こちらもなかなかダンディなオジサマでしょう。殺されちゃうなんてもったいないわ。同じオッサンなら、一課長だったらよかったのに」

築田信照一課長はダンディとはほど遠い。そして栄一郎は、当時四十二歳で精悍な顔立ちをしている。既婚者であるが女性社員たちに人気があったことだろう。

他には家族の写真も掲載されていた。妻の久美子も夫と釣り合いの取れている美形だ。また二人の子供も当時は中学生だったが両親譲りの整った顔立ちをしている。特に姉の麻紀はきっと美しい大人の女性になっているだろう。当時もアイドルや女優として通用しそうなルックスの持ち主である。しかしこの美貌に恵まれた一家の人生も十年前の事件をきっかけに暗転する。今はどんな生活を送っているのだろう。

「代官山さん、目が血走ってますよ。大丈夫ですか、大丈夫ですか」

浜田が無邪気に代官山の顔をベタベタと触ろうとする。くすぐったくて思わず顔を背けた。

「は、浜田さん、これを見てください」

代官山は浜田の手を振り払ってファイルを差し出した。

「これが被害者の蓬田栄一郎ですか。なかなかのイケメンさんですねぇ。きっと女性社員にモテモテだったんだろうなあ。羨ましいなあ」

彼はヒュッと口笛を鳴らした。

代官山はずっこけそうになった。この男はなにも気づいていない。

マヤを見ると「ダメだこりゃ」と肩をすくめていた。

「浜田さん！　俺たちの上司なんだから真剣に見てください」

代官山はなおもファイルを浜田の顔に近づけた。いくらなんでも集中力が散漫すぎる。これでは刑事としてやっていけない。

「え？　真剣に見るものなんですか」

「浜田さんは将来の警察を背負っていく人なんです。真面目にやってもらわないと困ります」

代官山は厳しい口調で告げた。ここで安易に答えを教えては彼のためにならないと思った。

「えええええええ〜。これでも精一杯真面目にやってるつもりなんですけどぉ」

彼はつぶらな瞳に涙をいっぱいに溜めている。思わず抱きしめてやりたくなるが、ぐっと堪えた。ここは厳しく当たるべきだ。彼のためというより警察の、治安の将来のためだ。

「ほら、この顔をどこかで見たことがあるでしょう」

「うーん、オッサンの顔なんてどれも同じに見えるんですよね」

「ヴェルサンで見たんですよ」

「ヴェルサン……ヴェルサン……ああ、さっきのバーですね。店主ってこんな顔してましたっけ?」

「違います！　ちゃんと見てください」

もはやさすがとしかいいようがない。浜田クオリティだ。

それでも浜田は濡れた目元をトレンチコートの袖で何度も拭いながら健気な表情で写真に注目した。小鞠が呆れた様子で眺めている。しかし彼女もこのやりとりがどういうことなのか分かっていないはずだ。

それから三分が経過した。

「なるほど、そういうことか！」

ファイルを食い入るように見つめていた浜田が顔を上げた。先ほどと違ってその瞳には自信に満ちた光が宿っていた。

「やっと気づいたようね」

マヤが待ちくたびれたと言わんばかりに大きなため息をついた。

「この写真の男性……」

浜田がもったいぶった口調で写真を掲げた。

「俳優の高木英樹に似てますよね！」

代官山もマヤも盛大にずっこけた。

15

十一月十一日。

早朝の捜査会議を終えて、代官山たちは倉田署近くの喫茶店に入った。

待ち合わせの相手は代官山たちより先に奥のソファに腰掛けていた。

創業五十周年という老舗のレトロ喫茶店だ。アールデコ調の石造りの外観も、アンティーク家具や雑貨が並ぶ薄暗い内装も年季が入っていて、歴史の重みを感じさせる風格があった。しかし、革張りのソファはヒヤリと冷たく、クッションの硬さが座り心地の悪さを感じさせるし、なによりこだわりのコーヒーが一杯千円と、くつろごうとするには少々ハードルが高い。それでも店内はほぼ満席だった。主に年配客である。

「お待たせして申し訳ありません」

代官山は奥の席で待っている老人に声をかけた。

「いや、多忙なあんたらと違って時間だけはたっぷりある。それにここのコーヒーはなかなかのもんだ。気にしないでくれ」

彼はコーヒーを啜ると小さく微笑んだ。口元や頬に多数の皺が浮き上がる。しかし瞳だけは鋭い光をたたえていた。

「現場のエースといわれた勝俣さんにお会いできるなんて光栄です」

警視庁が誇るＫＹ（空気を読まない）のエース浜田にしては珍しく緊張した面持ちである。たしかに眼前の刑事の眼光には射貫かれるような迫力がみなぎっている。こんな刑事に睨まれたら、気の弱い者ならやってもいないことをやったと言ってしまいそうだ。

勝俣茂雄。「野良犬」の異名を持つ元刑事の存在感は健在である。マヤもいつになく神妙な顔を向けている。

「我々は警視庁捜査一課三係の者です」

代官山たちは立ったままの状態でそれぞれ自己紹介をする。

「三係は渋谷が束ねているのか。あいつも出世したものだな。相変わらずの事なかれ主義なのか」

「そ、そうですね」

代官山が認めると勝俣は皮肉めいた笑みを浮かべながらコーヒーに砂糖を入れた。

「ところであんたら昨日、伏見署に来てただろ」

彼はさらにコーヒーに匙二杯の砂糖を追加した。どうやら甘党らしい。

「さすがは勝俣さん、すごい観察力と記憶力ですね」

浜田が感心しながら着席した。代官山もマヤも腰掛けて勝俣と向き合う。

「刑事を辞めたというのに、目に入ったものすべてを頭の中に叩き込もうとする当時の習性が消えないよ」

彼は苦笑しながら漆黒の液面をスプーンで掻き混ぜた。

あの会議室には五十人以上の刑事や署員が詰めていたはずだ。それに勝俣と代官山たちは離れた位置関係にあった。勝俣はあの場にいた全員を覚えているのかもしれない。これが名刑事になるために必須の能力なのだろうか。

「それで十年前の事件のことを聞きたいのだね」

代官山たちはうなずいた。昨日も瀧口と汐見坂にその話をしたばかりだという。

「蓬田栄一郎殺しが三係のヤマと関係があるのかね」

「捜査内容については……」

「そんなの分かっているよ。その台詞は私も何千回も吐いたからな」

一般市民に捜査内容の詳細を漏らすわけにはいかない。それは元刑事も例外ではない。しかし昨日、汐見坂から聞いた話では、勝俣は十年前の事件の幕引きに納得していないようなことを漏らしていたという。

「勝俣さんは十年前の事件後も宇根元隆典とは何度か接触していたそうですね」

それも汐見坂たちから聞いた話だ。一時は勝俣が隆典殺しの容疑者の候補リストに浮上したこともあったという。しかし彼にも完全なアリバイが確認されている。

「毎年、年賀状のやりとりをしていたし、何度か会ったことはあるよ」

「隆典は父親の無実を晴らそうと動いていたようですね」

勝俣はコーヒーを口につけながらうなずいた。

「たしかにあの事件は釈然としない部分も多々あった」

「ほぉ、それはどういう点ですか」

「たとえば要が極度の刃物恐怖症だったことだ」

それについては裁判では証言されなかった。要本人も拘禁反応で冤罪を主張する気力を失っていたし、息子の隆典もそのことに気づいたのは有罪が確定してからだという。

「恐怖症は本当なんですか」

「ああ。俺もあれからいろいろと調べて裏を取った。要が極度の刃物恐怖症であることは間違いない」

被害者の蓬田栄一郎は絞扼(こうやく)されたのち刺殺されている。しかし要は「自分は首を絞めただけだ」と主張していた。

「他にも細かい不審点が多々あった」

現場に落ちていた凶器からは誰の指紋も検出されなかった。しかし絞扼した際に首筋には要の指紋が付着していたという。

「首を絞める際には手袋をしてないのに、刃物を持つときはしていた？　不自然といえば不自然ですね」

　代官山は犯行の状況を思い浮かべながら同意した。

「裁判では不自然とは認識されなかった。犯人は絞扼時には興奮状態にあったので着用を忘れたという解釈だ。しかし刃物恐怖症の要が刃物を持つ段になったら冷静だったというのはどうにも解せない。他にもある。自宅から持ち去られたという物品の数々だ。その中には栄一郎の財布もあった。しかしそれらはいまだに見つかっていない。要の自宅や立ち寄り先を徹底的に捜索したにもかかわらずだ」

　勝俣は他にも数々の不審点を指摘していったが、要の犯行を覆す決定打にはなりそうにないものばかりだった。しかしそれだけの数に上ると釈然としないという勝俣の見解にはうなずけるものがある。

「そもそも取り調べはどうだったんですか。要は一度は犯行を自供してますよね」

　代官山の指摘に野良犬の鋭かった瞳に翳りが差した。

「当時、コンビを組んでいたのは福岡というやつだ」

「存じてますよ。五係のヤマの管理官ですよね」

　浜田に聞かされて昨日初めて都渡の実弟だと知った。

「あいつの取り調べは、なんというか熱が入りすぎていた」

「それは自白を強要したということですか」

　勝俣はイヤイヤと首を振った。

「あからさまに強要したというわけではない。ただそのように誘導した可能性は捨てきれないということだ」

今度は妙に歯切れが悪かった。

「勝俣さんは同席していたんですよね」

問い質すと彼は苦虫を嚙みつぶしたような顔つきで小さくうなずいた。

「遺族のために事件の早期解決をという焦りがあったのは否めない。あのときはたしかに強引な取り調べではあったが、被疑者自身が犯行を認めたのだからよしとした」

「一度、自白すれば裁判で覆すのは容易じゃないことはご存じでしょう」

思わず責める口調になってしまったが、勝俣は唇を嚙みしめているだけだ。

被疑者を長時間にわたって拘束して罵詈雑言(ばりぞうごん)を浴びせたり、時には家族のその後の生活を引き合いに出して宥めたりと飴と鞭で相手の精神を攪乱していく。そうやって警察が思い描いたシナリオどおりの自白に誘導するのだ。

本来、犯罪の訴追を受けた者は有罪の立証があるまでは無罪と推定される権利を有する、いわゆる推定無罪が近代における刑事訴訟法の基本理念だ。しかし現実は、明白な証拠がなくても被疑者の自白証言さえ得られれば立件に持ち込めるという警察の自白偏重捜査という悪しきシステムが冤罪を生み出している。

「俺は当時、要の自白については再度精査するよう上の連中に進言した。しかしそれは却下されたんだ」

捜査本部の幹部連中からすればせっかく自白が取れたのに、なにも自ら白紙に戻すようなことをする必要がない、むしろそんなことになれば警察のメンツに関わると判断したのだろうと予想はつく。

「要を逮捕したのも、自白を勝ち取ったのも福岡だよ。あいつが今では管理官だ」

勝俣は口元に皮肉を込めた笑みを浮かべている。

「十年前の手柄も大きかったんでしょうね」

「まあ、そうだろう。ところであんたらは倉田町の事件を担当しているんだよな。被害者は絹川康成といったな」

「はい。そうです。十年前、絹川は伏見商事に勤務してました」

代官山は絹川の写真を差し出した。

「ああ。当時は違う名字だった。婿養子だったため田之上の姓を名乗っていた」

「彼は八年前に妻と死別しています。それで旧姓の絹川に戻ったというわけです。やっぱり覚えていたんですね」

妻の田之上明代（あきよ）は心臓発作で二十五歳という若さで夭逝（ようせい）している。

「当たり前だ。人の顔を忘れる人間に刑事が務まるかね」

隣では浜田が「そうですよね～」とうなずいている。普段ならマヤのデコピンが炸裂するところだが、野良犬に対する敬意の表れなのか妙に大人しくしている。

「当時、田之上……絹川の調書を取ったのは俺と福岡だ。だからよぉく覚えているさ。被害者と同じ経理部で彼の部下だった。あんときは男のくせに髪を肩まで伸ばしていた。全然似合ってなかったな」

勝俣がフンと鼻を鳴らした。

「そのときの心証はいかがでしたか」

「何人か犯行時のアリバイを証明できなかった社員がいたが、絹川はそのうちの一人だ。取り立てて被害者との間にトラブルや確執は報告されていなかったが、宇根元要が容疑者として挙がるまでは捜査本部もマークしていた」

「どうして絹川の話を持ち出したんですか」

代官山が先を促す。隣ではマヤがボールペンのノックをカチカチと鳴らしていた。

「刑事を引退してから、十年前のことが小骨が喉に引っかかったようにずっと気になっていたんだ。刑事の習性が抜けきらないんだな。気が向いたときは当時の関係者に話を聞くなどして情報を集めていた。最近になって絹川の横領が発覚したという情報を得た」

「絹川がですか？」

代官山と浜田は身を乗り出した。勝俣は神妙な表情でうなずいた。

「伏見商事を定年退職した元専務が、今さらながらに教えてくれたんだ」

その元専務と勝俣は伏見商事の事件をきっかけに年賀状をやりとりするようになったという。最近になってその彼に末期癌が見つかり医師に余命宣告された。それが動機なのかどうか知れないが、他言無用という条件で横領の話を勝俣に打ち明けた。それは経理部だった蓬田栄一郎が部下である絹川の横領を見落としていたということだった。発覚したのは栄一郎が殺害されてから二年後である。手口が巧妙だったことや、金額が大きくなかったことから、横領を見抜くことは容易でないにしろ、当時の責任者であった栄一郎の失態ということになる。

そこで社長以下、社内幹部は故人の名誉のため表沙汰にせず、絹川の返金と依願退職という形で決着させた。そのことを知っているのは社内でも数人で箝口令が布かれたという。

「我々の捜査でそんな情報は上がってきませんでしたよ」

代官山は口調に不満を込めた。勝俣がもっと早い段階で告げてくれていれば、捜査の方向性も変わっていたかもしれない。

「他言無用という約束だったし、捜査一課の連中ならいずれこの情報に行き着くだろうと思ったんだが……まだだったのか」

「そ、それは……」

代官山が口ごもると、勝俣は小さくため息をついた。そこにはほのかな失意が感じられた。

代官山たち捜査陣の聞き込みが甘かったと認めざるを得ない。思わず唇を噛みしめてしまう。

「勝俣さんも約束を守ると言いながら、結局破ったんですよね」

マヤが涼しい顔をして指摘すると、勝俣はバツが悪そうに一瞬だけ目を逸らした。

「たまたま隆典と顔を合わせる機会があってそのことを伝えた。報われない人生に憔悴している彼を目の当たりにして、同情してしまったんだな。俺自身、宇根元要の冤罪の可能性を引きずっていた。もっともこの情報がそれにつながるかどうかも分からなかったが、もしかしてという思いもあった。俺自身が動いてもよかったが、彼が動くことになった。それが道理だろうと思ったさ。その日が隆典と会った最後となった」

「それで隆典はその元専務に話を聞きに行ったのですね」

「いや、その話は栄一郎の同僚が詳しいと元専務から聞いた。隆典が会ったのはその同僚だ」

勝俣は「畔道俊郎」と告げた。

「アゼミチ……。変わった名字ですね」

浜田がすかさずメモを取った。さすがは東大卒だけあって漢字で記している。

「隆典が殺害されたのはそれから三週間くらいあとのことだ」

勝俣の話では隆典が畔道と対面したのは十月十日前後。そして隆典の死亡推定日は十一月一日だ。

「十年前、伏見商事に勤務していた絹川康成と蓬田栄一郎。そして栄一郎を殺害したとされる宇根元要と、息子隆典。その中で絹川と隆典がほぼ同時期に殺害されています。これがただの偶然だと思えますか」

今度はそれまで黙ってやりとりを聞いていたマヤが質問した。

「さあ……。偶然にしてはできすぎていると思うが、どうなんだろうな」

「絹川康成と宇根元隆典。この二人にはちょっとしたつながりがありました」

マヤはさらに一枚の写真を差し出した。日付は十月二十三日とスタンプが入っている。

「こ、これは……」

勝俣は写真を持つ手を震わせた。切れ長の目を大きく見開いている。

「ヴェルサンという三軒茶屋近くにあるバーの店内です。写真を貼りつけた壁をバックに五人の客が写ってます。そして注目すべきはこの二人と後ろに貼りつけられた一枚の写真です」

マヤはそれぞれを指さした。

壁には件の栄一郎の写真。そして五人中二人の客はそれぞれ絹川康成と宇根元隆典だった。五人の中には浅田の姿もある。

「あれからヴェルサンの店主に話を聞いたんですよ」

昨日、汐見坂や小鞠が詰めていた伏見署を辞去したあと代官山たちは再びヴェルサンに向かったのだ。何度も聞き込みをくり返していたので悪いと思い、自腹で一杯だけビールを注文した。

「絹川はもともとの常連客ですが、隆典は最近顔を見せるようになったそうです。そして彼が来店するときは必ず絹川がいたようです」

これもヴェルサンの店主の証言だ。他の常連客も「そういえば」と絹川と隆典の同席を認めていた。

「つまり隆典は絹川に接触するためにその店に通っていたのか」

「店主や他の客が二人の会話を覚えてました。隆典は絹川に十年前の事件のことを話してます」

「隆典がか？」

勝俣は意外そうに両眉を上げた。

隆典は父親が犯人であること、そして絹川の方は被害者がかつての上司であったことを伏せていたようだ。

「この写真はその日に撮影されたものです。たまたま店主が撮影していました」

マヤは五人の中の浅田を指さした。彼は赤らめた顔でピースサインを送っている。

「絹川は隆典の話を聞いた直後、トイレに立ち寄る途中で急にパニックを起こします。顔面蒼白でうずくまった彼は『怨霊』だとか『祟り』などと叫んでいたようです」

「怨霊……祟り」

マヤは津久田夏菜の証言を伝えた。

「発作が治まってしばらくしてから彼は帰宅するわけですが、これが最後の来店になります。そして九日後に絹川は死体となって発見されるわけです」

「隆典の方も同時期に殺害されたというわけか」

勝俣は考え込むように口を真一文字にした。

「隆典が絹川に接近したのは時系列的に畔道から話を聞いたあとですね」

畔道から話を聞いたのが十月十日前後、そして写真のタイムスタンプは十月二十三日。

「明らかに隆典は絹川のことを探っています。そしてこちらの画像を見てください」

マヤはタブレットを取り出して画像を表示させた。

「被害者の蓬田栄一郎だ」

勝俣は迷うことなく即答した。

タブレットに表示されているのはヴェルサンの壁から消えた男性の写真だ。拡大しているので画像は多少粗くなっているが、それでも充分に判別できるレベルである。最近のスマートフォンのカメラ機能は高性能だと思い知らされる。犯罪捜査の迅速化にＩＴが大きく貢献しているのは間違いのないことだ。

それはともかく。

写っていたのは紛れもなく十年前に殺された蓬田栄一郎だった。ヴェルサン店内をバックにこちらを向いている。科捜研で分析した結果、これはやはり合成写真である可能性が高いと出た。そもそもヴェルサン店主の桑野は、この客は来店したことがないし面識もないと確信を込めて主張していた。

その写真をバックに絹川たちが写っているのが、十月二十三日にヴェルサンの店主桑野が撮影した写真だ。

　マヤの説明を聞いた勝俣が目を丸くした。

「どういうことなんだ」

　彼は代官山と同じ思いを吐露した。

　誰がなんのために、こんな合成写真を持ってきて貼りつけたのか。

　店主や客たちから目撃証言は得られなかった。彼らの隙を見て貼りつけたのだろう。それはさして難しいことではなかったはずだ。

「この合成写真を作成してあそこの壁に貼りつけたのは宇根元隆典よ」

　――やはりマヤはすでに真相にたどり着いている。

　代官山は自信満々で答える彼女の表情を見て強い手応えを感じた。

　それはおそらく白金の思いに応えようとしているからだろう。二人はいがみ合いながらも同じ黒百合女子の先輩後輩としての絆でつながっていたのだ。

「なるほど。そういうことか」

　さすがは野良犬と呼ばれる名刑事だけあって、数秒後にはマヤの導き出したであろう真相を見切った。

　代官山がそこに行き着くにはさらに多くの時間を要した。

　そして浜田は……。

　寝息を立てている。

　天使の寝顔だ。

今度こそマヤのデコピンが炸裂した。

16

蓬田家の夕食の食卓には親子三人が揃っていた。

それぞれが仕事を持っていて、特に母親は早番だったり遅番だったりと不規則なこともあって、夕食に三人が揃うことは珍しい。正方形のダイニングテーブルの南側の一辺は不在である。そこにはかつて父親の栄一郎がついていた。そんな彼の幻と向き合うように着席して、母親の久美子は陰鬱な面持ちでもそもそと咀嚼している。

今の彼女に、十年前の美しさや華やかさはない。ただひたすら宇根元要への憎悪を心の拠り所として生きていた。そんな負の感情が久美子の翳りを濃くしているように思う。しかしそれは姉の麻紀にも聡にもいえることだ。十年前の惨劇の傷は癒えることなく、痛みの程度を変えながら慢性化している。電灯の明かりは煌々としているのに、重苦しい影に食卓が包まれているように思えた。

今日はハンバーグだった。久美子は黄色のフライパンに載せた三枚のハンバーグを、それぞれの皿に分けた。焼きすぎたようで表面が焦げている。

「いただきます」

三人は手を合わせた。

ここで食べる食事は味がしない。まるで砂や粘土を口にしているようだ。

食事が終わるころになってチャイムが鳴った。三人は箸を止めて玄関の方を見た。

「きっと福岡さんだわ」

福岡は十年前、宇根元要に手錠をかけた刑事だ。当時所轄のいち刑事に過ぎなかったが、今は出世して警視庁の管理官という立場である。先日、栄一郎の十回目の命日に蓬田家を訪れて線香を上げてくれた。後日、ネクタイピンをどこかに落としたようなのだが、出てきていないかと連絡があった。なんでも娘からプレゼントされたもので大切にしていたらしい。

そのときは見当たらないと答えたが、昨日久美子が玄関を掃除していたらシューズボックスの下から出てきたという。玄関で落としたときシューズボックスの下に転がったようだ。それを伝えると、今夜取りに来ると連絡が入ったというわけである。

「いいよ、私が行ってくるよ」

麻紀は箸を置いて立ち上がると玄関に向かった。男性の声がする。それから二言三言、麻紀とのやりとりが聞こえた。

「ママ、パパの会社の人だって」

麻紀が部屋に戻ってくると久美子に告げた。

「伏見商事の？」

三年前まで栄一郎の命日には、会社の人間が線香を上げに蓬田家に訪れていた。しかしここ二年ほどはぱったりとなくなり、寂しい気がしていた。

「パパの元部下の人でお線香を上げたいんですって」

「そうなの。それなら上がっていただいて」

久美子はそそくさと後片付けを始めた。聡も手伝う。

それからしばらくして一人の帽子を目深に被った男性が麻紀に促されて客間に入った。彼女はお茶を淹れて客間に運ぶ。

聡たちも片付けを終えると客間の襖を開けた。男性は帽子を脱いでいた。

「ごめんなさい、食事中だったものですから」

久美子は男性に向かって頭を下げた。

「とんでもない。夜分突然に押しかけた私が悪いんです」

彼は恐縮しながら立ち上がると、さらに深々と頭を下げた。手には大きな菓子折をさげている。

彼はそれを久美子に差し出した。彼女はかしこまりながら受け取った。

男性の年齢は三十代後半といったところか。緑と白のストライプのシャツにチノパンというスタイルだった。聡は彼の端整な顔立ちをまじまじと見つめた。

——この男……。

顔に見覚えがある。一週間ほど前にヴェルサンでパニック発作を起こしたという青年だ。しかし相手は聡のことをまるで覚えていないようで聡の顔を見ても取り立てて反応がなかった。あの店で彼は酩酊気味だったし、一言くらいしか言葉を交していないから無理もないだろう。

それにしてもあの隆典が明らかにマークしていた人物だ。隆典はそのためにヴェルサンに足繁く立ち寄っていたのは間違いない。そしてこの男性は栄一郎の元部下だという。これはいったいどういうことなのか。

聡は鼓動が激しくなっていることに気づいた。

「伏見商事の方だとお聞きしましたが」

久美子は男性に声をかけながら座布団に腰を下ろした。相手も遠慮がちに着座する。彼の前には口をつけていない湯飲みが置いてあった。聡は天井を見上げる。二つある蛍光管のうちのひとつが切れたままだ。またも買うのを忘れてしまった。室内が薄暗いので行灯のスイッチを入れる。これで少しは陰鬱とした空気が薄らいだ。それでも客は緊張気味である。

「絹川康成と申します。蓬田さんには生前お世話になりました」

絹川は八年前に伏見商事を退社していて、今は他の会社に勤務しているという。

「あの……経理部の方、でしたよね」

突然、麻紀が尋ねる。聡は当時の記憶を探ったがこの顔にも名前にも心当たりがない。

しかし絹川は首肯している。

「当時は蓬田さんの部下でした。お葬式にも参列させていただきました」

「そうですよね。失礼しました」

どうやら麻紀は相手の顔を覚えていたようだ。彼女は昔から一度会った人間の顔を忘れない。聡と同じく久美子も失念していたらしい。二人はそのことを詫びた。

「いえいえ。十年も前のことですし、あのころは髪を肩まで伸ばしてましたから今と印象が違うはずです。分からないのも無理はありません」

「いや、そうなんですけど……お名前が」

絹川という名字はいまだ心当たりがない。葬式に参列しているのなら参列者リストに載っている。少なくとも職場の人間の名前は久美子が把握しているはずだが、彼女も首を傾げている。

「実は数年前に妻を亡くしましてして……それで旧姓に戻ったんです。婿養子だったもので」

小さく首を傾げた聡に絹川は察したようで、聞かれる前に答えた。

——なるほど、そういうことか。

「そ、そうだったんですか。辛いことを伺ってしまって申し訳ありません」

前の名字は思い出せないが、尋ねるのも野暮なことだ。呼び名は絹川のままでいいだろう。

それにしてもどうして隆典はこの人物をマークしていたのか。そして絹川の突然の来訪の目的はなんなのか。

聡の頭の中でクエスチョンマークが回った。

「いえ、もう昔の話ですから」

絹川は少し淋しそうに笑ったがすぐに引っ込めた。彼は整った顔立ちをしているが顔色が優れない。唇も紫色で白目も血走っている。部屋の中はさほど寒くもないはずなのに、体が震えている……いや、むしろそれを抑えようとしているように見える。明らかに体調が優れないようだ。

「あの、寒いですか。暖房でも入れましょうか」

久美子が声をかけると彼は取り繕った笑みを向けながら首を横に振った。

「大丈夫です。元とはいえ上司の前なのでちょっと緊張してます。それより蓬田さんにお線香を上げさせてください」

「ええ、主人も喜ぶと思います」

久美子は部屋の片隅にある仏壇の前に座布団を敷いた。狭い部屋にも置くことができる小型で簡素な仏壇だ。いくつかの仏具と栄一郎の遺影が並んでいる。

絹川は線香に火をつけるためマッチを擦ろうとしたが、マッチ棒が滑って折れてしまった。それから何度か擦ってみるが上手くいかない。彼の手は明らかに震えている。それによって手元が狂っているのだ。

「ライターがありますよ」

見かねた様子で久美子がライターを着火させて差し出した。

「す、すいません……」

絹川は声まで震わせて線香の先を揺れ動く炎につけた。聡は麻紀と顔を見合わせた。彼の呼吸はひどく乱れて額に脂汗が浮いている。

やがて線香の先端がオレンジ色の小さな光を灯し、煙を上げるようになると彼はそれらを香炉に立てた。しかしその動作が見るからに不自然だった。絹川は栄一郎の遺影から露骨に顔を背けている。そしてその顔は苦しそうに歪んでいた。彼は歯を食いしばって瞼を閉じて、その苦しみを堪えているように思えた。

――なんなんだ、この男は……。

麻紀はもちろん久美子の顔にも戸惑いの色が浮かんでいる。

三人はしばらく黙って相手の動きを見つめていた。

絹川は一度も遺影には顔を向けることなく手を合わせて頭を下げると焼香を終えた。そして仏壇から逃げるように離れていった。相変わらず呼吸が乱れたままだ。

「顔色が悪いようですけど」

久美子が指摘するように絹川は顔面蒼白になっていた。顎を小刻みに震わせていて上下の奥歯が当たる音がガチガチと聞こえてくる。白目は真っ赤に充血していた。

彼のぎらついた瞳に気圧されたのか久美子が喉を鳴らしている。麻紀は得体の知れないものを見るような視線を向けていた。

「実は私……皆さんに告白することがあってここに来ました」

絹川は居住まいを正すと聡たちに向いて両方の手のひらを畳についた。

「ど、どうしたんですか、いったい」

久美子が頬を引きつらせながら聞いた。

絹川は肩で息をしながら歯を食いしばっている。いつの間にか蒼白の顔面と髪の毛は脂汗でぐっしょりと濡れていた。それはただならぬ恐怖や苦痛に堪えているというような形相だった。

ここに来てからずっと様子が変だ。

聡は胸騒ぎを覚えた。

「じ、実は……」

彼は声を震わせた。

17

十一月十三日。

時計を見ると夜の七時を回っている。空はすっかり暗くなり、どんよりとした黒い雲の輪郭が月の一部を掻き消している。

代官山たちは民家の前に立っていた。周囲は住宅街で似たような家々が並んでいる。それらは年季が入っているほどでもないが、新しくもない。それに見合った年齢層の住人が、多くを占めているのだろう。道路には仕事帰りの男女がポツポツと通りかかるが、いずれも中年以上だ。車の通りはほとんどないこともあってあたりは森閑としている。最寄り駅の伏見駅までそう遠くないから住みやすそうなのだが、街並みは単調で面白味がない。

二階建ての家屋はそこだけを切り取ったように周りに比べて暗く見える。重苦しく陰鬱とした冷たい空気が漂っているように感じられるのは、この家がかつての惨劇の舞台だったからであろうか。その証拠に隣に立つマヤの瞳がキラキラしている。どういうわけかこんなときの彼女は一段と美しさを増す。女性は恋をするときれいになるといわれるが、彼女の場合は違うらしい。思わず見惚れてしまうほどだからたちが悪い。

窓からは蛍光灯の明かりが漏れていて、人影が見え隠れしていた。

三人を代表して浜田が玄関のチャイムを押す。表札は外されていた。

「どちら様でしょうか」

インターホンから女性の声がした。明らかに警戒している口調だ。これは日常的に警戒を余儀なくされている者の声だ。

「警視庁の者です」

「警察ですか」

相手の声に警戒の色がさらに濃くなった。

「宇根元隆典さんのことでいくつか伺いたいことがありまして」

少々間があいた。

「少しお待ちください」

それからしばらくして玄関の扉が開いた。中から中年女性が顔を出す。目鼻立ちは整っているが化粧気がなく、髪や肌には潤いがなくて、この家に漂う空気のように陰気そうな印象である。

浜田を先頭に代官山もマヤも警察手帳を提示した。女性は代官山の肩にかかっているボストンバッグをちらりと見た。中にはそれなりに重いものが入っているので肩にズシリときている。

「蓬田久美子さんですね」

「はい……」

女性は胡乱（うろん）な目つきで浜田の額を見た。今日も血の滲んだ包帯を巻いている。二日前にマヤのデコピンを食らって五針ほど縫ったばかりだ。かかりつけのドクターに「百針で十針サービスします」と笑えないジョークを言われたそうだ。ドクターも浜田のおかげで縫合の技術が上がったに違いない。

「娘さんの麻紀さんはご在宅ですか」

「今は仕事で出てますが、もう少ししたら帰ってくると思います」

「中で待たせてもらってもよろしいですかね」

「え……これから夕食なんですけど」

久美子は戸惑った様子で答えた。

「あ、それならちょうどよかった。ハンバーグを持ってきたんですよ。一緒に食べましょうよ」

浜田が無邪気な笑みを振りまいて言った。

「はい？」

久美子が素っ頓狂な声を返した。無理もないだろう。夕食を持参してくる刑事なんてまるでコントだ。なのに浜田だとまるで違和感がない。我ながら突拍子もない展開に笑ってしまいそうになる。

「代官山さん」

浜田に指示されて代官山は肩にかけたバッグからハンバーグの入った保温容器を取り出した。

「これ、僕が作ったんですよ。材料は老舗デパートで調達した高級飛騨（ひだ）牛です。自分で言うのもなんですけど、デミグラスソースが絶品なんです。ぜひ味わっていただきたいなあ」

浜田は容器を受け取ると蓋を開けて中身を久美子に見せた。ソースの芳（かぐわ）しい香りが玄関に広がった。

先ほど、実際に浜田手作りの特製ハンバーグを試食してみたが、その味はプロ顔負けだ。こんなに美味（うま）いハンバーグは味わったことがない。特に自慢のデミグラスソースは皿を舐め回してしまいたくなるほどだ。実はこれから食べられるかもしれないことを楽しみにしている。東大卒だけが取り柄の男だと思っていたが、料理が得意だったとは初めて知った。いっそのこと料理人の道に進めばいいと思う。この腕前なら世界中の名シェフたちとも渡り合っていけるだろう。そもそも刑事には世界一向いていないのだ。完全に職業選択を誤っている。

マヤは腕を組みながらじっと久美子を見つめている。

「あら、美味しそうですね。お肉も柔らかそう」

中学生にしか見えない浜田に乗せられて警戒心が薄れたのか、彼女は料理に関心を示した。

「口の中でとろけますよ。ちょっと舐めてみてください」

浜田はソースをスプーンで一匙すくうと彼女に差し出した。最初は逡巡した様子だったが、浜田の天使の笑顔につられるように、受け取って舌先で舐めた。

「美味しい！」

彼女は口元を手で覆いながら目を真ん丸くした。浜田も彼女の反応に満足そうだ。

「母さん、お客さん？　なんだかいい匂いがするんだけど」

奥の部屋から男性が姿を現した。

「聡、こちらは警視庁の方たちよ」

「警視庁？　伏見署じゃなくて」

首を傾げる相手に浜田たちは警察手帳を掲げて自己紹介した。

「宇根元隆典のことで話を聞きたいんですって」

「また？　彼のことについては何度も話を聞かれましたよ。俺たちは隆典の父親に家族を殺された被害者です。ただでさえ辛い思いをしているというのに、まだこれ以上苦しめるつもりですか」

蓬田聡の表情が険悪になった。

過去が過去だけに隆典殺しでは警察から大いに疑われただろう。ただ現状では家族三人とも確実なアリバイが確認されている。シロであれば彼の怒りはもっともだ。

「いえいえ、そういうつもりはありません。ただ、いくつか確認したいことがあるんです」

「どうして麻紀なんですか」

「姉貴？」

久美子の問いかけに聡が反応した。

「十年前の事件について麻紀さんにお聞きしたいことがありまして」

「なんだよ、それ」

「宝くじに関することです」

「宝くじ？」

聡も久美子も意外だったようで目を丸くしている。

「隆典のことを調べていたら、少し気になることが出てきまして。麻紀さんならなにか知っているのではないかと思い、こうして話を伺いに来たわけです」

「内容は？」

「それは直接本人に伺いたいと思っております。なので帰宅するまで少しここで待たせてもらえませんか。ご協力いただけるとありがたいのですが」

浜田はニコニコと可愛らしい笑顔を振りまきながら願い出る。相手の調子を狂わせて警戒を解くにはうってつけの人物だ。久美子と聡は顔を見合わせて目の動きで相談している。

「別に俺たち、やましいことないんで。姉貴はもうすぐ帰ってくると思いますよ」

そう言って聡は刑事たちを客間に招き入れた。

「お邪魔します」

三人は久美子が用意した座布団に腰を下ろした。部屋の片隅には蓬田栄一郎の簡素な仏壇がある。とりあえず三人は線香を上げながら遺影に向かって手を合わせた。ヴェルサンの件の写真に写っていた男性と同一人物だ。

「ここ、引っ掻いたような痕がありますね」

マヤが畳の一部を指さした。比較的新しい畳だがその部分だけ傷になっていた。

「あ、ああ、テーブルを引きずったときのものでしょうね」

「でしょうね。手でこんなに引っ掻いたら爪が剝がれてしまうわ」

久美子が答えるとマヤは指先で引っ掻き痕を撫でた。

「ただいま」

玄関から若い女性の声が聞こえる。

「麻紀が帰ってきたようです」

久美子が玄関の方を見た。

やがて足音がこちらに近づいてくる。襖が開くとベージュのロングコートに身を包んだ美しい女性が立っていた。母親似の顔立ちだ。

「あら、お客様？」

麻紀は代官山たちに向かって笑みを作った。

「ええ、こちら警視庁の方たちよ。あなたに話を聞きたいんですって」

久美子が簡単にいきさつを説明する。

「私に？」

麻紀はそのまま座布団の上に腰を下ろした。

「せっかくだからハンバーグを食べましょう。本当に自信作ですから！」

浜田に指示されて料理の入った容器を畳の上に置く。

「ハ、ハンバーグ？」

事情を知らない麻紀がポカンとしている。

「食器と卓袱台を用意しますね」

久美子が立ち上がって部屋を出ていく。聡はそんなやりとりを不思議そうに眺めていた。完全に浜田のペースに乗せられている。代官山と浜田は手分けをして人数分の皿にハンバーグを盛りつけていった。

「少し冷めてますけど、美味しいですよ」

蓬田一家と三人の刑事たちは料理が載った卓袱台を囲んだ。

「それではいただきます」

浜田が手を合わせると他の者たちもそれに倣った。それぞれが一口サイズに切ったハンバーグを口に運んでいく。

「美味しい！」

麻紀がビックリしたような声を上げた。

「ねえ。こんな美味しいハンバーグは食べたことがないわ」

久美子も同意している。聡はうなずきながら黙々と口を動かしている。彼女たちの評価に異論はないようだ。

本当に美味い料理は食べている者たちから言葉を奪う。全員、食べることに夢中で終わるまで誰も言葉を発しなかった。全員、残すことなく料理を平らげた。

「とっても美味しかったです。また食べたいわ」

本当に満足したようで久美子は浜田に向かって微笑んだ。

「いつでもご馳走しますよ。こんなに喜んでくれるなんて僕としても嬉しいです」

浜田は大いに満足げだ。本当に刑事なんか辞めてシェフになればいいと思う。それが本人、なにより社会のためだ。代官山もボディガードの役回りから解放される。

「ところで私に聞きたいことってなんですか」

麻紀がティッシュペーパーで口元を拭いながら言った。

「宇根元隆典が殺害されたことはご存じですよね」

ここからは浜田から引き継いで代官山が話す。

「ええ。そのことについては警察に何度も話を聞かれました。いくら憎んでいても彼を殺すなんてしませんよ。どうせ殺すなら張本人にします」

麻紀はきっぱりと答えた。

「そりゃそうですよね。我々も皆さんが隆典を殺害したなんて思っておりませんよ」

「そうなんですか」

それを聞いた蓬田家の三人は安堵したような表情を浮かべている。実際、伏見署の刑事たちもそう言っていた。

「隆典の事件の関連で十年前の事件についても調べてまして、その中で宝くじの噂の出所について新しい情報が入ってきました」

「宝くじが当せんしたっていう噂ですか」

麻紀の表情が一瞬強ばったように見えた。

「そうです。当時、捜査本部は噂の出所までには注目してなかったのでスルーされたのですが、今ごろになって蓬田家が発生源だという証言が出てきたんですよ」

「ちょ、ちょっと待ってください。うちがそんなデマを流すわけがないじゃないですか。そもそも親父は宝くじなんて買ってなかったんですよ。宇根元要が持ち出した宝くじは母と姉貴が購入したものです。宇根元はデマを信じ込んでうちに押し入ったんです。うちから流れたなんてあり得ない」

聡が身を乗り出して強い口調で否定した。

「蓬田麻紀さん。あなたが噂を流していたという情報があります」

「知りませんよ」

麻紀も否定した。しかし宝くじの話が出てからどこか張り詰めたような表情をしている。他の二人は寝耳に水という顔をしている。

「麻紀ちゃん、どういうことなの」

久美子が小声で娘を問い質す。

「だから知らないって言っているでしょ！　そんな話、どこから出ているんですか」

「そういう証言が出ているのは確かです。だから今日はこうやって確かめに伺ったんです」

「何度も言うけど、私は知らないわ。聡が言うとおり、宇根元が持ち出した宝くじ券は私とママが買ったものよ。パパは宝くじなんて買ってないもの。それ以前に、当せんしてないじゃない。どうして私がそんなわけの分からない噂を流す必要があるのよ」

麻紀はなおも否定するが、わずかながらも声が震えている。

「ちょっと部屋が暗くないですか」

隣でやりとりを眺めていたマヤが突然、天井を指さした。代官山も気になっていたが、たしかに薄暗い。そして陰鬱としている。仏壇と遺影があるだけに、この部屋に一人だったら少々不気味に感じただろう。心なしか座布団が冷たく感じる。

「ごめんなさいね。蛍光管がひとつ切れているんですよ。いろいろとバタバタしちゃって買ってくるのを忘れてました」

天井から下がっている和風のデザインを施されたペンダントライトを見上げると、二つある円形の蛍光管のうちひとつが点灯していなかった。点灯している方もかなり消耗しているようで照度が低い。それでも畳は新しいようで光をぼんやりと反射させていた。

「あれをつければ少しは明るくなるんじゃないですか」

マヤは部屋の片隅に置いてある行灯の形をした室内灯を指さした。

「あれは使ってないんですよね」

久美子が引きつった笑みをマヤに向けた。行灯の電源コードが外されたままになっている。

「そうですか。あそこが妙に暗いので気になってました」

マヤの言うとおり、電灯の明かりが充分に行き届いていないせいかその部分だけ暗がりになっている。

「コンセントはどこですか」

「そこです」

久美子は行灯と向かい側の壁を指さした。柱にコンセントがある。

「行灯から離れているんですね。延長コードがないと届かないわ。どこにありますか?」

「い、いいえ、たぶんないと思います」

彼女はフルフルと顔を振った。聡も麻紀も緊張したような面持ちだ。

「ではこの行灯はどうやって点灯させていたんですか」

マヤは行灯を指さした。

「実は先日、断線しちゃったんで、廃棄しました。新しいのを買ってくるつもりが忘れてました」

久美子に代わって聡が答えた。久美子も麻紀も追随するように相づちを打っている。

「そうですか。ちょうどよかった。たまたまですけど持ってますから差し上げます」

マヤは代官山を顎で指した。代官山はバッグから延長コードを取り出してマヤに渡した。それを見た蓬田家の三人はさらに張り詰めた顔になった。

マヤを見るも彼女は表情を変えない。

「刑事さんはいつもそんなものを持ち歩いているんですか」

麻紀が妙に明るい声で聞いてきた。

「まさか。今日は本当にたまたまです」

マヤは立ち上がると壁のコンセントに延長コードのプラグを差し込んだ。そして今度は行灯のプラグを延長コードのコンセントにセットする。スイッチを入れると行灯の明かりが灯った。温かみのあるオレンジ色の柔らかい光をしみじみと放っている。

「やっぱり明るい方がいいですよ」

「そ、そうですね。ありがとうございます」

久美子が礼を言った。彼女の瞳は落ち着きなく泳いでいる。聡は延長コードを見つめていた。

「ところであのハンバーグは美味しかったですよ。なにかコツがあるんですか」

聡が急に話題を変えた。

「食材選びも重要ですけど、調理道具もこだわりますよ」

浜田が得意顔で答えた。たしかにあのハンバーグは自慢してもいいレベルだ。

「ほぉ、どんなこだわりがあるんですか」

聡が身を乗り出した。彼も料理に関心があるようだ。

マヤと目が合う。彼女は小さくうなずいた。

――この話の流れ。

代官山たちで誘導するつもりが自然にそのような流れになった。

「なんといってもフライパンです。これが悪いとどんなに腕がよくてもダメです」

「オススメを教えてくださいよ」

「今日はたまたま持ってきているんですよ」

「へっ？」

聡が間の抜けた声を出した。久美子たちもきょとんとしている。

「代官山さん」

「はい」

浜田の指示に従って代官山はバッグを開いた。そして中から黄色のフライパンを引っぱり出した。

今日の荷物が重いのはこれのせいだ。手に持つとズシリとする。

「そ、それで焼いたんですか」

久美子がおそるおそるといった様子で指さした。

「ええ。クルーゾー社のフライパンです。これで焼かれる肉は幸せですよ」

浜田は彼女の方にフライパンの底面を向けながら無邪気な笑い声を立てた。

突然、久美子と麻紀が立ち上がると、そのまま部屋を飛び出していった。

聡は目に涙を溜めながら喉元を押さえている。突然こみ上げてきたものを呑み込もうとしたようだが失敗した。彼はその場で嘔吐した。同時に部屋の外からも女性たちのえずく声が聞こえた。

「あら、ハンバーグの肉が腐っていたのかしら」

その様子を眺めていたマヤが「ヒャッヒャッヒャ」と不気味な笑い声を上げながら手を叩いて喜んだ。

聡は苦しそうに呻きながら何度も吐き出した。そのうち吐くものがなくなったようで胃液の酸っぱい臭いのする唾液が糸を引くようになった。

「ちなみにハンバーグはなんの肉だと思う？」

「き、聞きたくない！」

聡が上げた手を左右に激しく振った。

「人肉は臭みを取るのが難しいのよ。それに食べすぎは禁物だわ。頭がおかしくなっちゃうみたいよ」

マヤはこめかみ付近でクルクルパーと指を回した。

その話を聞いた聡はさらにえずき声を上げた。

「もう黒井さん、悪ふざけはそのくらいにしましょうよ」

代官山は悪のりするマヤを諌めた。

「な、なんの肉なんだ」

聡が苦しそうに問い質す。

「浜田の言うとおり、高級飛騨牛です。それも新鮮なものですよ。そもそも俺たちも一緒に同じものを食べたんだから、人肉だなんて考えられませんよ」

代官山に浜田も「そうですよね」と同意した。その口調は実に白々しいが、厳しい目つきで聡を見下ろしている。

それからしばらくして久美子と麻紀が戻ってきた。彼女たちもトイレで嘔吐したようで、顔が血の気が引いたように真っ白だ。部屋に入るやいなや二人とも崩れるようにしてうずくまった。

「蓬田さん。三人揃ってどうしちゃったんですか」

代官山はうずくまったままの三人に声をかけた。彼らは肩で息をしていた。

「お、俺たちは宇根元隆典を殺してない……」

聡は蒼白な顔を上げて声を震わせた。

「あら、誰かそんなこと言ったかしら」

マヤが歌うように言う。

「だってあんたらは隆典の捜査をしているんじゃないのか」

「私たち三係は宇根元隆典の事件の担当じゃないの。隆典が誰に殺されようと知ったこっちゃないわ」

「な、なにを言ってるんだ」

聡は真っ赤に充血した目でマヤを見上げた。他の二人も辛そうにしながらも顔を上げている。

「黒井さん、知ったこっちゃないはないでしょう」

代官山は彼女の腕を肘で突いて釘を刺す。こういう発言はのちのち面倒なことになる可能性がある。このことは以前から渋谷に注意されていた。

「私たちが追っているのは絹川康成殺しの犯人よ」

絹川の名前を出した瞬間、聡は弾かれたように顔を逸らした。久美子たちは逃げるようにしてマヤから離れた。

代官山は浜田と顔を見合わせた。彼は小さくうなずいている。

「き、絹川なんて知らない」

聡が声を引きつらせた。

「そんなはずはないでしょう」

マヤはフワリと口角を上げた。

聡は顔を上げて口を拭う。酸っぱい臭いがあたりに漂っている。彼は「この女、本当に刑事なのか」と半ば軽蔑するような顔で見上げていた。

そう思うのは無理もないだろう。マヤは彼らが苦しんでいる姿を心底楽しんでいたのだ。代官山はそろそろ慣れてきたが、あの笑いはまともと思えないだろう。

「絹川は十年前、田之上という姓を名乗っていたわ。あなたの父親、蓬田栄一郎の部下よ」

「あ、ああ……田之上さんなら覚えてる。そ、葬式にも参列していただいたから」

たどたどしく答える聡を久美子も麻紀も心配そうに見つめている。

「先月、絹川康成は殺害されて倉田町の雑居ビルに遺棄されたわ」

「そ、そうだったんですか……知りませんでした」

聡は息苦しそうにシャツの胸ボタンをひとつ外した。額を拭う手のひらがベッタリと濡れている。

「凶器のひとつはエレキコム社の延長コード」

黒井は持参してきた延長コードを指さした。今は行灯に使われている。そのコードを久美子たちは複雑そうな目で見つめている。

「そしてもうひとつはこのフライパンよ。ここで頭部を殴りつけたのね」

そう言って先ほどのフライパンを持ち上げて底面の一部を示した。そこだけわずかに凹んでいる。

「そ、それで肉を焼いたの？」

久美子が声を震わせながら口元を覆った。

「いいえ、料理に使ったのは同じクルーゾー社の他のフライパンです。さすがに凶器を使うわけにはいきませんからね」

浜田が否定すると彼らは安堵したように肩を落とした。

「騙したのね」

久美子と麻紀が顔を歪めて声を尖らせた。

「誰がなにを騙したというんですか」

「いくらなんでも凶器と同じフライパンを使うなんて悪趣味だ。なにをしたいんですか」

聡が非難するもマヤは楽しそうにしている。

「蓬田聡さん。あなたヴェルサンに何度か立ち寄ってましたよね」

マヤが店の名刺を差し出した。「店主にあなたの写真を見せたら顔を覚えてたわ」

確認を取ったのは昨日の夕方だ。店主の桑野は何度か来店したと証言した。

「え、ええ……。隆典が足繁く通っているようなので気になっていたんですよ」

「そこで店主や客たちに隆典のことを聞いたそうね」

聡は首肯した。

「被害者家族としてはやはり隆典の言動は気になりますから。それがなにか？」

「あなたはその店で絹川と会っているはずよ」

聡が喉仏を上下させたのを代官山は見逃さなかった。

「絹川がこちらに顔を出さなかったかしら」

マヤは絹川の顔写真を差し出すが、聡は問いかけに答えなかった。久美子も麻紀も顔を硬直させてじっと見守っている。

「宇根元隆典は新情報を得ていた。蓬田栄一郎さんが絹川の横領を見落としていたということよ」

久美子と麻紀が顔を見合わせている。

「畔道俊郎さんという栄一郎さんの元同僚が今さらながらに証言したわ。それを隆典に伝えたとも」

それは十月十日のことだ。畔道はメモ帳に日付を記録していた。

「聡さんも知っているでしょう」

「な、なんで俺が知っているんですか」

聡の声には動揺が窺えた。

「どうして隠そうとするのかしら」

マヤが聡の瞳の奥を探るようにじっと見つめている。

「別にそんなつもりでは……」

聡は視線を逸らした。

「畔道さんが隆典と会ったというファミリーレストランの店員にあなたの写真を見せて確認したわ。店員はあなたのことをよく覚えていた。今日みたいにトイレで激しく嘔吐したようね。あの日は救急車を呼ぼうかと思ったそうよ。ついでに言えば店内の防犯カメラの映像が残っていたので確認したわ。あの位置なら二人の会話が聞こえるだろうし、明らかにあなたは盗み聞きしていたわね」

気持ちを落ち着かせようとしているのか、聡は深呼吸を始めた。

そして畔道は栄一郎の財布を拾ったことを話した。その中から出てきた一枚の写真。そこには……。

それを聞いたとき、代官山は気分が悪くなった。この家族に起こったことはたしかに悲劇だが、彼らには救いようのない闇があったのだ。

聡が栄一郎の遺影を見ている。その瞳には憎悪と嫌悪の色が窺えた。

彼は畔道から話を聞いているから、父親のおぞましい過去を知っている。

母親、久美子は知っているのだろうか。

「まあ、無理もないわね。受け入れるにはあまりに酷な真実だもの。それは心が歪むでしょうねえ」

マヤが愉快そうに、麻紀を見つめながら言った。

――うわぁ、容赦ないなあ。

しかし代官山は止めなかった。今はおそらく真相に近づいている。彼らの反応を見ればそれが伝わってくる。

「その話は聞きたくない！　止めてくれ」

聡は耳に手を当てて嫌々をした。

しかし久美子は瞬きをくり返しながら困惑した様子だ。どうやら聡から聞かされていないのだろう。

そして麻紀は唇をぐっと噛みしめながら鬼のような形相で聡を睨んでいた。おそらく聡が畔道から話を聞いたことを知らされていないのだろう。無理もないと思う。十年前の出来事とはいえ、こんな話を本人にできるはずがない。代官山はそんな彼らに同情を覚えた。

「な、なんの話をしているの」

「母さん、なんでもないんだ。本当になんでもない」

聡は声に力を込めた。麻紀は畳に押しつけた拳をワナワナと震わせながら苦痛に耐えているようだった。久美子が心配そうに彼女の背中に手を当てた。しかし彼女はそれを振り払った。

「ところで絹川の横領の話なんだけど」

「どうぞ」

マヤが話題を変えると、話を蒸し返されたくないのか、聡はすぐに先を促した。

「あなたの父親は本当に気づかなかったのかしら」

「どういう意味ですか」

「栄一郎さんは優秀な社員だったと皆が口を揃えているわ。いくら巧妙な手口でも見逃さずに、本当は部下の横領に気づいていたんじゃないかと言ってるの」

「そんなの僕が知るわけないでしょう。父親に聞いてくださいよ」

聡は栄一郎の遺影を顎で指した。彼は爽やかな笑みを浮かべてこちらに向いていた。

突然、マヤが人差し指で床を何度か指した。

「もう一度、聞くわ。絹川は最近、ここに立ち寄ってないかしら」

「いいえ」

聡はきっぱりとした口調で否定した。久美子も麻紀も同意するようにうなずいている。

「蓬田栄一郎を殺害したのは……絹川康成よ」

マヤは人差し指を今度は栄一郎の遺影に向けた。

一瞬、蓬田家の三人は凍りついたように動きを止めた。

「な、なにを言ってるんだ」

やがて聡が絞り出すような声で言った。

「宇根元隆典がたどり着いた結論がそれよ」

「そんな話、聞いたことがない！」

彼は顔を紅潮させて怒鳴った。

「それは確信がなかったからよ。だから彼は絹川に罠を仕掛けた」

「罠ってなんなんだよ」

聡は口調に苛立ちを滲ませた。

「あなたは絹川が発作を起こした日にヴェルサンに立ち寄ったそうね」

「あ、ああ。あの発作を起こした男が絹川だったのか。畔道さんと隆典の会話では『田之上』という名字だったから気づかなかった。あの人が父の部下だったとはね」

当日、発作を起こした男が父親の部下だと気づかなかったのは本当だろう。名字も違うし、見た目の雰囲気も十年前とは随分変わっていたと勝俣も言っていた。

「彼がどうして発作を起こしたのか。代官様」

代官山はフライパンの入っていたバッグからタブレットを取り出した。そして画面に画像を表示させる。聡たちが近づいてきて覗き込んだ。

「ヴェルサンですね。壁の写真ですぐに分かります」

聡の言うとおり、画像はヴェルサンの店内の様子を写したものだった。絹川を含めた客たちの背後には多くの写真が貼りつけてあった。

「あなたは気づかなかったのかしら」

「なになにですか？」

彼は目を白黒させた。

「絹川が発作を起こしたのはこれを見たからよ」

マヤは壁に貼りつけられた写真の一枚を画面いっぱいに拡大させた。

「ああっ！」

聡と久美子、そして麻紀の声が重なった。

そこには栄一郎の姿があった。ヴェルサンの壁をバックに一人で写っている件の写真だ。聡も初めて見たようで驚愕の表情を浮かべている。

「父はあの店の客だったってことですか」

久美子も心当たりがないようで小首を傾けている。場所もここから随分離れている。

「この店は先月に開店五周年を迎えたそうよ」

「そんなバカなことあり得ない。だってこの背景は間違いなくヴェルサンですよ。十年前に殺された父がここにいられるわけがない」

「科捜研で分析してもらった結果、これは合成画像の可能性が限りなく高いそうよ」

現物の写真が入手できたわけではないので確証ではないが、それでも間違いないだろうと分析を担当した捜査員が言っていた。

「合成……」

聡はなにかを悟ったように言葉を切った。

「あら？　心当たりがあるのね」

彼はとっさに顔を背けた。

18

マヤは聡の心の内を見通すような目で見つめている。

「この合成写真を作ったのは、宇根元隆典よ」

隆典の職場に聞き込みをしたところ、彼がパソコンを使った画像処理の扱いに詳しい同僚に合成写真の作り方を聞いていたという証言を得た。しかし隆典の自宅からは何者かによってパソコン本体、ＵＳＢメモリなどの記憶媒体が持ち出された痕跡があった。

「畔道さんから業務上横領の話を聞いたとき、隆典は栄一郎さんがそれをネタに絹川を強請っていたと考えたのね。しかし確証はない。そこで隆典は絹川の行きつけの店であるヴェルサンの壁に栄一郎さんの写真を貼りつけたのよ。それを目にした彼はパニック発作を起こした。それで隆典は確信したのね。栄一郎さん殺しの真犯人は絹川だと」

絹川の恋人である津久田夏菜の話によれば、彼は夜な夜な悪夢にうなされていたという。そして怨霊だと言っていた。

「隆典はそのことを問い詰めた。それで絹川に殺害されたと？」

「それはあり得ないわね。だって隆典は絹川よりもあとに殺されてるんだもの。それにしてもつまんない殺され方よ。センスの欠片もないわ」

「はあ？」

聡たちがきょとんとしている。

「黒井さん、その話はいらないでしょう」

代官山はそっと注意する。マヤは咳払いをした。

「絹川は殺害されたあと何者かによって倉田町にある雑居ビルに運ばれて遺棄された。今のところ殿村というホームレスが遺棄したと捜査本部は考えているようだけど、私は違うと思うのよ」

殿村という名前に聡たちの顔色がわずかに変化したように思えた。その殿村は日野市郊外にある廃墟となったパチンコホールで首吊り死体となって見つかった。殿村は段ボールハウスを再三にわたって放火されたことを恨んで絹川を殺害、そして良心の呵責に耐えかねた本人も首吊り自殺を図ったというのが捜査本部の見立てである。今はそれで決着しようとしている。

しかしマヤは違った。

代官山たちは彼女のあとについていくつか聞き込みに回った。彼女は相変わらず自らの推理を開陳しようとしないが、それらの聞き込み内容から蓬田家を疑っているのは間違いないようだ。浜田に件のハンバーグを作るよう指示したのもマヤである。絹川殺害の凶器に使われたフライパンを持参してきたのもそうだ。

しかし分からないことがいくつかある。

絹川はともかく、殿村や隆典は誰が殺したというのか。そもそも絹川の遺棄はプロの手口だと言っていたではないか。蓬田家がそうだとはとても思えない。

「私はこう考えている……絹川はこの家であなたたちに殺された！」

マヤは聡たちに人差し指を突きつけた。まるでミステリドラマに出てくる名探偵だ。何度も練習したのだろうか、妙に決まっているではないか。浜田も「姫様かっけー」とつぶやいている。

「なにを証拠にそんなこと言うんですか」

久美子が頬を震わせながら身を乗り出した。

「まずはフライパンを見せたときのあなた方の反応ね」

「そんなの証拠になんてなり得ないわ」

久美子は強気な口調で返した。他の二人もマヤを睨みつけている。

「姫様、どうしたんですか？」

浜田がマヤに声をかけた。彼女は自分のポケットを探っているが見つからないようだ。

「今、気づいたんだけど家の鍵がないのよ」

「どっかに落としたんじゃないですかね」

「それは困ったわ～」

二人のやりとりは明らかに芝居がかっていて、代官山は苦笑するしかなかった。久美子や聡はぽかんとしている。

「最後に触ったのはどこですか」

「この家の玄関に入るとき、何気なくポケットに手を突っ込んだときはあったわ」

「だったら家の中ですね」

「こんなときは……ジャジャーン！」

マヤは自分のスマートフォンを掲げた。

「な、なんなんですか、いったい」

二人の脱力的なやりとりを見つめていた久美子が呆れたように言った。

「世の中便利なものがあるものよ。見ててください」

彼女はスマートフォンを操作する。

ピピピピピ……。

部屋の外から電子音が聞こえてきた。聡が立ち上がって部屋を出ていく。

しばらくして聡が戻ってきた。手にはキーホルダーのついた鍵束を持っている。

「玄関に落ちてましたよ」

「よかった、外じゃなくて」

マヤは鍵を受け取りながら礼を言った。

「音が鳴る仕掛けなんですか」

久美子が関心を向けた。

「ええ。この黒いものが紛失防止タグよ。『紛失ちゃん』っていうの」

マヤはキーホルダーになっている黒色の正方形を指でつまんだ。切手より二回りほど大きいサイズのプラスティック製だ。味も素っ気もない無骨なデザインに「紛失ちゃん」という商品名はまるでなじんでいない気がする。

「紛失防止タグ？」

久美子が首を傾げる。

「紛失防止タグというのは鍵や財布、携帯電話などを紛失から守るためのガジェットよ。グーグロ社の製品がシェアナンバーワンね。一個だいたい五千円前後ね。これはとても便利なの。たとえばこの鍵をここに落としたとするでしょう」

彼女はタグのついた鍵を畳の上に落とした。そしてそのまま部屋の外に出ていこうとする。

するとマヤのスマートフォンが鳴った。

「落とし物から離れるとこうやって教えてくれるの」

戻ってきた彼女は鍵を拾ってポケットから自身のスマートフォンを取り出して音を止めた。

「でもさっきは鳴らなかったでしょう」

聡がもっともなことを指摘する。

「マナーモードにしていたから気づかなかったの。その場合、鍵の在処（ありか）を知りたいときは今のようにスマートフォンから呼び出すことができるわ」

「タグが音を鳴らしながら青色に光ってましたよ」

聡がタグを指さした。

「音と光で教えてくれるのよ。だからすぐに見つけることができる。タグと専用アプリの入ったスマートフォンがブルートゥース接続することで位置を特定するという仕組みよ。高価なものになるとＧＰＳ機能が搭載されているタイプもあるらしいわ」

マヤがアプリ画面を見せながら説明する。今はスマートフォンと連動する家電が多数開発されているという。

「そんなことより絹川のことはどうなったのよ」

久美子が尖った口調で噛みついてきた。

「この紛失防止タグのことは絹川をきっかけに知ったのよ。代官様、アレを出して」

代官山はバッグからマヤに指示されたものを出した。

「これは現場から見つかった絹川が所持していたスマートフォンよ。遺体発見当時は電源がオフになっていたわ」

マヤは代官山からスマートフォンを受け取ると久美子たちに掲げて見せた。電源は今はオンになっているのでロック画面が表示されている。絹川はスマートフォンにロックをかけていなかったので認証せずに起動させることができた。そして自分自身のスマートフォンをポケットの中に戻した。

「それがなんなのよ」

久美子が心配そうに言った。聡も麻紀も不安げに見つめている。

「絹川は自宅の鍵をなくす常習犯だったわ。そのたびに鍵屋を呼んで解錠してもらっていたの。毎回一万円ほどかかるから庶民には非常に痛い出費ね」

それは津久田の証言だ。

「庶民ならそうでしょうね」

久美子の口調には嫌味が込められていた。鍵をよく落とす浜田も苦笑している。

「そこで彼は対策を講じていたの。それが『紛失ちゃん』よ」

久美子が喉を鳴らした。

「このアイコンは『紛失ちゃん』専用のアプリよ。もちろん私のスマートフォンにもインストールされている」

マヤは再び、絹川のスマートフォンの画面を久美子たちに向ける。ホーム画面に並んでいるアイコンの中に鍵を象ったデザインがあった。その直下に「紛失ちゃん」と表示されている。

「だ、だから、それがなんだというのよ」

久美子の声が震えている。聡と麻紀も張り詰めた表情だ。

マヤはなにも答えず、絹川のスマートフォンを操作した。

ピピピピピピ……。

部屋のどこからか先ほどと同じ電子音がする。

――マジかよ……。

代官山は浜田と顔を見合わせた。浜田もつぶらな瞳を丸くさせている。

「どこなのよ?」

久美子が周囲を見回した。マヤのスマートフォンもタグ本体も鳴っていない。

「そこじゃないですか」

浜田が行灯近くの棚を指さした。脚付きの棚の底面と畳の隙間から青く点滅している光が漏れている。一同の視線が集まる。

彼は隙間を覗き込むと手を差し込んだ。

「ありました！」

浜田は隙間から青く点滅するものを引っぱり出した。部屋に乾いた電子音が広がる。

蓬田家の三人は呆然とした表情でタグを見つめている。

マヤだけは涼しい顔をしていた。

「これは絹川のアパートの鍵です。どうしてこれがここに落ちているんですか」

代官山は三人に尋ねた。彼らは顔を背けたまま答えようとしない。絹川のスマートフォンにインストールされたアプリから呼び出したのだから、このタグ、そして鍵は間違いなく絹川のものだ。

「あなたたち三人はここで絹川を殺害した。そのときのはずみで鍵が棚の下に入り込んでしまった、もしくは絹川自身が意図的に手がかりを残したのかもしれない。絹川は手の爪が二枚剥がれていたわ。もがいているうちにここを引っ掻いて剥がれたのでしょう。その爪は見当たらないから掃除をする際に処分したのね。なのに棚の下の鍵は見逃していた」

久美子たちは脱力したように足を崩して両手を畳についていた。

本部の捜査員たちは誰もこのアプリのことを気にかけなかった。消えた自宅アパートの鍵の行方については殿村が発見されたことにより、優先順位が大いに下がったというのもあるが、本部の連中は殿村の犯行で決着をつけようとしていた。死人に口なしだ。

「栄一郎さん殺害の真犯人は絹川康成。あなたたち被害者家族にとって今さら冤罪なんて受け入れられない。そこで犯行を告白しにここにやって来た彼を殺害した。おそらく衝動的だったんでしょう」

マヤが静かに語る。その声にはいかなる感情も窺えない。淡々としている。蓬田家の三人は呆然としたまま黙っていた。

「でも栄一郎さんに殺意を抱いていたのは絹川だけではなかった」

マヤが告げると三人は顔を上げた。

「他に誰がいるのよ？」

久美子が苦しそうに尋ねる。

「黒井巡査部長、そこまでだ」

そのとき、男性が部屋の中に入ってきた。彼は玄関から忍び足で家に上がり込んだのだろうか。音が聞こえなかったので誰も気づかなかったようだ。代官山も分からなかった。

「福岡さん……」

麻紀が泣きそうな声で呼んだ。肉づきのいい体格。福岡雅之だった。彼は伏見署の捜査本部で管理官を務めていた、都渡の実弟である。

福岡は忌々（いまいま）しそうにマヤを睨んだ。

そこでピンときた。

福岡を呼んだのは麻紀だ。彼女はこの部屋を出た際に電話をしたのだ。

「あら、福岡管理官じゃありませんか。どうしてこちらに？」

彼の登場を予想していたようにマヤが白々しい口調で声をかける。

福岡の登場によって一気に張り詰めた空気に代官山は唾を呑み込んだ。浜田も緊張した様子で背筋を伸ばしている。

「蓬田家とは十年来のつき合いだ」

「でしょうね。十年前の活躍で今のあなたがある」

福岡は唇を噛んだ。

「今さら、真相を覆そうというのか。そんなことをしたところで誰が幸せになる？」

「少なくともあなたにとっては不都合でしょうね」

マヤが底意地悪そうに口元を歪めた。

「どういうことだ」

福岡はフンと鼻を鳴らした。しかし額にわずかに脂汗が浮いていた。

「宇根元隆典殺しの犯人の目処はつきましたか」

「三係の君には関係ない話だ」

「大いに関係があると思いますよ。なぜなら隆典は十年前の事件の真相にたどり着いていたはずだからです」

福岡の表情がさらに険しくなった。

「今さら真犯人が絹川では困る誰かが口封じをしたんですね。それは蓬田家ではない。彼らにはアリバイがある。他に動機があるのは誰かと考えると……あなたしかいないんですよ、福岡管理官」

マヤは今までにないほどに冷たく言い放った。表情からは不敵な笑みも消えている。福岡に向ける目は凍りついたように冷え冷えとしていた。代官山は背中にゾクリとしたものを覚えた。

「自分の言っていることが分かっているのか」

福岡は感情を押し殺したような低い声で言った。しかしマヤは表情を変えない。

「絹川遺棄現場における物証や証言。それらはあからさまに殿村に結びついている。そして本人は自殺。いくらなんでもできすぎだと思いましたよ。私は現場を見たときプロの犯行だと直感しました」

たしかに彼女は臨場した当時、「ここに死体を運んできたのはプロ」だと言っていた。

「十月三十日の夕方、この部屋ではこんなやりとりがあったんじゃない？」

それからマヤは絹川殺害当日に蓬田家で起こったであろう出来事を自身の推理で語り始めた。

19

絹川は両手を床についていた。脂汗で濡れた顔面は蒼白で目が血走っている。呼吸が乱れているようで肩を上下に動かしていた。

「じ、実は……」

絹川は声を震わせた。

「な、なんなんですか、いったい」

彼は告白することがあってここに来たと言った。

「私は今までにさまざまな悪事を働いてきました」

「そ、そうなんですか」

久美子も戸惑った顔でうなずく。

「私のいきつけにヴェルサンという店があるのですが、そこには殿村さんという常連客がいました」

ヴェルサンは知っているが、殿村という客を聡は知らない。

「殿村さんは会社が倒産してホームレス生活を余儀なくされました。私はそれ以前に、あるトラブルのことで彼のことを憎んでいた。それで私は彼の段ボールハウスに放火しました。もちろん腹いせです。彼が住処を変えても見つけ出してまた放火しました」

「は、はあ……」

久美子は目を白黒させている。そもそも絹川はなにを言いたいのか。話がまるで見えない。

「今の話は本題ではありません。本当に告白したいことは別にあります」

彼は大きく深呼吸をした。殿村某の話をすることによって本題に入る弾みをつけたようだ。それにしてもいくら憎くても放火するだなんて、物騒な性格である。顔立ちは整っているものの、どことなく攻撃的な目つきをしている。

「本当に告白したいことというのは？」

久美子は先を促した。

「本当に申し訳ありませんっ！」

突然、彼は額を畳に押しつけて土下座をした。

「ちょ、ちょっと……止めてください」

久美子が慌てて絹川に躙(にじ)って近寄った。

「栄一郎さんを殺したのは私です」

絹川の一言で時間が止まったような気がした。しばらく音がなにも聞こえなくなった。目の前が暗くなっていることに気づいた。いつの間にか瞼を閉じていたのだ。


こいつはなにを言っているのだ？

こいつはなにを言っているのだ？

こいつはなにを言っているのだ？


「栄一郎さんを殺したのは私なんです」

絹川の声に我に返った。瞼を開くと彼は頭を上げて聡に向いていた。久美子も麻紀も固まったように動かなかった。

「じょ、冗談にしてはタチが悪すぎるぞ」

あまりに突飛な告白に聡は半笑い声になっていた。しかし絹川は真剣なままだ。

「あれからずっと後悔の念に苦しんできました。あの日のことを忘れたことは一日だってありません。最近になって栄一郎さんが毎日のように夢に出てくるようになりました。夢の中で私を指さして『謝れ』と言うんです。夢を見るたびに栄一郎さんは僕に近づいてきました。そして昨夜は首を絞められました。どんなに謝っても手を離してくれません。夢の中ではダメなんです。ちゃんと仏壇の前で家族に真実を告白して謝ることが正解なんだと思いました。それで今日は思い切ってお伺いしたというわけです」

絹川の両目から大粒の涙がボロボロとこぼれた。

「意味が分からない。父を殺したのは宇根元要だ。本人だってそう供述したし証拠だって揃ってるし、裁判でも有罪の判決が出たんだ」

「たしかに宇根元は蓬田さん宅に押し入りました。栄一郎さんの首を絞めて気絶させて宝くじを奪った。それは本当です」

「まるで目撃したかのような言い方だな」

「はい。その一部始終を窓の外から見てました。他に通行人はいなかったから目撃したのは私だけだったはずです」

宇根元は宝くじの券を奪うとそのまま外に出ていったという。

「そ、そんなことが……」

「そのとき栄一郎さんには息がありました。気絶してましたが胸は上下に動いていた。宇根元もそれを確認して外に出たはずです」

「ちょ、ちょっと待てよ。あんたはどうしてうちを覗いていたんだ。たまたま通りかかったとでも言うのか」

絹川はゆっくりと神妙にしている顔を左右に振った。

「あの日は栄一郎さんに話があって立ち寄ったんです。家に近づいたら部屋の窓から宇根元に首を絞められている栄一郎さんの姿が見えました」

「父を助けようとは思わなかったんだな」

絹川は申し訳なさそうに首肯した。

「私は栄一郎さんに脅されていたんです。会社の金を横領していたことを見抜かれていて、手に入れた金額の七割を要求されました。応じないと警察に突き出すと言われたんです。私は横領した金を借金の支払いに充ててました。当時はギャンブルにはまってて消費者金融やヤミ金から百万円の借金をしてたんです。だから手元にはもう金が残ってません。私は支払いを待ってもらうよう栄一郎さんにお願いに伺ったんです」

「あんた、放火はするわ、横領はするわ、最低の人間だな」

聡に言われて絹川は一瞬だけ自嘲気味な笑みを見せた。栄一郎は横領を見落としていなかった。ちゃんと看破していたのだ。そしてその部下を脅迫していた。

絹川の話が読めてきた。久美子も麻紀もまだ固まったままだ。部屋がさらに暗くなったように感じて聡は行灯を見た。延長コードが壁のコンセントに延びている。聡は唾を呑み込んだ。

絹川は声を震わせながらも話を続けた。

「そうこうするうちに宇根元は気絶した栄一郎さんを残して姿を消した。チャンスだと思いました。私は周囲に人気がないことを充分に確認してから、指紋を残さないようゴム手袋をはめて家の中に入りました。そしてリビングルームで横たわっている栄一郎さんの胸と腹を……刺したんです」

「刺したんです」は搾り出したような声だった。

そのときのシーンが脳裏に浮かんで聡は気分が悪くなった。

「ゴム手袋に凶器のナイフかよ。準備万端じゃないか。話し合いに来たと言っていたが、最初から殺すつもりだったんだろう」

「そ、それは……そうだったんだと思います。あのときは精神的にかなり追いつめられていたんです。業務上横領罪は刑事事件です。実は私には他にも横領の前科があって、今度警察沙汰になったら実刑は免れない。もし栄一郎さんを説得できなかったら殺す覚悟でした。でも宇根元要の犯行を目撃して、これなら彼に罪を被せることができると思った。実際にそのとおりでした」

話しているうちに興奮したのか、絹川の蒼白だった頬には赤みが増している。

「現場付近でスーツ姿の男性が目撃されたという証言があったぞ」

「それはおそらく私だと思います。家を出るとき遠くの方に通行人がいましたから。その人の証言でしょう」

「そんなバカげた話を信じろというのか」

そうだ。こんな話はいくらだってでっち上げることができる。この男は不幸のどん底に陥った家族をからかって楽しんでいるだけかもしれないのだ。

「これが証拠です。見覚えがありますか」

絹川はポケットから財布を取り出して畳の上に置いた。使い古された革製の折りたたみ財布だ。

「こ、これは……」

心当たりがあるようで久美子は泣きそうな声を出した。

聡も見覚えがあるような……気がする。

表情を消した久美子がゆらりと立ち上がった。そして部屋の外に出ていった。

「私は物盗りの犯行と思わせるために目についたいくつかの物品を持ち出しました。栄一郎さんの財布はテーブルの上に置いてありました。今思えば、宇根元に罪を着せるのだからそんなことをする必要なんてなかったわけですが、生まれて初めて人を殺してパニックになっていたんでしょうね」

彼は財布の中から一枚のカードを抜き出して聡に見せた。

それは栄一郎の運転免許証だった。十年前の当時の父の顔写真が貼りつけてあった。つまりこの財布は栄一郎のものだ。聡も見覚えがある。十年前、犯人によって持ち去られたものはいまだに見つかっていない。

それを絹川が持っていたということは……。

聡は全身の力が抜けて畳に手をついた。その腕がブルブルと震えている。


蓬田家は犯人ではない人物を憎み、蔑み、唾を吐き続けてきたというのか。

蓬田家は被害者家族ではないのか。

蓬田家は宇根元家を苦しめた加害者家族になってしまうのか。

そんな理不尽に逆転された人生をこの先死ぬまで受け入れなければならないのか。

熱狂するマスコミに野次馬たち。

これからは唾を吐くのではなく、吐かれる立場となる。

ただでさえ過酷だったこれまで以上に、家族は苦しまなければならないのか。


「そしてこの財布の中には写真が一枚入ってました」

絹川はそう言って麻紀の方をチラリと見た。彼女の顔色が一気に変わった。麻紀は立ち上がるとどういうわけか行灯に近づいた。

聡にはその写真に何が写っているのか察しがついた。

――なんていうか彼はある特殊な性癖の持ち主なんですよ。

畔道の言葉が耳の中で響いた。

聡は胃のあたりを押さえた。あのときの吐き気が戻ってきそうだった。

「なんの写真なんですか」

部屋に戻ってきた久美子が絹川に尋ねた。手にはなぜかハンバーグを焼いたフライパンを握っている。

絹川はそれを見て大きく目を見開いた。白目が充血している。

そして両手を首につけて苦しそうにしている。

――なんなんだ、いったい？

絹川の背後にはいつの間にか麻紀が立っていた。彼女は手に握ったコードを左右に引っぱっている。気がつけば行灯の明かりが消えていた。彼女が延長コードを外したのだ。そしてそのコードを絹川の首に巻いていた。彼は畳にうずくまると必死になってもがいた。片方の手で畳を引っ掻いている。そのたびに藺草（いぐさ）がささくれ立っていった。

「聡！」

久美子の呼びかけに我に返った。

「この野郎ぉぉぉぉっ！」

彼女は声を荒らげながらフライパンを握った手を大きく振り上げると、絹川の後頭部に目がけて思いきり叩きつけた。骨が折れるような鈍い音がした。

聡の体は自然に動いた。

久美子を押しのけて麻紀と二人でコードを引っぱった。倒れ込んだ絹川の肩に足をかけて力いっぱい。

やがて絹川の顔が青くなり、じたばたさせていた手足の動きも緩くなっていった。

そして数分後にはピクリとも動かなくなった。

聡も麻紀もコードから手を離す。

麻紀は畳に置かれた栄一郎の財布を取り上げると、駆け足で部屋を出ていった。例の写真を処分するのだろう。

久美子は呆然とした面持ちで腰を抜かしていた。畳には底がわずかに凹んだフライパンが落ちている。

「今さらなによ！　夫を殺したのは宇根元よ！」

彼女は畳の上に転がって動かなくなった絹川に吐き捨てるように言った。畳の一部が赤黒く汚れている。

聡は急いで絹川の脈を確認した。しかしなんの反応もなかった。

「母さん、俺たち殺しちゃったよ。どうすんだよ」

「いいのよ、これで。今さらこいつが犯人だなんて、到底受け入れられないわ」

久美子は投げやりな様子で言った。

「そ、そうだけどさ」

聡も混乱していた。今なにをするべきかまるで思いつかない。

そのときチャイムが鳴った。

聡と久美子は音のした方に向いた。

玄関から「ごめんください」という男性の声がした。

「福岡さんだよ。こんなときに……」

聡が言うと久美子は立ち上がって部屋を出ていこうとした。

慌てて聡は制止する。

「ちょっと待てよ。どうするつもりだよ」

「ちょうどよかったじゃない。どうせ逮捕されるなら福岡さんがいいわ」

「俺たち、犯罪者になんのかよ」

いまだに実感が湧かない。心の準備すらできていない。

「そもそもこの死体をどうやって隠すのよ」

「それを今から考えるんじゃないか」

「そんなの映画やドラマの話よ。私たちで隠し通せるわけがないじゃない」

たしかに久美子の言うとおりだ。死体を半永久的に隠蔽（いんぺい）しようと思えば、バラバラに解体して人の目の触れない場所に捨てることになる。そんな恐ろしいことを聡はもちろん、母も姉もできるとは到底思えない。

そうこうするうちに麻紀が戻ってきた。手には栄一郎の財布があった。件の写真は細かくちぎってトイレに流すなりして処分したのだろう。

「ママ、福岡さんが来てるわ。ど、どうしよう」

彼女は動揺している。聡もどうしていいのか分からない。とにかく今は居留守を使うしかない。

「絹川を殺したのは私よ。あなたたちはなにも知らない。私一人でやったの」

久美子の声には強い決意が込められていた。

「バカなことを言わないで！　三人でやったのよ」

麻紀がすがるように訴えた。

「そうだよ、母さん。俺たち三人でやったんだ」

聡は母親の両肩を摑んだ。華奢で今にも壊れそうだった。

「こんな男のためにあなたたちが苦しむことないわ。私一人で充分。なぁに、お父さんの仇を取ってやったのよ。今はすっきりした気分よ」

久美子はニッコリと笑った。こんな晴れ晴れとした笑顔を見るのは何年ぶりだろう。今の彼女は本心で言っている。

「母さん……」

「ママ……」

息子と娘は母親を見つめた。

まだこんな仕打ちを受けるとは。神を呪いたくなる。胸が張り裂けそうだ。

「声が聞こえたから勝手に入ってきちゃいましたよ」

気がつけば部屋の出入り口に福岡が立っていた。しかし絹川の死体を見て半歩後ずさった。「どういうことなんだ⁉」

彼は呆然と立ちつくした。

「福岡さん、来てくれてありがとう」

久美子は彼を客間に招き入れると、絹川の放火を含めて事情を説明した。手を下したのは自分だけだと事実を脚色していた。絹川が実行犯である証拠に栄一郎の財布を見せた。

それを見た福岡の顔はみるみる青ざめていった。喉元が上下に大きく動いた。

「彼の告白を聞いて逆上した私が一人でやりました。夫の仇討ちができたんです。後悔なんてしてません。どんな処罰も甘んじて受けます」

久美子は福岡に向かって両手首をくっつけて差し出した。これで刑務所行きは免れないだろう。麻紀が目元を拭っている。聡も母親の姿が滲んで見えた。

しかしいつまでたっても福岡は手錠を取り出さない。険しい顔で絹川の死体を眺めながら考え事をしているようだった。

それからどれだけ経過しただろうか。実際は数分だろうが、数時間に思えた。

「今日のことは忘れなさい」

福岡は久美子に向かって静かに告げた。

「はい？」

彼女は首を小さく傾げた。

「絹川がここに来ることを知っている者は？」

「さあ、どうでしょう」

久美子が再び首を傾げる。

「ここに来るのを誰かに見られましたか」

「見られたとしても帽子を目深に被っていたから彼だと分からないと思います」

今度は麻紀が答えた。たしかにあの帽子では顔立ちの判別がつかないだろう。つまり絹川は人目を避けて訪問したと思われる。それなら誰にも来訪を告げていない可能性が高い。

「とにかく絹川はここに来ていない。いいですか。絹川はここに来ていない。つまりあなたたち家族は彼と会ってないし話もしていない」

福岡は強い口調でゆっくりと念を押すように告げた。

「どういうことでしょう」

久美子が眉根を寄せた。

「栄一郎さんを殺害した犯人は宇根元要だ。それが真実であり、それ以外は虚偽である。これはあなたたち家族のアイデンティティにも関わることだ。被害者の立場から加害者になるんだぞ。あなたたち家族はこれまでにもう充分苦しんだ。これ以上、苦しむ必要があるのかね」

「で、でも宇根元さんは無実なのに苦しんでます。きっと息子さんは本人以上に辛い思いをしているはず」

久美子は涙声になっていた。

隆典の顔が脳裏に浮かんだ。

――俺たち家族が彼をあそこまで苦しめてきたのか。

いや、そうとばかりはいえない。

宇根元要を逮捕したのは警察、それも目の前にいる福岡が張本人だ。

そこで福岡の意図が読めた。

「三枝事件にしたくないんですね」

聡の言葉に福岡の表情は硬くなった。

警察のメンツを守るため。

どうやら図星らしい。

最近ニュースで話題になった三枝事件は冤罪で、警察の歴史に汚点を残した。容疑者の人権を無視した強引な取り調べが発覚して、マスコミに連日のように叩かれていた。警察の幹部連中は謝罪会見までして、彼らの信用は完全に失墜した。ましてや福岡は宇根元要に手錠をかけて尋問した張本人だ。宇根元から自白を引き出して事件が解決した。彼の出世はその功績と無関係でないだろう。ここで再び冤罪なんてことになったら組織の根底を揺るがす不祥事になりかねない。福岡はもちろん、現在の幹部連中もただでは済まないだろう。

しかし蓬田家も似たようなものである。

福岡の言うとおり、今さら冤罪にされては被害者家族のアイデンティティは完全に失われる。今までの苦しみや哀しみや憎しみのすべてが否定されて、聡たちは被害者から加害者となり、世間から冷たい目を向けられ叩かれる立場になる。つまり蓬田家と宇根元家が逆転するというわけだ。そして本当の意味で責められるべき絹川はもうこの世にいない。聡たちに残されるのは絶望という二文字だけだ。それを受け入れてこの先を生きていく勇気も自信もない。いっそのこと死んだ方がましに思える。だからこそ、母親は早々と観念してしまったのだろう。

「でもこの死体はどうするんですか」

聡は黙りこくっている福岡に尋ねた。

「それは我々がなんとかしよう。君たちは黙っていてさえくれればいい。迷惑はかけない」

彼の言う「我々」とは警察組織のことだろうか。

「そんなことができるんですか」

「心当たりがある。大丈夫だ」

福岡の血縁に警察庁の官僚がいると本人から聞いたことがある。心当たりとはその人物のことだろうか。

「福岡さん、ありがとうございます。どうかどうかよろしくお願いします」

久美子が彼の手を取って頭を下げた。聡も麻紀も頭を下げた。

今日ほど、福岡のことを心強く思ったことはなかった。

彼は絹川の体を探った。そして彼のポケットからスマートフォンを取り出した。もちろん指紋がつかないようハンカチを使っている。

「着信音が鳴るとやっかいだ。電源を切っておこう」

福岡は電源を切ると再びポケットの中に戻した。「ところで、このことを知っているのは本当にあなたたちだけだろうね」

「たぶん、そうだと思います」

久美子が答えると福岡は眉間に皺を寄せた。

「たぶんじゃ困る。よぉく考えてくれ」

そのとき聡はふと思いついた。

「おそらく宇根元隆典が真相に近づいてます。彼は絹川のことを調べてました」

聡はヴェルサンでの出来事を説明した。福岡は真剣に耳を傾けていた。

「そうか。隆典は目星がついていると考えるべきだろう。やっかいな存在になりそうだ」

「どうするつもりですか」

「隆典になにが起きても君たちには関係ない。もしそのことで警察が来たとしても、知らぬ存ぜぬを通せばいい」

　隆典がどうなるのか、それ以上は怖くて問い質せなかった。罪のない宇根元家がこれから最大級の悲劇に見舞われるのは避けられそうにない。聡は脳裏に浮かんだ隆典の顔を振り払った。しかし何度払ってもよみがえってくる。

「ところで絹川の放火の件だが、もう少し詳しく話してくれないか」

「え、ええ……」

　福岡にどういう意図があるのか分からないが、聡は絹川から聞いた詳細を伝えた。福岡は何度も相づちを打ちながら聞いていた。

「なるほど。ヴェルサンの元常連客で殿村という男だね」

　彼は手帳を取り出すとメモをした。なにか思い当たることがあるのだろうか。

「これからどうすればいいですか」

　久美子が不安げに尋ねた。

「まずは死体を運ばせる手配をする。それまで誰も家の中に入れないようにしてくれ。絶対にだ。私は今からある人物に話を通してくる。信用できる人物だから安心してくれ。我々の力になってくれる」

　やはり警察庁の官僚だろう。もはや福岡に任せるしかないし、それが得策のようだ。良心の呵責よりも家族の保身が勝っていた。母も姉も同じようで異論を挟まず、福岡に深々と頭を下げていた。

「とにかく今さら絹川が真犯人だなんてあってはならないことだ」

福岡はそう言い残すと、足早に部屋を出ていった。

20

十一月十四日。

全国の警察を束ねる警察庁の庁舎は警視庁の建物に隣接している。

代官山とマヤ、浜田、そして白金不二子は刑事局局長室にいた。広さはあるが内装や調度品は思いの外、簡素だった。窓際には執務机が置いてあり、部屋の中央に設置されている来客用のソファとテーブルの方に向いている。そして今は執務机の椅子には都渡警視監が腰掛けて険しい表情で白金と向き合っていた。彼の傍らには福岡管理官が直立していてこちらを睨んでいる。二人を比べるとやはり都渡の方が威厳や凄味において福岡を圧倒していると思う。存在感が違うのだ。二人は顔も体型もほとんど似ていないが実の兄弟である。

「話を続けたまえ」

都渡は舞台俳優のような声で白金を促した。

「絹川は殿村の段ボールハウスを何度か放火したと蓬田家に告白しています。その話を彼らから聞いてますよね、福岡警視」

福岡はなにも答えなかった。今にもこちらに飛びかかってきそうな、憎悪に満ちた目で白金を睨みつけている。しかし白金は顎を上げて彼を見据えていた。まるで怯んだ様子は窺えない。

「あなたは殿村に罪を着せることを思いついた。そこでホームレスだった彼になんらかの仕事を依頼するという形で、まだ絹川の死体を遺棄していない倉田町の雑居ビルに立ち寄らせたのでしょう。そうすることで裏口のドアノブや階段の手すりなどに指紋が残る。つまりカムフラージュです。ただ殿村らしき人物を見たという証言はでっち上げだと考えています」

「ほぉ、どうしてかね。実際に殿村が立ち寄ったなら目撃情報が出ても不思議ではあるまい」

　都渡の指摘に白金は首を左右に振った。

「絹川の遺体を運ぶ実行犯が目撃されては元も子もありません。だからまず人目のつくことがないであろう、あの雑居ビルを選んだのでしょう。たしかにあそこは人通りがほとんどなく、裏口は奥まった位置にあり、さらに石塀で目隠しされているので通行人の目に触れることはありません。実行犯は目撃されずに済んだ。しかし殿村もそうだったんでしょう。それでは犯行を殿村に結びつけることが難しくなる。だからサクラを使って目撃を証言させた。ちなみにその証言者は現在連絡が取れない状態になっています」

　福岡の顔つきがさらに険しくなった。食いしばった歯を口元から覗かせながら、いかつい両肩を上下に動かしている。

「ふん、黒井のお嬢さんもそんなことを言ってたな」

　都渡の言うとおりマヤは捜査会議で指摘していた。

　目撃者の男性は小さな劇団の役者で、以前にも何度か痴漢や万引の目撃証言をしていたという記録がある。裏の社会ではそうやってターゲットを陥れる業者が存在するという。

さらに白金は話を続ける。

「殿村はそのあと、日野市郊外の廃墟となったパチンコホールに向かう。それらも『雇い主』の指示でしょう。ここまでの車両は雇い主が用意した盗難車です。倉田町の現場ビル付近で目撃された不審車両もそれだと考えられます。指示どおりパチンコホールに入る殿村。鍵は事前に開けられていた。そこで彼は待ち伏せしていた『雇い主』に襲われて、首吊り自殺に見せかけて殺される。そのあと彼らは倉田町のビルに絹川の死体を遺棄する。現場には殿村の頭髪をバラバラと落としておく」

「宇根元隆典はどうなんだ」

都渡は手を組み合わせてその上に顎を載せた。福岡は頰をブルブルと震わせている。その震えは怒りなのか恐怖なのか判別がつかなかった。

「隆典は絹川が栄一郎殺しの真犯人だと確信していました。隆典はヴェルサンの壁に栄一郎の合成写真をこっそりと貼りつけたのです」

白金は、隆典が作成した合成写真を目にした絹川がパニック発作を起こしたことを説明した。十月二十三日夜の出来事だ。その合成写真は見つかっていない。隆典か、もしくは絹川が壁から引きはがして処分したのだろう。

「あとは決定的な証拠を見つける必要があります。しかしその前に、毎晩のように栄一郎の悪夢にうなされていた絹川は、意を決して蓬田家で自分の罪を告白します。それを聞いた蓬田家は衝動的に彼を殺害してしまう。さらにそこへ駆けつけた福岡警視に隆典が真相を知っていることを報告する。犯人はあくまで宇根元要でないと困る福岡警視はプロを雇って絹川殺しを殿村の犯行に見せかけ、さらに栄一郎殺しの真犯人に行き着いた隆典の口封じをした。これが我々の考える真相です」

白金は静かに話を締めくくった。

「ブラボー」

都渡が拍手をする。隣の福岡は顔を引きつらせたまま、手を後ろに回して直立していた。

「そのプロ……実行犯については目星がついているのかね」

「現場となった倉田町の雑居ビルの所有者は大和田産業です。十年ほど前にマスコミに警察との癒着が疑われたことがありますね。当時の新聞記事になってます」

癒着という言葉に一瞬眉をひそめた都渡だったが、なにも言わなかった。

「大和田産業の社長は創業時代から裏社会に強いつながりがありました。あのビルを現場に選んでいることからも関与が疑われます。今後はその方向で捜査を進めていくつもりです」

「つまり絹川康成の遺棄も宇根元隆典の殺害も福岡警視が裏で糸を引いていたと？」

「私はそう考えております」

白金ははっきりと答えた。まだ証拠が出揃っているわけではないが、蓬田家の三人はぽつりぽつりと証言を始めている。黒幕に関しては、まだ実名を出していないようだ。これもなにかと世話になった福岡への義理だろう。

「はたして福岡警視の一存かしら」

今まで黙っていたマヤが口を開いた。

「なにが言いたい」

同じように黙っていた福岡が返した。

「お二人は血のつながった兄弟でしょう。福岡警視が単独で実行したとは思えません。そもそも絹川事件の捜査会議に不自然に顔を出してらっしゃいますしね。捜査の進捗状況が気になっていたんでしょう」

「私は捜査員に活を入れに来ただけだ。三枝事件のことがあったばかりだからな」

都渡は白金に当てつけるように言った。

「我々は今後も捜査を進めていきます。もし、これが事実無根だと分かったら私もただで済むとは思っておりません。そのときは私が全責任を取ります」

白金は一歩前に出ると強い口調で宣言した。

「白金管理官」

マヤが後ろから白金の腕を引っぱった。

「これでいいのです」

彼女はマヤに向くとほんのりと微笑んだ。

「お前は警察庁次長の実の娘だ。そうやって俺たちを貶めて都渡警視監を失脚させるつもりなんだろう！」

額に青筋を立てた福岡がマヤの方に詰め寄ろうとする。代官山と浜田は咄嗟にマヤの前に立ってガードした。

「なんだ、貴様ら。どけよ」

「どきません！」

代官山は相手を見据えてきっぱりと拒否した。

「命令だぞ」

「拒否します」

今度は浜田が毅然と答えた。いつになく厳しい顔を福岡に向けている。こんな頼もしい彼を見るのは初めてだ。

「ただでは済まないぞ」

「覚悟はできてます！」

浜田は顎を上げて言い放った。

「お前、キャリアだろう。出世コースを棒に振る気か」

「ええ～？」

いきなり彼は頭を抱えた。

――覚悟できてるんじゃないんかいっ！

そのとき、浜田の体が真横に吹き飛んだ。マヤが回し蹴りを放ったらしい。爪先が見事にこめかみにめり込んだようだ。浜田は床に倒れ込んだまま動かない。

「な、なんなんだ、お前は！　ここがどこだか分かってんのか」

福岡がさらにマヤに詰め寄ろうとするので、代官山は両腕を開いて阻止した。

「まあまあ、福岡警視。たしかに彼らの主張は一理ある。そもそも蓬田家の連中は、君の名前を出さないまでも、そう証言しているのだろう」

「兄さ……警視監！」

福岡は血相を変えた。

「私は君を信じている。だがいくら私でも、かばいきれないことはある。それは分かっているな」

都渡は立ちすくむ福岡を真っ直ぐに見つめた。その目には有無を言わさない凄味があった。

「そ、そんな今さら！」

福岡は声を荒らげて詰め寄った。明らかにうろたえている。

「福岡警視。なにが今さらなんですか」

すかさず白金が尋ねる。

「な、なんでもない！」

福岡は顔色を隠すように俯いた。握り拳がブルブルと震えている。

「もう一度聞く。万が一の場合は分かっているな」

都渡は福岡の顔を覗き込んで、念を押すように言った。

「はい」

しばらく思いあぐねている様子の福岡だったが、意を決したように顎を上げるとはっきりと答えた。

「もし、真相が彼らの言うとおりだったとしても、君は組織を守るためにそうしたのだろう」

福岡は警視監をじっと見つめたままなにも答えなかった。それは沈黙を以て肯定しているように思えた。都渡は静かに続ける。

「それもまたひとつの正義の形だ。私は決して不名誉だとは思わない。ただ誰かが責任を取らねばならないがね」

福岡の喉仏が上下に大きく動いた。その表情はこれまでになく強ばっている。瞳がうっすらと濡れているように見えた。彼は目元を拭うと鼻を啜った。

「彼らとは私が話をする。福岡警視、君は職務に戻りたまえ」

都渡は部屋の扉を指さした。

「ただじゃおかねえからな」

福岡は白金にそう吐き捨てると、部屋の外に出ていった。彼女は複雑そうに彼の背中を見送った。

「白金警視、この時期に冤罪を発覚させるのがマズいことくらい分かっているだろう。なんといっても、君の父上が担当した三枝事件で警察は国民から叩かれている。これ以上の失態は、警察の威信に関わる。ひいては治安の悪化につながりかねないということだ」

都渡は冷静に諭すような口調だった。しかし白金を見つめる瞳は気味が悪いほどにぎらついている。

「それは私の見立てを認めるということですか」

「仮にそうだとしての話だ。我々は組織を守らなければならん。それは決して保身のためではない。日本の治安を守るためには、どうしても必要なことなのだ。警察は国民にとって正義の味方でなければならない。その前提が崩れてしまえば、もはや我々はどんな努力をしても治安を守ることができなくなる。それは結果的に悪に屈してひれ伏すことと同義なのだ。分かるな？」

「いいえ、分かりません。警視監のおっしゃることは詭弁（きべん）に他なりません。私は組織より正義を信じます。正義の味方であるなら徹底的に正義であるべきだと思います」

「たしかにそうだ。しかしそれは理想論に過ぎない。威信があってこその正義だ。悪は圧倒的な威信を怖れる。それが我々の唯一の武器なのだ。武器がなければ戦えない。君がしようとしていることは、正義の武器を破壊することに等しいということだ」

都渡は持ち前の威厳ある声で力説した。さすがはトップクラスの警察官僚だ。それなりの説得力がある。

「三枝事件を無駄にしてはなりません。都渡警視監のおっしゃることは、まさに父の犯した失態から得た教訓を無駄にするということです。私はあくまで真実に向き合うべきだと思います。それが警察の威信を回復する唯一の手段です」

白金も一歩も譲らない様子でハキハキと答えている。その表情には、一点の曇りもない。怖れるものはなにもない、という気持ちが表れていた。

「そうか……。どうやら君たちとは分かり合えないようだ。だが、これだけは言わせてもらう。私は君たちとは立場が違う。なにがあっても組織を守らなければならない義務と責任がある。そのためにはいかなる手段も厭わないつもりだ。それもひとつの正義だと私は考える。君たちは君たちの信じる正義で戦えばよい。それは少なくとも、私と敵対するということだ」

「そのつもりです」

「話は以上だ。私はこれから忙しい。インターポールの会議に出席しなくてはならん」

都渡は出ていけと手を振った。

「失礼します」

代官山は頭を下げると、倒れたままの浜田を引っぱって部屋を出た。白金もマヤも一緒に出てきた。

「はぁ、疲れたわ〜」

白金が体をくの字に曲げて大きく息を吐いた。こんな彼女の姿を見るのは初めてだ。

「いいんですか、白金管理官。とんでもない人を敵に回しちゃいましたよ」

マヤが白金の顔を覗き込みながら言った。なんだか楽しそうだ。

「黒井さん、お父上は味方についてくれないんですか」

あの父親ならマヤの言いなりになるのではないか。会うたびに修羅場ばかりだ。たまには役に立ってほしい。

「都渡警視監も言ってたでしょ。私の父も、組織を守る立場の人間よ。私だけは守ってくれるでしょうけど、あなたたちは対象外ね。獄門島とか八つ墓村あたりの駐在所に飛ばされるでしょうね」

マヤは意地悪そうにクスリと笑った。白金も苦笑している。

「そ、そうなんですか」

とはいえ、こんなところであの父親に借りを作りたくない。それをきっかけになにを要求されるか分かったものではない。

「とにかく戦うしかないわ。もう宣戦布告してきちゃったんだから」

白金は体を起こしてスーツの皺を伸ばした。

「そうっすねぇ……」

ここまできた以上、もうあとには引けないだろう。相手は総動員でこちらの捜査をつぶしにかかってくるのは間違いない。そもそも警察の関与を裏づける確固たる証拠が揃っていないのだ。現時点では憶測の域を出ていない。

「蓬田家にすべての罪を押しつけるつもりでしょう。それだけは絶対にさせてはならないわ。それでもよくて福岡と刺し違えられるかどうかでしょうね。最悪の場合、都渡警視監は弟に詰め腹を切らせるつもりだわ。犯行は福岡の一存によるものであり、組織は一切関与していない。それで幕引きさせるつもりよ」

「警視監が関与してないなんてあり得ないですよ」

都渡は殿村の犯行に固執していた。明らかに捜査員たちをミスリードしようとしていたのだ。

「それでも福岡警視だけは、吊し上げる必要があるわ。そこから先は警察の正義が問われる。この事件を闇に葬ってはいけない。私は警察官の正義を信じたい。きっと彼らは立ち上がってくれる。メンツを守ることは武器にはならない。ただの保身だわ」

「俺も全力を尽くします」

代官山は気を引き締めた。しかしマヤは興味なさそうにそっぽを向いている。

床にはいまだ意識の戻らない浜田が転がっているが、誰も気にかけようとしない。胸はわずかに動いているから呼吸はあるようだ。

「ところで黒井巡査部長。私はあなたの推理を全面的に信じたわ。今さら間違いだなんて言わないでしょうね」

「あ、言い忘れたことがありました」

マヤは指をパチンと鳴らした。

「なによ」

「栄一郎を殺害したのは絹川ですけど、実はもう二人ほど被害者に殺意を抱いていた者がいます。彼らも栄一郎殺害を目論みましたけど、それは失敗に終わったようです」

「ど、どういうことなのよ?」

白金が目をパチクリとさせた。

「娘の麻紀は、父親から性的虐待を受けていたようです。栄一郎は、その現場を写した写真を所持してました。当時の部下だった畔道が目撃しています」

そうなのだ。絆の強そうな蓬田家は深い闇を抱えていた。しかし母親である久美子は、そのことを知らない。事件の捜査を続けていけば、いずれ彼女の耳に入ることになろう。ただでさえ深い傷は、さらに深まるばかりだ。それを考えると胸が苦しくなる。

「彼女が父親殺しを目論んだって、なにをしたの？」

白金がもっともな質問をした。

「麻紀は父親とのことを弁護士の鶴田浩二郎に相談してます。内容が内容だけに家族には相談できなかった。そのとき鶴田は、当時アメリカで起きた宝くじ強盗殺人事件の話をしたそうです」

それは宝くじ当せんの噂を聞きつけた犯人が猟銃を持って押し入って、一家全員を惨殺したという事件である。

「それで彼女は宝くじ当せんのデマを流した。そうすることで強盗が父親を殺してくれるかもしれないと考えたようです」

マヤが問い詰めると、麻紀は観念したように証言した。さすがはマヤ、十年前のアメリカの事件から麻紀の意図を読み取っていたようだ。

そしてもう一人……。

「鶴田はどうしてそんな話を彼女にしたの」

再び白金が問いかける。

「鶴田は栄一郎に嫉妬の念をくすぶらせていたんです。彼は久美子さんに学生時代から恋慕の情を抱いていた。そこへ麻紀の告白を受けて殺意が芽生えたのでしょう。とはいえ麻紀も鶴田も、まさか本当に強盗に襲われるなんて、夢にも思わなかったと証言してます。あくまでもゼロに近い可能性を試しただけだと」

殺意を抱いていたが、殺害を実行するまでの気概はなかったようである。そしてそのデマをきっかけに、宇根元要は栄一郎殺しの犯人に仕立て上げられた。

「そんなデマさえ流さなければ、栄一郎さんは生きていたかもしれないのね」

白金がしんみりとつぶやいた。

「あんなクズは殺されて当然ですよ」

今回ばかりはマヤに同感だ。栄一郎が生きていれば、麻紀の生き地獄はずっと続いたのかもしれないのだ。

「とにかく我々は真実を追究しましょう。人事を尽くして天命を待つ。どんな結果になっても私たちの進む道がイバラなのは間違いないわ」

少なくとも福岡の関与を立証できなければ白金のクビは飛ぶだろうし、代官山も浜田もただでは済まないだろう。マヤだけは父親が守ってくれるだろうが。

仮に立証できたとしても、今度は世間の強烈な風当たりに晒される。地の底まで失墜した警察の威信を取り戻すことは容易でない。それでも代官山たち警察官は、悪に立ち向かわなければならない。考えるだけで胃が重くなってくる。

思えばここ数年の刑事生活はテレビで観る刑事ドラマより過酷な気がする。それというのもマヤとコンビを組んだからだ。それまでは、浜松でもう少しお気楽な刑事人生を過ごしていた。あのころに戻りたいような、戻りたくないような。

そのときマヤのスマートフォンが鳴った。画面には渋谷係長の名前が表示されている。

「代官様、事件よ」

彼女は通話を切ると、嬉しそうに微笑んだ。またとんでもない事件が起こったようだ。

「まったく……東京の凶悪犯は待ってくれないわね」

白金がため息をついた。捜査員たちは複数の事件を掛け持ちすることも珍しくない。

「で、今度はその凶悪犯とやらはなにをしでかしたんですか」

「この前一緒に観た『ムカデ人間』を覚えてる？」

内容はタイトルから想像できるだろう。近年稀に見るサイテー映画の代表格だ。これを千八百円も出して劇場鑑賞する者の気が知れない。それをマヤと一緒に観たわけだが。

「ま、まさか……つなげちゃったんですか？」

「つなげちゃったみたいよ。三世帯家族全員」

マヤは十本指を差し出した。そんな彼女は明らかに嬉しそうだ。

「うわぁ、ムカデ大家族だ」

状況を想像するだけでゲンナリする。一番前の人間が食べたものを、一番後ろの人間が排泄するのだ。死んでも真ん中だけにはなりたくない……いや、もちろん最前列も最後尾も嫌だ！

マヤがまたもヒャッヒャッヒャッヒャと笑い声を立てている。彼女が大喜びしそうな現場だろう。それこそ映画化されそうだ。

「それとパパから、この間の続きはいつになるのかって、メールが来てるわよ」

彼女はスマートフォンの画面を向けた。父親からのメールが届いている。

続きとはプロポーズのことだ。

代官山の脳裏に、黒井篤郎とつながる自分の姿が浮かんだ。

「代官山巡査、顔色が優れませんね」

白金が心配そうに顔を覗き込んできた。

「だ、大丈夫です」

「ほら、代官様。ちゃっちゃと片付けて、今夜はパパに会ってもらうからね」

そう言って彼女はさっさと廊下を進んでいった。長い黒髪が左右に揺れている。

「結婚式ではスピーチをさせてもらうわ」

白金が自分の胸をポンと叩いた。

「は、はぁ……」

そろそろ年貢の納め時だろうか。

代官山はフラフラとマヤのあとを追いかけた。

「代官山巡査！」

背後で白金が呼び止めた。

「はい？」

代官山は振り返る。彼女は床を指さしていた。

「忘れものよ」

そこには、いまだ意識の戻らない浜田が転がっていた。

この作品は「パピルス」(2016年2月号〜
8月号)の連載に加筆・修正したものです。

〈著者紹介〉
七尾与史　1969年6月3日、静岡県浜松市生まれ。第8回『このミステリーがすごい!』大賞で最終選考に残った『死亡フラグが立ちました!』(宝島社文庫)で2010年7月にデビュー。『ドS刑事 風が吹けば桶屋が儲かる殺人事件』がベストセラーに。他の著書に『ドS刑事 桃栗三年柿八年殺人事件』『僕は沈没ホテルで殺される』(以上、幻冬舎文庫)などがある。

エスデ カ
ドS刑事
さわらぬ神に祟りなし殺人事件
2017年3月15日　第1刷発行

著　者　七尾与史
発行者　見城 徹

発行所　株式会社 幻冬舎
〒151-0051 東京都渋谷区千駄ヶ谷4-9-7

電話:03(5411)6211(編集)
03(5411)6222(営業)
振替:00120-8-767643
印刷・製本所:中央精版印刷株式会社

検印廃止

Printed in Japan
ISBN978-4-344-03090-9 C0093
幻冬舎ホームページアドレス　http://www.gentosha.co.jp/

この本に関するご意見・ご感想をメールでお寄せいただく場合は、
comment@gentosha.co.jpまで。